空鸠之歌

夏悠然 ◎著

重庆出版集团 重庆出版社

图书在版编目(CIP)数据

空鸠之歌 / 夏悠然著. —重庆: 重庆出版社, 2014.4
ISBN 978-7-229-07366-4

Ⅰ. ①空… Ⅱ. ①夏… Ⅲ. ①长篇小说-中国-当代
Ⅳ. ①I247.5

中国版本图书馆 CIP 数据核字(2013)第 310248 号

空鸠之歌
KONGJIU ZHI GE
夏悠然 著

出 版 人: 罗小卫
策 划 人: 李 子
责任编辑: 李 子 李 梅
装帧设计: 卢晓鸣

重庆出版集团
重庆出版社 出版

重庆长江二路 205 号 邮政编码: 400016 http://www.cqph.com
重庆出版集团艺术设计有限公司制版
重庆现代彩色书报印务有限公司印刷
重庆出版集团图书发行有限公司发行
E-MAIL:fxchu@cqph.com 邮购电话: 023-68809452
全国新华书店经销

开本: 890mm×1240mm 1/32 印张: 8 字数: 222 千
2014 年 4 月第 1 版 2014 年 4 月第 1 版第 1 次印刷
ISBN 978-7-229-07366-4
定价: 28.00 元

如有印装质量问题，请向本集团图书发行公司调换: 023-68706683

版权所有 侵权必究

空鸠之歌

引子

第一章　邂逅，巴塞罗那　/001

第二章　归国，新来的后妈　/018

第三章　同居，无法逃避的爱意　/035

第四章　真相，无法直视的爱恋　/052

第五章　打破，无法维持的平衡　/068

第六章　冷战，一个屋里两颗心　/084

第七章　离别，汹涌澎湃的爱意　/100

空鸠之歌
KONG JIU ZHI GE

第八章　谣言，措手不及 /118

第九章　毁灭，无法挽回 /135

第十章　噩梦，黑色月亮 /153

第十一章　艾西，迷失的鸠 /171

第十二章　再见，飞蛾扑火的爱情 /187

第十三章　燃烧，嫉妒的火焰 /203

第十四章　记忆，不断流失的沙漏 /220

第十五章　被偷走的记忆 /236

尾声 /246

引 子

鸠,是一种不会做巢的鸟。

它们一生不停地飞行,就为了寻找栖身之所。

其实,很多人也跟鸠一样。

在这个人海茫茫的世界中,不知道自己的栖身之所在哪里。

只能不停地寻寻觅觅。

我叫艾西,我也是一只在天空飞翔的鸠。

不知道什么时候,才能停下来。

第一章
邂逅,巴塞罗那

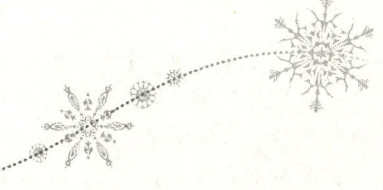

> 艾西的独白
> 缘分就是这么奇怪,我从来没有想过,我会在世界的另一边遇到我这辈子的最爱,又或者说是孽缘。反正我的人生就是因为他的出现,发生了天翻地覆的改变。
> 而我,一点也不后悔。

1

飞机飞过蔚蓝而辽阔的地中海,一直飞往伊比利亚半岛的东北面,那里有一个热情而浪漫的国度——西班牙。

午后一点,西班牙的首府巴塞罗那到处是流连忘返的人群,游人们拿着相机拍照留念,不肯放过每一个美丽的画面。

巴塞罗那融合了古老的哥特建筑和和现代化的高楼,古老和现代拼凑出一种别样的美。

据说500多年前,哥伦布就是从这里扬帆起航驶向地中海,后来发现了新大陆。

堂·吉河德曾说这里是个礼仪之邦,这里是外来客的庇护所。

这里,被世人誉为世界上最美丽的城市。

艾西站在兰布拉大街上,望着川流不息的行人和美丽景色,眼睛简直不知道要往哪儿看了。

"美丽的巴塞罗那——我来啦!"她张开了双臂,兴奋地欢呼着。

行人们转过头,望向这个美丽的东方女孩,虽然听不懂她在讲什么,但似乎也被她愉快的心情给感染了,不由自主地笑了起来。

这里能够看到各色皮肤的人种,所以艾西的出现并没有引起

太多人的注意，她一个人肆意地拿着相机到处游览拍照。

人们在广场上歇息，喂着鸽子。步行街上随处是鲜花店，像花的海洋，芬芳四溢。路边有拉琴卖艺的，有为人画素描的，有人满身涂油彩做活雕像的，还有摆地摊卖各式民间古董的，整条大街充满了明快的生活乐趣。

"Señorita, para comprar flores?"（小姐，买花吗？）

艾西正在看路边的民间古董小玩意时，一个吉普赛小男孩拉住了她的衣服，捧着一束鲜艳的玫瑰花递到她面前。

"咦？……呃……"艾西听不懂西班牙语，不知道怎么跟他交流，她赶紧从背包里翻出辞典，手忙脚乱地翻找着合适的用词。

"Lo……siento（对不起）……呃……"正当艾西还在辞典中翻找着其它用词时，一个十七八岁的吉普赛少年跑了过来，一把抢过她手里的包就跑。

"啊！我的包！"艾西正想去追那个吉普赛少年，卖花的小孩子却拉着她的袖子不放，手中捧的花凑到她面前，依旧不依不饶地问着："Señorita, comprar un poco de flor!"（小姐，买束花吧！）

"阿嚏！"有花粉症的艾西猛地打了个喷嚏，"对不起，我不买！"艾西也顾不得吉普赛男孩是不是听懂她说的话了，掰开他的手，就去追赶刚才抢她包的吉普赛少年。

那个吉普赛少年跑得非常神速，就像一只身姿轻巧的野鸡，满大街的上蹿下跳。

"抢劫啊！抢劫——"艾西扯开了嗓子边喊边追。包里面有她的护照、现金、银行卡，以及手机，如果丢了那个包，那她就完了。在这个异国他乡，语言又不通，也没有一个亲人，就算变成乞丐饿死街头，国内的父亲也不会知道。

艾西追得上气不接下气，可是那个吉普赛少年却越跑越远，艾西越来越绝望。她希望路人能够帮她捉住那个吉普赛少年，可是周围的路人对这一切都非常的漠视，就像在看一出事不关己的闹剧。

就在这时，一道白色的身影如一道闪电，从她身边一闪而过，然后像阵旋风朝那个抢包的吉普赛少年冲去。

艾西看到了一线希望，赶紧跟了上去。

当她追上时，她看到那个人已经捉住了抢她包的吉普赛少年，并把他压制在地上。

"Francamente, es usted!El paquete entregado!"（老实点，别动！把包交出来！）那人怒喝着身下的吉普赛少年，并把他手里的包夺过来。吉普赛少年惨叫着，却挣扎不开那人的钳制。

艾西这才仔细打量那个帮她的人，她发现那人居然跟她一样是东方人，而且看起来年纪也跟她差不多，十七八岁的样子。

东方少年放开了身下的吉普赛少年，那个吉普赛少年得到自由后，就迅速地从地上爬了起来，然后逃也似的跑开了。

东方少年转过身，拿着包走到艾西面前，艾西这才看清他的真面目，那一瞬间她简直惊呆了！

艾西从没见过这么美的少年，美得不食人间烟火，就像落入凡间的精灵。

鸦羽般乌黑光亮的短发，在阳光下闪烁着耀目的光泽，衬得皮肤如雪般晶莹无瑕。

特别是那对乌黑的眼睛，深邃得如同没有边际的夜空，所有的星星仿佛都落在里面，才会如此璀璨夺目。

还有那两片如同在红玫瑰汁中浸润过的双唇，那么红，那么饱满，仿佛可以滴出血来。

一个男孩子居然可以美成这样……

艾西想到了"妖孽"两个字。

"还给你，下次小心点，再被抢掉可就没有这么好的运气了！"少年的声音拉回了艾西的思绪。她这才发现自己居然像个花痴一样，对着眼前的少年发呆，顿时窘得满脸通红，无地自容。

"谢、谢谢……"艾西满脸通红地接过包。不过少年字正腔圆的中文也让艾西很惊讶，刚才听少年的西班牙语讲得非常好，没想到中文说得也这么好，不觉惭愧起来。

"来旅游的吗？"少年打量着艾西，似乎没有离开的意思。

"嗯。"艾西抱着包点了点头，就像只受了惊的小兔子。

"一个人吗？"少年忽然对眼前的女孩感兴趣起来。也不是没在西班牙见到过东方女孩，但他就是觉得眼前这个女孩非常有趣。让他有捉弄她的冲动。

"嗯。"艾西垂着脑袋，再次点了点头——她就是不敢抬头看眼前的少年，只要一看到他，她的脸就会不由自主地红起来。

"一个女孩子跑到西班牙来，不害怕吗？"少年摸着下巴，欣赏着艾西窘迫的样子。看着艾西的脸就像被丢进开水中的螃蟹似的，慢慢地红起来，有趣极了。

"有点，不过……我想锻炼自己……"被这么漂亮的少年盯着看，艾西不免紧张起来，说话都吞吞吐吐的。

不知道为什么，眼前的少年一直直勾勾地盯着她，难道她脸上有花吗？

"我还以为你只会说嗯呢。"少年扬起嘴角，粲然一笑，笑容耀眼得把阳光都掩盖了。艾西眯起了眼睛，突然无法直视起来。

被这么毫不掩饰地调侃，艾西一时语塞，不知道该怎么回答，于是她只能面色尴尬地望着少年。

"对了，我还不知道你叫什么呢？"少年倏地仰起脸问道，黑白分明的眸子在阳光下如黑曜石般璀璨。

"艾西，草字头的艾，东南西北的西。"艾西害羞地低头着，小声回答道。

"我叫尼克。"少年爽朗地笑了笑，就像巴塞罗那蔚蓝的天空，那么地清新淡雅。

"你好。"不知道该不该伸出手和尼克握手，艾西干脆行了个浅浅的鞠躬礼。

"不用客套了，你不要像个成年人似的拘谨保守！"尼克摆了摆手，用稍显严厉的语气说道。

这让艾西非常尴尬。这个少年和其他人非常不一样，完全不按常理出牌，这让她不知所措，不知如何招架。

"你接下去想去哪里玩？"尼克侧着脸瞥向艾西，微微上扬的眼角洋溢着笑意，那样子非常勾人，带着一种说不出来的魅惑。

"啊？我吗？"少年的思维跳跃太快了，艾西一下子反应不

第一章 | 邂逅，巴塞罗那

过来，"呃……我想去看神圣家族大教堂和巴特娄宫。"

"你知道在哪吗？"少年望着她问道。

"不知道，不过我可以看地图，或者问行人。"艾西从背包里掏出一份地图，然后在尼克面前亮了亮，仿佛是表现自己的未雨绸缪。

"语言都不通的笨蛋！"尼克朝她丢了两颗卫生球。

艾西的脸立刻涨得通红，但还是不肯投降："我带了辞典！"她朝少年扬了扬手里的辞典。

少年拿过艾西手里的辞典，然后往旁边的垃圾桶里随手一扔。那本可怜的辞典就这么准确无误地落入了一堆垃圾中，简直比NBA的篮球手还精准。

"你干吗扔我的辞典！那可是我新买的！"艾西赶紧冲到垃圾桶前，把辞典从一堆垃圾中拿出来，然后视若珍宝地擦掉上面的污渍。

"我来当你的导游吧！反正我也没事做！"尼克竖起一根手指，在半空摇了摇，帅气而随意的样子非常的好看。

"咦？真的吗？"艾西大喜，可是没过两秒钟她又怀疑起来，"你不是和我开玩笑吧……"这个尼克的思维那么跳跃，又不按常理出牌，不难保证他下一秒就改变主意。

"我的样子像开玩笑吗？走吧！"尼克不由分说地拉起了艾西的手就往前走。

"去……去哪儿？"艾西一下子没反应过来，被拉得一个趔趄，差点就一头栽倒在地上。

"神圣大教堂呀！"尼克头也不回地说，继续拉着艾西往前走。

他还真的要当自己的导游？艾西大跌眼镜。

2

少年雷厉风行，说风就是雨，果然带着艾西来到了神圣大教堂。

　　神圣大教堂是巴塞罗那的标志性建筑，也是高迪的代表作。教堂始建于1884年，但是因为资金问题至今未能竣工。这也是一座具有极大争议的建筑，有人为它疯狂，也有人说那四个尖尖的尖塔像四块饼干。

　　但是不管怎么样，巴塞罗那人认同了这座建筑，选择用它来代表自己的形象。

　　"哇！真漂亮，我终于目睹了高迪大师的杰作！"艾西举着相机咔嚓咔嚓地从各个角度进行拍摄。

　　"这建筑有什么好看的？像怪物似的，半夜看起来毛骨悚然的。"尼克抱着双肩做了个颤抖状。

　　艾西放下相机，鄙视地白了他一眼："你懂什么，这是艺术！高迪大师可是建筑界的灵魂人物！"

　　尼克望着艾西透着薄怒的脸，微笑着说："看来你对这些还了解得不少。"

　　"那当然，我可是读美术学院的，自然对这些有所了解！"艾西拍了拍胸脯洋洋得意地说。

　　"哦？你是学美术的？哪方面？"尼克饶有趣味地望着她。

　　"画画，我的偶像是莫奈！在莫奈的画中人和大自然和谐地融为一体，他们融合在景色、阳光和空气中，而这一切又融合在画家特有的灿烂艳丽却又像乐曲般和谐的色彩之中。色彩就是描绘壮丽的自然交响乐的音符！"艾西一说到自己的偶像就像是打开了话匣子，一下子就说个不停，各种表情在她脸上变换着，让她白皙得如陶瓷般的娃娃脸生动而活泼起来。

　　尼克看着她脸上多变的表情，微微地扬起了嘴角。

　　"你喜欢莫奈应该去法国啊，怎么来巴塞罗那？"他笑着说。

　　"因为巴塞罗那是世界上最美的城市，我一直想看看被誉为世界上最美的城市到底有多美。"艾西回过头望着他。

　　尼克笑了笑，问："现在你已经见识到了，感受怎么样？"

　　"太美了……美得我都不想离开了！"艾西闭上眼睛，张开了臂膀，仿佛是在拥抱整座城市。她脸上陶醉的表情，一瞬间让尼克深深着迷了。

第一章 | 邂逅，巴塞罗那 |

"它可没你想象中那么完美哦，不然你也不会遇上刚才那种事。"尼克笑了笑，毫不留情地泼了她一头冷水。

可是艾西的热情是没有那么容易被尼克泼灭的，她朝尼克展开一个不屈不挠的笑容："世界上没有完美的事物，我们不能以偏概全！"

"你真是个有趣的人。"尼克微微歪着脖子望着艾西，似乎是在她身上寻找到了不同寻常的东西似的，仔细研究着。

"爸爸告诉我做人要乐观。"艾西累了，在一旁的花坛上坐下休息。

"我妈告诉我不要把所有事物都想得太美好。"尼克轻巧地一跃，跳到花坛上，在她身边走来走去。

"看来我爸和你妈想法上有很大的出入。"艾西向尼克报以一个无奈的眼神，那可爱的样子把尼克逗乐了。

"接下来你想去哪？"尼克跳下花坛，站在她面前，微笑着问道。

"巴特娄宫、毕加索博物馆、帕特拉比修道院、现代艺术博物馆……"艾西如数家珍般一一列举着。

"这么多！一天怎么看得完？"尼克暗叹着艾西的贪心。

"那我们就多花几天时间，直到把它们全都看完！"艾西高举着胳膊嚷道，显然是正在兴头上。

"你当我这个导游是免费的吗？"尼克伸出一根手指戳了戳艾西的额头，佯怒着装出一副黑社会的样子。

可是艾西并不怕他。经过一个多小时的接触，艾西发现尼克其实是个好人，虽然有点不按常理出牌。

"是你要当我的导游的，俗话说送佛送到西，既然你都当我的导游了，那就要坚持到最后！"艾西笑嘻嘻地说，不停朝尼克眨着眼睛，流露出无辜的眼神。

尼克被艾西打败了，举起双手投降："好好，服了你了，那我们先去巴特娄宫吧！"

"好耶！GO GO GO！"艾西高兴极了，昂首阔步往前走，尼克笑着跟了上去。

007

　　艾西和尼克乘坐当地的旅游观光巴士，游览了巴特娄宫和毕加索博物馆，一路上艾西都在啧啧赞叹着，恨不得用相机把整座城市都拍下来，打包回家。

　　巴塞罗那实际上是两城合一的。

　　老城有一个景色美丽的哥特区和许多建筑遗址，因为这里有不少令人难忘的灰色石头建造的哥特式建筑物，包括壮观的大教堂。新城是城市规划的典范，有宽广的大道，两边树木成行，还有大广场。

　　令人感兴趣的中世纪建筑物中有许多教堂和宫殿。巴塞罗那是一座优雅的城市，城郊斜坡缓缓向上连接着周围的山丘。从附近的提比达波山和蒙特胡依西山坡上可以眺望城市极好的景色。远处是蒙特塞拉特山脉，山峰如针尖突起，著名的蒙特塞拉特修道院紧靠山腰。

　　巴塞罗那市是国际建筑界公认的将古代文明和现代文明结合得最完美的城市，也是一所艺术家的殿堂，市内随处可见世界著名的艺术大师毕加索、高迪、米罗等人的遗作。

　　日落黄昏时，艾西和尼克游览累了，来到了阿尔武费拉湖边。

　　夕阳下，湖水潋滟，湖面倒映着霞光，瑰丽无比。游人在湖边悠然地散着步。

　　艾西张开双臂，在桥上行走着，湖面上吹来的风撩起了她的白裙，恍然间尼克觉得她像是落入凡间的天使，随时都会乘风而去。

　　"谢谢你，今天带着我游览了这么多地方，我很高兴！"艾西回过头，望着尼克真诚地说道。

　　"我可不是免费给你当导游的，你得付我报酬。"尼克忽然露出了一本正经的表情。

　　艾西皱了皱眉，突然觉得有点扫兴，她不悦地望着尼克问："你要多少报酬，只要不是太贵。"

　　"我不要钱。"尼克竖起一根手指，在艾西面前摇了摇。

　　"那你要什么？"艾西皱起了眉，不是很明白尼克的意思。

　　"这个以后再说，你先欠着。"尼克笑了笑，露出一口洁白整齐的牙齿，霞光映照着他的脸，勾勒出一个美轮美奂的轮廓，

第一章 | 邂逅，巴塞罗那

如画中的美少年。

"嗯……那好吧！"艾西想了想，点头道。

"En eso también!(在那呢！)"

蓦地，不远处传来一个叫声，接着一大群人朝他们冲了过来，大多是十六七岁的少年，衣着怪异，一看就是不良少年。

一群人很快就把艾西和尼克包围了，艾西站在一大群人中间，眨巴着圆圆的大眼，显然还没从眼前的状况中反应过来。

"Es usted!（又是你！）"其中带头的一个少年指着尼克的鼻子怒气冲冲地说道，看样子似乎是认识尼克。

艾西没见过面前的少年，也不知道他在说什么，但是看得出他和尼克可能有过一段不愉快的过往。

"Sus hombres habían sido mi amigo!(你的人动了我的朋友！)"尼克仰起脸，对带头的少年大声说道。

艾西听不懂他们在说什么，只能像哑巴似的眨巴着大眼望着他们。

"Simplemente para sobrevivir, puede lo calificaron como este!（我们只是为了生存，可你把他打成这个样子！）"带头的少年似乎非常生气，他转过身把站在他身后的一名少年拉了出来。

艾西发现那个吉普赛少年就是下午抢她包的人，被尼克打了一顿，现在鼻青脸肿的，看上去非常狼狈。

"尼克，怎么了？"艾西轻轻地拉了拉尼克的衣袖，在他耳边小声问道。她感觉到事态有点严重，危险正在朝他们一步步逼近。

"我等一下叫你跑，你就赶快跑。"尼克小声对她说。

"为什么？"艾西惊讶地睁大眼睛。

"不要问那么多了。"尼克不再理她，继续和那个带头少年交谈，可是气氛看上去却越来越紧张。

只见那群少年个个都捏紧了拳头，咬紧了牙，似乎是要把尼克撕成八块似的。特别是那个被尼克打得鼻青脸肿的吉普赛少年，自始至终都死死地瞪着尼克，双眼通红，透着血腥，好像是要在他身上烧出两个洞似的。

难道是那个吉普赛少年被尼克揍了一顿不服气,所以找人来报仇了!

艾西一下子慌了手脚。

3

在艾西还没有想到脱身的办法时,一群人就打了起来。

那群少年冲向尼克,似乎是和他有着深仇大恨似的,下手极狠。尼克边护着艾西边躲闪着攻击,可是对方人数众多,又加上还要保护艾西,尼克渐渐地显得力不从心,被打中了好几拳,脸上很快就挂了彩。

艾西觉得自己是个累赘,却又想不出能够帮助尼克的方法,急得如热锅上的蚂蚁。

这时,她看到那个吉普赛少年掏出了一把折叠的军用刀,锋利的刀刃在夕阳下闪烁着冰冷的光泽。

吉普赛少年挥舞着刀子向尼克刺了过去,艾西张大了嘴,心一下子吊到了嗓子眼。

幸好尼克眼疾手快,一把抓住了那少年的手腕,然后用力一拧,吉普赛少年惨叫了一声,刀子从手里滑落下来。尼克接过刀子,一个箭步冲到那个带头的少年面前,在那个带头的少年还没有反应过来之时,尼克已经到了他身后,刀子架在他脖子上。带头的少年顿时吓得呆立不动,其他人见此情形也都停了下来,心有余悸地望着尼克。

一下子,形势就完全逆转了。

艾西对尼克实在是太佩服了,在这么紧张而混乱的情况下,尼克居然可以表现得那么镇定,想出了擒贼先擒王的方法。

"Todo el mundo congelación, o lo mato!(谁都不许动,不然我杀了他!)"尼克对所有人大吼道,刀刃也更加贴紧了带头少年的脖子。

010

第一章 | 邂逅，巴塞罗那 |

所有人吓得一动都不敢动。

尼克望向站在一边不知所措的艾西，大声对她说："快跑！"

"你怎么办！"艾西站在原地不动。如果她跑了尼克怎么办，他一个人能对付那么多人吗。

"我会想办法的，你快跑吧！"尼克面不改色地说道。

可是艾西还是很担心他，尼克都是因为救她才会被这群小混混缠上的，她这么丢下他独自逃跑太不道义了。

"快跑啊！"尼克看她磨磨蹭蹭站在原地，急得大吼。

"那好吧，我去叫警察！"艾西想到自己就算留在这里也帮不上尼克，于是就一咬牙扭头跑开了。

尼克看到艾西跑远了，松了一口气，可是他却没有注意到那个被他揍过的吉普赛少年从地上捡起一根铁棍，然后偷偷地潜行到他身后。

等他察觉到时，铁棍已经向他挥来，他听到铁棍破风的声音，然后背后就传来火辣辣的钝痛感。

尼克眼前一黑，刀子掉在了地上，双膝一曲，扑通一声倒在地面上。

艾西回过头时，看到尼克倒在地上，被一群人拳打脚踢。她全身的血液一下子就冲向了头顶，不管三七二十一，就从清洁工人手中抢来了一把扫把，然后就冲了回去。

"滚开！不准打他！滚！"

艾西举着扫把毫无章法地乱扫着，愤怒居然激发出了她的潜能，加注在扫把上的力道特别重，那几个围殴尼克的少年被打到几下，痛得纷纷躲开。

艾西伸出手，拉起尼克，然后就把扫帚丢向那几个重新向他们围过来的少年，转身就跑。

尼克被打得挺惨，身上各处都挂了彩，两人跌跌撞撞，狼狈地在街上乱跑，身后那群少年紧紧地追着，杀气腾腾的，一路上的行人纷纷躲到两边。

他们穿过了两条街，来到了一条小巷里。艾西的体力渐渐不支，脚步虚飘起来，几乎是被尼克扯着往前跑。

011

"哎呀!"艾西一个不留神踢到了横在小路中间的一块烂木板,摔倒在地上。

"艾西,你没事吧?"尼克把她从地上扶起来,可是艾西才刚站起来,就痛得再次跌坐在地上。

尼克的视线移到她的脚上,发现她的脚踝肿了起来。

"我好像扭到脚了……我跑不动了,你快跑吧。"艾西捂着自己的脚踝,痛得满头冷汗。

眼看着那群人要追来了,可是他又受了伤,不可能背着艾西跑掉的,尼克焦急万分。就在这时,他看到角落里有个破竹筐。

尼克把艾西抱了起来,在墙角放下,然后把竹筐扣在她身上。

"你躲在这里不要出声,我去把他们引开。"尼克望着竹筐中的艾西,叮嘱道。

"不要,你一个人很危险。"艾西拉着尼克的衣服,不肯放手。

"你不用担心,我对这里的每一条街都非常熟悉,他们捉不到我的。"尼克冲艾西笑了笑,然后把她的手从自己衣服上扯开。

"可是……"艾西依依不舍地望着尼克。不知道为什么,她有个预感,这次如果和尼克分开,她就再也见不到他了。

"乖乖待在这里,不要出声。"尼克伸出手,轻轻地摸了摸她的头顶。这一刻,艾西觉得眼前和她年纪相仿的少年,看起来要比她成熟好多。

"那我怎么找你?"艾西拉着尼克的手问道。

"明天我在桂尔公园门口等你。"说完,尼克倾身在艾西的唇上印下一吻,然后放下竹筐。

他检查了一下竹筐,确定不会被人察觉,然后朝后张望了一眼。身后追赶的脚步越来越近,他看了竹筐一眼就转身往小巷的深处跑去。

唇上还残留着尼克的气息,艾西蹲在漆黑一片的竹筐中,颤巍巍地伸出手,摸向尼克亲过的嘴唇。

外面传来一阵凌乱的脚步声和嘈杂的叫嚷声,可是那些声音并没有停留多久就远去了,艾西想他们一定是追赶尼克去了。

尼克,你千万不要有事!

第一章 | 邂逅，巴塞罗那 |

艾西闭着眼睛，在心里祈祷着。

小巷再次安静下来，静得只剩下自己的心跳声。艾西在竹筐里等待了一会儿，确定他们已经远去后，才慢慢地掀开竹筐。

小巷内空无一人，只有一只黑色的流浪猫在一堆垃圾中闲晃着。

艾西掀开了竹筐站了起来。

那群追赶他们的小混混已经不知去向了，尼克也不知道跑到哪儿去了，她突然觉得有点不知所措起来。

望着静悄悄的小巷，她的心里凉凉的，有丝想哭的冲动，可是她还是忍住了。

尼克说过他对这里的每一条街都非常熟悉，他们不可能捉到他的。

艾西在心里安慰着自己，在原地徘徊了一会儿，才下定决心离开小巷。

回到宾馆里，艾西依旧心神不宁，不知道尼克是不是摆脱了那群小混混。

她当时为什么没有问他联系方式，自己真是蠢透了！

艾西躺在宾馆的大床上，懊恼地用枕头砸着自己的脑袋。

一晚上，艾西都没有睡好，她不停地做着噩梦。

梦里，尼克被那群小混混捉住了，打得头破血流，艾西一次次地被惊醒，然后就再也睡不着了。

4

好不容易挨到第二天早晨。

天一亮，艾西就跑到了桂尔公园，可是她并没有在公园门口看到尼克。

天才蒙蒙亮，公园内静悄悄的，空无一人。

是不是自己来太早了？

　　艾西看了看手表，才六点，于是，她就在公园门口耐心地等待着尼克。

　　时间一分一秒地过去，公园的游人渐渐多起来，可是尼克依旧没有出现，艾西不禁慌张起来。

　　难道尼克被那群小混混捉住了？还是他出事了？

　　一个个不祥的念头争先恐后地出现在艾西的脑袋里，她越来越惊慌，越来越焦躁。

　　尼克再不出现，她就要发疯了！

　　太阳慢慢地爬到了头顶，艾西站到腿都麻了，却依旧坚定地站在原地。

　　游人们像看外星人似的望着站在公园门口站了半天的艾西，可是艾西根本没有心思顾及别人的眼光，她的整颗心都在尼克那里。她望着道路的两边，这条路不知道被她看了多少遍了，可是尼克还是没有出现。

　　太阳升起又落下，艾西在公园门口等了一整天，尼克始终没有出现。

　　"Chica, sigue tu camino, aquí cerrados.（小姑娘，回去吧，这里关门了。）"公园的管理员看到艾西在门口站了一整天，不忍心看下去，走到她面前提醒道。

　　艾西听不懂他在说什么，可是看到他挥手的动作大概猜得出来，是在赶她走。艾西望了望道路的两边，依旧没有尼克的身影。

　　她叹了口气，垂头丧气地离开了公园。

　　夜色微凉，路灯把她的影子拉得长长的。

　　肚子咕噜咕噜地抗议着她的虐待，可是艾西一点胃口都没有。

　　尼克啊尼克，你在哪呢……

　　你不是说会在桂尔公园门口等我吗，为什么没有出现呢？

　　夜晚的巴塞罗那灯火辉煌，游人依旧络绎不绝。

　　夜色那么迷人，就像是西班牙女郎热情的舞蹈。

　　神圣大教堂的钟声回响着，刺破了漆黑的夜空。阿尔武费拉湖的湖水静静流淌着，湖面倒映着美丽的夜色，如同一幅油画。

　　可是这些都勾不起艾西的兴趣，她此刻多么希望尼克能够像

第一章 | 邂逅，巴塞罗那

他们第一次见面那样从天而降，活蹦乱跳地出现在她面前，和她开玩笑。

可是，没有。

喧闹的街头只剩下她孤身一人，明明来到这个城市时就是孑然一身，可是此时却感觉特别孤独。

尼克啊尼克，你到底在哪里？

艾西仰望着夜空，在心里呐喊着尼克的名字。

第二日。

艾西依旧早早地来到桂尔公园，她依旧抱着一丝侥幸，希望尼克能够如约出现。可是等了一个上午，尼克依旧没有出现。

中午，艾西买了一根热狗，坐在公园的长椅上，拿出笔和纸画下尼克的肖像。

虽然她和尼克接触的时间不长，可是尼克脸上的每个细节她都记得清清楚楚，只要一闭上眼睛，他的脸就会清晰地浮现在她脑海里。

艾西画完了尼克的肖像，就拿着肖像满大街地寻找尼克。

"Pregunto, han visto a este hombre?（请问，见过这个人吗？）"艾西逢人就把画像拿给对方看，可是行人看了看画像都只是摇了摇头，然后转身离开。

艾西不气馁，一个个问过去，她相信总有一个人会认识尼克，或者见过他的。

可是，事实并没有她想象中那么容易，艾西拿着画像在大街上询问了半天，都没有一个人认识或者见过尼克。

奔波了一天，艾西疲惫不堪地坐在街边的长椅上。手里的画像都捏皱了，可是依旧没有尼克的一丝线索，艾西有股想哭的冲动。

尼克，你不会出事了吧？不管是死是活，我都要见见你。

两行眼泪顺着脸颊流下来，艾西没有去擦，任眼泪缓缓流下。

接下去的几天，艾西依旧不厌其烦地拿着尼克的画像，在巴塞罗那的大街小巷打探着尼克的线索。

可是尼克就像是人间蒸发了似的，无论艾西怎么打探都无法找到关于他的一丝一毫的线索。

而艾西的签证也很快就到期了，她不得不离开巴塞罗那。

手里捏着机票的那一刻，艾西依依不舍地望着这个让她着迷，又给她留下了无限遗憾的城市。

尼克啊尼克，你到底在哪里？

为什么你没有实现我们的约定？

飞机飞上云霄，艾西望着渐渐远去的巴塞罗那，在心里一遍遍念着尼克的名字。

如果风能听到我的呼唤，请一定要把他的消息带给我……

回国后，艾西就像换了个人似的，整天郁郁寡欢。

艾可为不知道自己的女儿是怎么了，整天失魂落魄的，似乎回到国内的只是她的肉体，而她的灵魂依旧留在那个遥远的城市巴塞罗那。

看到女儿像颗土豆似的老窝在沙发里看书，艾可为觉得不能让她继续这么下去了，于是走上前，蹲在她面前，笑嘻嘻地问："西西啊，你要不要出去走走啊，你已经在家里待了一个星期了。"

"我不想出去。"艾西换了个姿势，让自己躺得更加舒服点。

虽然碰了钉子，但是艾可为依旧没有打退堂鼓，他继续问："你这么老是待在家里闷不闷啊？爸爸给你些钱，你找同学去逛逛商场吧，买点喜欢的东西。"

"我什么都不缺。"艾西盯着手里的小说，头也不抬地说。

艾可为犹豫了一下，还是决定问问女儿是不是发生了什么事，于是他便问："西西，你是不是有什么心事？"

"我没事。"艾西面无表情地说。

艾可为在她脸上看不出任何的线索，他望着女儿欲言又止。

艾西从小就失去了母亲，只剩下他们父女相依为命，所以艾西一直和他感情很好，几乎是无话不谈。可是，随着艾西慢慢长大，他们之间的话题就越来越少了，艾西很多心事也越藏越深

第一章 | 邂逅，巴塞罗那 |

了，很多时候他真的不知道艾西在想什么。

"唉……他"暗暗地叹了口气，然后站了起来。望着把脸埋在书后的女儿，他无奈地说："那我先出去了，你要是有什么需要的话，就给我打电话。"

"我没什么需要的，你去忙吧，爸爸。"艾西冲他笑了笑，然后继续看小说。

艾可为望了她一眼，感觉有点力不从心，于是只好转身出了门。

听到关门声，艾西从书后抬起头。

父亲已经离开了，客厅空荡荡的，只剩下她一个人，显得特别地寂静冷清。

她知道最近父亲一直很担心她，可是她不知道该怎么和父亲说起巴塞罗那发生的事。

那个从天而降出现在她面前又像幻影般忽然消失的美丽少年，或许她只能永远把他深藏在心中，成为永远的回忆。

他没有给她留下任何的东西，只剩下一个简单的名字——尼克。

第二章
归国，新来的后妈

> 艾西的独白
> 命运喜欢和我们开玩笑，在匆匆的分别之后，我以为我们这辈子都无法相见。
> 可是他居然又以那样的身份出现在我面前。
> 我不知道是该喜还是悲，因为这个玩笑开得实在太大了，而尼克淡漠的表情，更加让我深受打击。

1

周末，艾可为约艾西到外面的高级饭店吃饭，并且还叮嘱她要穿得正式点，说是有重要的事情要向她宣布。

艾西看到父亲神神秘秘的样子非常疑惑，可是，看到父亲的神情是那么雀跃，又不好意思扫了他的兴。于是，在傍晚的时候，艾西就换了一条新买的雪纺长裙，然后把乱糟糟的长发梳理好。

望着镜子中清爽干净的自己，艾西满意地点了点头，看看时间差不多了，她拿起沙发上的包，然后就出门了。

艾西来到饭店，在服务员的带领下，来到了二楼。

饭店的装潢富丽堂皇，金色的护壁板，一直垂落到头顶的水晶吊灯，柔软而厚实的羊毛地毯，无不显示着精致和华丽。

会有什么重要的事，老爸要把她约到这里来吃饭？

艾西越来越疑惑了。

这时，服务员已经把她带到了包厢前。

服务员帮她打开了门，然后就鞠了个躬转身离开了。

艾西推开了门，走进了包厢。

艾可为正坐在包厢内，看到艾西走进来，赶紧朝她招着手说："西西，你来啦，快坐到爸爸这边来！"

"爸。"艾西叫了一声，走到父亲身边坐下。

第二章 │ 归国，新来的后妈 │

艾西微笑着望着他，虽然已经年过四十，可是依旧保留着年轻时候的风采，只是增添了一份成熟的韵味。

艾可为自己经营着一家公司，可以说是事业有成，追求他的女性非常多，可是他却一直没有寻找伴侣。

艾西知道，这都是因为她。这十多年来，他几乎把所有的精力都花在她和公司上面了，根本没有半点私人空间和时间去谈恋爱。

所以，她觉得自己对父亲亏欠了许多。

"爸，你今天约我到这里来，到底有什么事情啊？"艾西望着父亲，好奇地问道。

"你等一会儿就知道了。"艾可为神秘地笑了笑。

"为什么现在不告诉我？"艾西有点生气，父亲这么故作神秘，让她心里憋得慌。

"我们还要等两个人。"父亲伸出手指，轻轻地点了点她的鼻尖。

虽然艾西已经十八岁了，可是爸爸依旧把她当成小女孩看待。在父母眼里，孩子永远都是长不大的。

"是什么人啊？很重要吗？是爸爸您的朋友吗？"艾西拉着父亲的手不停追问着。

正在这时，包厢的门再次被推开了，一位美丽而温婉的中年妇女走了进来，身后还跟着一个身材修长的少年。

艾西看到那少年的一刻，整个人就愣住了。

那张让她魂牵梦绕的脸，居然就这么毫无预兆地出现在她眼前！

难道这又是一场梦？在她眨眼的瞬间，他又会像雾气般消散，然后无影无踪……

"你们来啦。"艾可为笑着站起来，招呼道。他把发呆的艾西拉了起来，笑着对她说，"西西，我给你介绍，这位是方阿姨，这是方阿姨的儿子千瑾。"

艾西依旧痴痴地望着美妇人身边的少年。

艾可为偷偷地扯了扯她的手，她才恍然惊醒过来。她僵硬地笑了笑，对眼前的美妇人点头说："你好，方阿姨。"

方淑华看到艾西高兴极了，她拉起艾西的手，笑吟吟地说：

019

"你就是艾西吧,你爸爸经常向我提起你,既漂亮又文静,让人好喜欢。"

她笑起来格外地甜美温柔,虽然已经快四十的人了,可是脸上一条皱纹都没有,看起来只有二十七八岁的样子,和艾可为站在一起特别般配。

艾可为望了她们一会儿,笑着说:"西西,这次约你过来,是想告诉你一个消息,我和方阿姨已经谈恋爱半年多了,我们决定下个月结婚。"说到"结婚"二字,艾可为的脸微微有些红。

"结婚?"艾西听到结婚二字,惊讶得差点跳了起来。她无法置信地望着父亲,简直不敢相信他居然向她宣布,要和这个她才第一次见面的女人结婚!

这实在是个太大的惊喜了,艾西一时间无法接受。

"是。"看到艾西这么激动,艾可为有点尴尬。他拉起艾西的手,语重心长地说,"你妈妈过世那么多年了,我觉得我也需要给你找个新妈妈来照顾你。方阿姨人很好的,你们一定会相处得很愉快的。"

艾西望着父亲沉默着,她不知道该说什么。

艾可为看到女儿不说话,以为她不答应,表情也紧张起来。"西西,你不会不答应吧?"艾可为小心翼翼地问道。

艾西望着父亲,虽然他看起来英俊依旧,可是依旧无法改变他已经是四十多岁的事实。

想到父亲为她牺牲了那么多,几乎把自己所有的青春都花在她身上了,她觉得她不应该阻止父亲追求幸福。于是她笑了笑说:"怎么会,爸爸你能找到伴侣我当然很高兴,我祝福你和方阿姨。"

"谢谢你,西西。"艾可为听到她这么说,高兴得泪眼汪汪。

他拉起方淑华的手,两人深情地对望着。

艾西看到他们这么相爱,心里也安慰了许多,她想父亲一定会幸福的。

忽然,父亲又像想到什么似的,望着她说:"西西,方阿姨和千瑾刚从巴塞罗那回来,明天开始他们就会搬来和我们一起

第二章 | 归国，新来的后妈

住。千瑾比你小一岁，以后他就是你弟弟，你作为姐姐要好好照顾千瑾，知道吗？"

少年望着她，脸上没有过多的表情，俊美的五官在水晶灯的灯光下完美得如同画笔勾勒而出。这张脸上的每一个细节，她都记得清清楚楚，因为她曾经描绘过无数遍。

可是这张脸上的表情她却是陌生的。

这张脸上曾经洋溢着狡黠和笑容，而现在只剩下冷漠和疏离。

仿佛他们从未相识过。

艾西一瞬间掉入了冰窖中，她麻木地点了点头，应道："我会的。"

"以后多多关照，姐姐。"少年扬起嘴角朝她笑了笑，"姐姐"两个字如同两颗冰雹砸在艾西头上，让她瞬间脸色苍白。

他不记得我了吗？

艾西不解地望着面前的少年。

还是他并不是尼克，他们只是长得非常相似的两个人。

可是他们俩长得一模一样，而且他也是从巴塞罗那而来，天下怎么可能有这么巧的事？

艾西望着面前的少年，想从他脸上找到一丝破绽，可是他显得那么地平静和淡然，她在他脸上除了陌生，什么都没有找到。

接下来，四个人就开始一起吃饭。

席上大家高兴地交谈着，可是说了什么艾西都没有听到。她的心里乱透了，这到底是怎么回事？

是她在做梦，还是老天给她开了个玩笑？

2

吃完饭，艾可为要去公司加班，而方淑华即将开业的服装店也正在繁忙地筹备中，所以两人就一起离开了，只剩下艾西和千瑾两人。

两人走出了饭店,漫步在灯火通明的大街上。

已经接近夏末,夜晚已经不那么炎热,夜空也越发清澈起来,星星明亮得似乎伸手可触。

"你为什么装作不认识我?你以为你换了个名字我就不认识你了吗,尼克。"

两人沉默无语地走了半条街,艾西终于再也憋不住,停了下来,望着千瑾质问道。

千瑾笑了笑,像看一个任性的小孩子似的望着艾西:"我没有换名字,我在西班牙用的名字是尼克,中文名是纪千瑾。"

"你终于承认了,我以为你会装傻装到底。"艾西冷笑一声,讽刺道。

"我一直没有否认我是尼克啊。"千瑾流露出一丝无奈,但是艾西却在他眼中察觉到了一丝狡黠。

千瑾的回答让艾西有点恼火,她瞪着他,生气地问:"那你为什么要装作不认识我!"

"在刚才那种情况下,我不知道该怎么提起我们在巴塞罗那认识的事。"千瑾无奈地耸了耸肩。

"也是……"艾西突然也跟千瑾一样感觉无奈,"你居然成为了我的弟弟,世界上怎么会有那么巧的事。"

"看到你的那一刻,我也非常震惊。"千瑾的语气非常诚恳。

艾西毫不客气地白了他一眼:"我可没看出来你震惊,你看到我的那刻就像是看到了个从未见过的陌生人似的。"艾西有一肚子的怨气。

"我只是没表现在脸上而已。"千瑾无辜地嘟了嘟嘴。

艾西完全被打败了。这个比他还要小一岁的少年,真是老成得让她害怕。

"你为什么没来找我?我在桂尔公园等了你好多天。"艾西瞪着千瑾质问道。但她没有告诉他,她拿着他的画像在大街小巷找了他许多天。

"对不起,我那天回去后就跟着母亲回国了,我想通知你的,可是后来才想起忘记问你联系方式了。"千瑾抱歉地说道。

第二章 | 归国，新来的后妈 |

艾西顿时非常失落，原来在意的只有她而已，原来一切都是她自作多情。

也好，他对她没有感情，他们才可以比较自然地以姐弟关系相处。

第二天，方淑华就带着千瑾搬进了艾西家里。

多了两个人，两百多平米的别墅终于显得不那么空旷了。

"我来帮你拿吧。"艾可为接过方淑华手里的行李箱，然后对艾西说："西西，你带千瑾去他的房间吧。"

"好。"艾西点了点头，带着千瑾上楼。千瑾跟在她身后，转着头望着这个对他来说非常陌生的屋子，显得非常好奇。

艾西带着他来到二楼，打开了南边第二间的房门，然后转身对他说："这是你的房间，我已经打扫干净了。"

"谢谢。"千瑾拎着行李箱走进房间。

房间的布置非常地简洁优雅，打扫得一尘不染。窗帘是他喜欢的淡蓝色，床上铺着成套的淡蓝色被单，是崭新的，他想这应该是艾西为他挑的。

"你看看，缺什么就告诉我。"艾西帮他把窗帘拉开，外面的阳光瞬间洒落进来，整个房间明媚起来。

千瑾看了看房内的摆设，床、衣橱、书桌、书架、电视机，几乎都有了。他笑了笑，对艾西说："什么都不缺，谢谢。"

"你以后就是我弟弟了，不用跟我客气。"艾西笑了笑，笑容里却有丝苦涩，"你先整理行李吧，我下楼了，等会儿我来叫你吃饭。"

"嗯。"千瑾点了点头，然后蹲在地上整理行李。

艾西看了他一眼，转身走出了房间。

突然间多了个弟弟，她还非常不习惯，不知道该怎么和他相处。

曾经他们在巴塞罗那毫无间隙，可是现在那种感觉已经消失无踪了。

就像从梦境跌回现实中，只剩下残酷和现实的无奈。

023

吃完晚饭，方淑华的服装店有批衣服要送过来，所以艾可为就开车送她去服装店了。

家里只剩下艾西和千瑾。

艾西洗完碗从厨房里走出来，看到千瑾坐在沙发上看着电视，电视节目可能有点无聊，他不停按着遥控器换台。

"电视柜下面有我和爸爸收集的DVD，你无聊的话可以找出来看看。"艾西指了指电视柜说道。

千瑾顺她手指的方向望去，看到电视柜下面整整齐齐地堆放着许多DVD。

"哦。"他面无表情地应了一声。

千瑾冷漠的反应，让艾西接下去不知道该说什么，于是她决定上楼洗澡睡觉。

"那我先上楼了，晚安。"

"晚安。"千瑾淡淡地应了一声，眼睛始终没有离开电视机。

艾西看了他一眼，转身上了楼。

做完饭身上出了一身的汗，艾西从房间拿了睡衣就走进浴室去洗澡。她脱光了衣服，走进了淋浴房，水花从莲蓬头里洒出来，淋在身上非常舒畅。

艾西边哼着歌边洗澡。

千瑾蹲在电视柜前翻了翻DVD，发现没有自己特别想看的电影，于是关了电视机也上楼了。

白天搬家出了一身的汗，他从房间里拿了一条沙滩裤就走向浴室。

一打开浴室的门，映入眼帘的是艾西哼着歌淋浴的画面。

他瞬间愣在原地。

同时，艾西听到开门声转过头，看到千瑾正一动不动地站在门口望着她，她全身的血液一下子冲向头顶，尖叫着拉过毛巾架上的浴巾裹住自己的身体。

"对不起！"千瑾这时才反应过来，慌张地冲出浴室，砰地把浴室的门关上。

艾西惊魂未定，用力抓着身上的浴巾，整个人像被丢进了开水中的龙虾，从头红到脚。

天哪！怎么办？刚刚千瑾不会什么都看到了吧！

她以后还有什么脸面面对他呀！

艾西羞愧得恨不得挖个地洞钻进去。

艾西懊恼极了，她居然忘记了家里新搬来了一个男人。平时老爸不常在家，她就没有习惯锁浴室的门。

这次真是糗大了！

艾西刷牙时还在懊恼不已，她怕走出浴室碰到千瑾，发生了刚才那样尴尬的事后，她不知道该怎么面对他，所以磨蹭了半天才走出浴室。

走出浴室，她并没有看到千瑾。

千瑾房间的房门紧闭着，里面传来音乐声，艾西这才松了一口气，走进了自己的房间。

千瑾躺在床上，台式音响里播放着流行音乐，可是他根本没有在听。他的脑海里不断地浮现着艾西洗澡的画面，无论他怎么挣扎都挥之不去。

他的心脏怦怦直跳，就像擂鼓般响亮。

为什么他的心脏跳动得那么快？女人的裸体他不是第一次见到了，可是为什么这一次的感受却那么地强烈。

千瑾用力摇了摇头，把这个可怕的念头挥出脑海。

3

早晨，艾西做完了早餐，等千瑾下楼吃饭，可是千瑾一下楼就匆匆忙忙地换鞋。

"你要出门吗？我做了早餐，要不要吃了早餐再走。"艾西笑眯眯地问。

"我不吃了，你吃吧！"千瑾说完就拿起地上的背包出门了。

望着千瑾冷漠地离开，艾西心里有点小小的受伤。他是怎么了？难道是因为昨晚的事不好意思……

想到这里，艾西稍稍释怀了些。

傍晚。

艾西正在厨房做晚饭，突然听到客厅传来撞击声。艾西疑惑地放下了手中的卷心菜，走出了厨房。

她看到千瑾坐在地上，上半身靠着沙发。

"千瑾，你回来啦。"艾西走上前，发现千瑾软绵绵地靠在沙发上，脸色微红，眼神也有点迷离。

"千瑾，你怎么了？"艾西着急地跑上前。

她在千瑾面前蹲下，伸出手贴在他的额头上试探了一下，发现他的额头烫得要死。"千瑾，你发烧啦！"艾西惊叫了一声，赶紧动手把他从地上扶起来。

千瑾烧得有点神志不清，软绵绵地靠进艾西怀里。艾西费了九牛二虎之力才把千瑾拖上二楼，她扶着千瑾来到他房间，然后轻轻地把他平放在床上。

给他盖好被子后，艾西跑到自己房间找出了温度计和退烧药。

她掰开千瑾的嘴，把温度计塞进他嘴里，看着手表等了一分钟后，把温度计拿了出来，看了看温度计上的数字，她吓了一跳，居然高达39度！

艾西倒了温水，然后把千瑾从床上扶起来。千瑾迷迷糊糊的，根本不知道发生了什么事。艾西把药片塞进他口里，然后往他嘴里灌了一口水。

"千瑾，乖，把药片咽下去。"她轻轻地哄着，昏迷中的千瑾好像是听到了她声音，温顺地照着她的话咽了一口。

艾西这才稍微放心了点，重新把他放回床上。

发烧可大可小，艾西不放心千瑾，所以拿来了冰袋敷在千瑾额头上，然后就坐在千瑾旁边守着他。

因为发烧的缘故，千瑾睡得并不安稳，白皙光滑的额头上布满了细密的汗珠，卷翘而浓密的睫毛瑟瑟颤抖着，就像脆弱的蝶翼。

艾西用湿毛巾轻轻地拭去他额头上的汗，让他稍微舒服些。

第二章 | 归国，新来的后妈

千瑾的双唇微微开启着，呼出的气息喷在艾西的手上，带着滚烫的温度。艾西的手瑟缩了一下，心脏漏跳了一拍，毛巾也差点从手里滑落。

她惊讶地望着昏迷中的千瑾，心脏怦怦直跳，失去了规律。

千瑾毫无防备的睡颜是那么地诱人，因为发烧而异常红润的双唇就像两颗饱满欲滴的樱桃，诱惑着她犯罪。

真是个妖孽……

艾西望着千瑾绝美的睡颜，想到了"红颜祸水"四个字。

"这么美丽的脸，该会让多少女孩子心碎啊。"艾西伸出一根手指，轻轻地在千瑾脸上比划着。

光滑细腻的皮肤比女孩子的还要白皙。

又窄又挺直的鼻梁如雕塑般完美。

昏睡中的千瑾不舒服地呢喃了一声，艾西赶紧收回手，恶作剧般心虚。

晚上，艾可为和方淑华都在忙自己的工作所以没回家，艾西一个人守着发烧的千瑾。

她望着墙壁上的时钟，眼皮越来越沉重，最后趴在千瑾床边睡了过去。

清晨。

晨曦透过窗帘，金色的阳光丝丝缕缕地洒落在床上。

渐渐苏醒的千瑾被阳光惊扰到，难受地皱了皱眼皮。他缓缓地睁开眼睛，因为刺眼的阳光又立刻眯起眼睛，乌黑的瞳仁如波光粼粼的湖面，荡漾着一层水波。

意识似乎还有些迷离，他呆呆地环视着房内的陈设。当他侧过脸时，看到艾西正趴在他床边沉睡着，安静的睡颜如婴儿般毫无防备。

他以为自己是在做梦，于是用力眨了眨眼睛，可是当他再次睁开眼睛时，那张如天使般天真无邪的睡颜依旧清晰地在他眼前。

他记起自己昨天去打篮球了，打着打着觉得头很痛，浑身难受，好像是发烧了，于是他就回家了。可是回到家后发生了什么

事,他就不记得了。

难道昨天她一直在照顾自己?

他望向旁边的床头柜,看到床头柜上放着毛巾、水杯、药片和冰袋。

而他发现自己的烧好像也退了,浑身都舒畅了,头也不痛了。

心里一下子溢满了温暖,他鬼使神差般伸出手,轻轻地触碰了一下艾西透明白皙的面颊。指尖传来柔软而温暖的触感,千瑾的心里也随之柔软而温暖起来,就像是被棉花糖般的云朵给包围起来似的,有种甜蜜而幸福的感觉。

好久都没有这种感觉了,记忆里只有很小的时候父亲背着他,给他买棉花糖吃的时候,有过这种甜蜜而幸福的感觉。

"嗯……"沉睡中的艾西幽幽地醒过来,千瑾立刻缩回手,乖乖地躺好,装作什么都没有发生的样子。

艾西抬起头,揉了揉眼睛,发现千瑾已经清醒过来了,立刻高兴地睁大眼睛:"你醒啦?感觉好点了吗?"

"嗯。"千瑾淡淡地点了点头。

"肚子饿吗?我给你去做早餐吧!"艾西站了起来,舒展了一下麻痹的双臂和双腿。

"你照顾了我一夜吗?"千瑾静静地望着她,双眼澄澈而透明。

"嗯。"艾西微笑着点了点头,睡了一夜头发乱乱的,身上也穿着家居服,可是却散发着一种说不出来的美。

就像阳光下随风轻轻摇摆的蒲公英,无声无息地进入人的心里。

千瑾的脸骤然一红,羞涩地别开脸,轻声说了句"谢谢"。

千瑾居然脸红了!

艾西像哥伦布发现新大陆似的惊喜,她爽朗地笑了两声说:"你不用跟我客气的,你是我弟弟。"

千瑾背着身没有理她,艾西心里更是笑开了花。她没想到千瑾居然会这么害羞。

"你再躺一会儿,我去做早餐!"她对千瑾说了一声,然后大步往门外走。艾西走了两步又突然想到什么,她停下脚步转过身问他,"对了,早餐想吃什么?"

第二章 | 归国，新来的后妈

背对着她躺在床上的千瑾一动不动，过了半晌才淡淡地说了一个字："粥。"

"这个是我拿手的，你等一会儿啊！"艾西听后笑了笑，转身走出了房间。

艾西走后，千瑾就从床上爬了起来。发烧让他出了一身的汗，黏糊糊的让他浑身难受。千瑾去浴室冲了个澡，然后换了套干净衣服下楼。

走下楼时，他闻到厨房里飘来一阵淡淡的香味，让人垂涎三尺，他的肚子随之咕噜噜叫起来。

这时艾西端着一锅粥走出了厨房，看到千瑾笑了笑说："你怎么下楼啦？"

"我已经好了。"千瑾跟着她走到餐桌前。

艾西盛了一碗粥放到他面前，千瑾望着面前淡黄色的粥问："这是什么？"

"这是蛋花粥，尝尝看。"艾西笑着催促道。

粥上飘着蛋花和葱花，还有淡淡的麻油的香味。

千瑾拿起调羹舀了一勺放进嘴里。

粥很滑，鸡蛋很嫩，混合着葱花和麻油的香味，非常地开胃。千瑾一下子就喝完了，艾西看到自己煮的料理受欢迎，非常高兴，又给他盛了一碗。

喝了两碗粥，千瑾很饱很满足，心里洋溢着幸福的感觉。

两人的关系也似乎慢慢地融洽起来。

这之后，平静地过了两个星期，就迎来了开学的日子。

艾可为出差去了，方淑华店开张后非常忙，一早就去了店里。早上就只有艾西和千瑾两人坐在餐厅里吃早餐。

艾西匆匆地吃完了三明治，喝了两大口牛奶就站了起来。

"千瑾，你吃完后就把盘子浸在水槽里，今天是开学第一天，我要去学校了。"她扯了一张纸巾随意擦了擦嘴，然后拎起椅子上的书包往外走去。

"等一下，我也吃好了！"千瑾丢下吃了一半的早餐，拎起

书包就跟了上去。

"你去哪儿?"艾西停下脚步,疑惑地望着他。

"我也开学了。"千瑾粲然一笑,笑容里透着一丝狡黠。

"哦!"艾西愣愣地点了点头,她差点忘了千瑾也是个学生。

两人一起出了门,千瑾从车库里推出了脚踏车。艾西看了眼他的脚踏车,然后指了指不远处的车站说:"我去那边乘公车。"

"好的。"千瑾笑了笑,把书包甩在肩头,帅气得无与伦比。

"拜拜。"艾西朝他挥了挥手,然后往车站走去。

千瑾一脚跨过脚踏车,修长有力的腿蹬了一下踏板,就像一阵风似的冲上了马路。

艾西站在车站边等车,看到千瑾骑着脚踏车从眼前驶过。

风撩起他乌黑的发丝,露出俊美绝伦的脸,阳光洒落在他身上,恍惚间让人误以为是个美好的幻影。

千瑾骑得非常快,眨眼间就远去了。

公车也随之停靠在车站,艾西跟着人群上了公车。

4

道路两旁的梧桐高大而茂盛,树冠像云朵般在半空展开,给冗长的街道架起了一个天然的天棚。阳光穿透枝叶间的缝隙,丝丝缕缕地洒落下来,投下一地斑驳的光影。

林荫道上全是学生,陆陆续续地走进校门。

艾西下了公车,跟着人群走进了学校。因为是新学年开学,所以学校里多了许多陌生的面孔。

一来到教室,米琪就冲过来搂住了艾西的脖子:"艾西,两个月不见!我好想你啊!"

"我也很想你。"艾西伸出手,笑着揉了揉米琪的头发。

米琪扬起脸,望着艾西不悦地嘟起了红唇:"说什么想

第二章 | 归国，新来的后妈

我，自己跑去巴塞罗那旅游也不叫上我！回来后约你，你总是有事！"米琪抱怨着这两个月来的怨气，表情像个弃妇似的幽怨。

"对不起啦，琪琪。我爸爸再婚了，家里来了新妈妈和弟弟，所以事情比较多。"艾西抱歉地解释道。

"弟弟！帅不帅啊？你怎么不介绍给我，难道你想占为己有？近亲相好可是有违道德的哦！"米琪听到"弟弟"两个字眼睛都亮了，凑到艾西面前，嘿嘿奸笑着。

"你胡说什么！"艾西惊讶地大声说，"我和他还不熟，等我们熟了自然会介绍给你认识的。"

"嘿嘿，开玩笑的嘛，你那么紧张干什么！"米琪用手肘捅了捅艾西的腰，奸计得逞似的笑了笑，眯起的双眼闪烁着狡黠的光芒。

"讨厌！"艾西受不了地白了她一眼。

"有好消息，有好消息！"

这时，八卦王裴萌萌冲进教室，扯着嗓子大声嚷嚷。

"什么好消息啊？"同班的李漫立刻好奇地凑了上去。

裴萌萌神神秘秘地说："我刚刚在校门口看到了一个非常非常帅的帅哥！"

"切！不过是个帅哥，有什么好大惊小怪的！"班上的男生不屑地唏嘘。

"两条腿的男人遍地都是，两条腿的帅哥可是非常稀奇！"裴萌萌冷冷地睨了他一眼，眼里充满了对他平凡长相的鄙夷。

那男生不服气地扭开头，表现出好男不跟女斗的宽广胸怀。

"跟我说说有多帅！"李漫不想加入他们的"战争"，扯着裴萌萌的手好奇地追问道。

裴萌萌被她这么一说，马上忘记了刚才的不愉快，立刻又来劲了："真的超级超级的帅，我从来没见过这么帅的男生！他骑着脚踏车从我面前经过，实在是太帅了，简直比流川枫还帅！"

"比贺军翔帅吗？"

"比贺军翔帅十倍！"

"哇——"听了裴萌萌的描述，李漫捧着脸，立刻进入了想

入非非的状态。

脚踏车？

艾想到了千瑾，可是想想又不可能，随即自嘲似的笑了笑。

开学的第一天，学校里就弥漫着一股不一样的气氛，几乎所有女生都往建筑系跑去，把建筑系的教学楼挤得水泄不通。

"建筑系新来了一个漫画王子般的美少年！"

不知道是谁第一个这么说的，这个消息就在整个美术学院传开了，于是越来越多的女生往建筑系涌去。

目睹了传言中的美少年的女生，个个像中了邪似的，双颊粉红，眼神迷离，整个人陷入恍惚状态。

"有这么夸张吗？真有这么帅吗？"

课间休息，艾西和米琪在校园里散着步，望着树下一个个像花痴似的讨论着传言中那位美少年的女生，米琪发出了质疑。

"啊——他来了！"

"来了，来了！"

"快去看！快去看！"

不知道是谁叫了一声，所有女生向操场围过来。

"天哪！这是明星出巡呢？太夸张了吧！"米琪望着不断靠近的包围圈咋舌。

场面确实很夸张，成百上千的女生都聚集到了操场上，以一个中心点，像龙卷风般发散性包围，形成一个无比壮观的包围圈。

而暴风圈的中心，就是那个传言中的美少年。

"到底有多帅啊，让全校女生这么疯狂，我倒要见识见识！"米琪拉着艾西也去凑热闹。

艾西和米琪站在人群中，只见人群忽然像被斩开的海水般，纷纷向两边分开，很快就让出一条小道来。

艾西和米琪踮起了脚尖，往小道的末端望去。

只见一个高挑纤瘦的少年缓缓地走来，时间似乎缓慢了下来，周围非常地安静，只剩下众人的叹息声。

少年微扬着嘴角，似笑非笑的，稍长的刘海遮住了他的眼睛，却依旧遮不住眼神里的高傲和冷漠。

纵然如此，在场的所有女生还是瞬间为他倾倒了。

因为他是如此美丽，世界上所有赞美的词都不足以形容他。

他的肌肤如上好的白瓷，白皙透明，没有一丝瑕疵。

他的眼睛乌黑而幽深，里面仿佛落进了漫天的星辰，璀璨无比。

他的嘴唇有着连画笔都无法描绘的完美形状，红艳得仿佛西班牙的红玫瑰。

有些女生当场就晕倒了，晕倒时脸上还维持着陶醉的笑容。

千瑾！

艾西的下巴跌落在地上。她简直不敢相信，造成全校轰动，引起学校混乱的罪魁祸首居然是她的弟弟——纪千瑾！

千瑾似乎也看到了她，改变了方向，向她走来。站在艾西旁边的女生以为千瑾是冲着她们而来，激动地大叫起来。

"千瑾我爱你！"

"千瑾我爱你！"

"千瑾我爱你！"

在一声声毫不掩饰地告白中，千瑾来到了艾西面前。

"你怎么在这里？"艾西怒视着他，质问道。

"艾西，这位是纪千瑾同学，我们建筑系的新生。"建筑系的卓亚凡笑嘻嘻地帮艾西介绍道。

"什么？"艾西无法置信地尖叫，"你为什么不告诉我你也读这所学校！"

"你又没问我。"千瑾无辜地耸了耸肩，眼神纯洁无瑕。

艾西简直要吐血了，他是存心气她吗！

"艾西……你认识这位同学吗？"感觉到袖子被轻轻扯了扯，耳边传来米琪的声音。

差点忽视了米琪的存在，艾西向她介绍道："他就是我说的新来的弟弟纪千瑾。"

"哇！艾西，你的弟弟那么帅啊！"米琪见到千瑾就像是见到了宝贝似的心花怒放。

"艾西,他是你弟弟?!"卓亚凡跌破了眼睛。

艾西没心情跟他解释。

卓亚凡激动地抓住千瑾的手,问道:"你怎么不告诉我,艾西是你姐姐!"

"你又没提起过,我也不知道你们俩认识啊。"千瑾冷冷地说。

"也是也是。"卓亚凡放开了千瑾的手,尴尬地笑了笑。

"小子,回去再质问你!"

眼看着就要上课了,艾西恶狠狠地威胁了千瑾一句,然后就拉着米琪离开了。

这个家伙,每次出现都是那么出其不意,幸好她没有心脏病,否则早就一命呜呼了!

第三章
同居,无法逃避的爱意

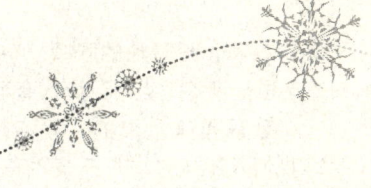

艾西的独白
明明在同一屋檐下,可是我却要压抑对千瑾的爱意。
我以为自欺欺人是一种逃避的方式,原来却只是从这个迷宫逃到另外个迷宫。
我终究,都走不出爱情的迷宫。

1

黄昏。

夕阳缓缓地从天边落下,晚霞映红了整片寂静的天空。

没有一丝风,树叶静悄悄的,纹丝不动,校园里格外静谧。

千瑾靠在围墙上,他的面前站着一群衣着怪异表情轻浮的少年,一看就是不良少年。几乎每个地方都有这么一群不良分子。

他们个个手里都拿着棒球棒,用盯着猎物般的眼神望着千瑾,像狩猎一样把他围在墙角。

千瑾泰然自若地望着他们,表情里有点不耐烦。

已经六点多了,艾西应该做好晚饭了,再不回家就要挨骂了……

"小子,胆子不小啊!在我们面前你居然还敢这么目空一切!"头发染成红色的少年怒视着千瑾,咬牙切齿地冲着他吼道,"自认为长得不错就在学校里这么嚣张!你当我们不存在的啊!"

"你们想怎么样?"千瑾懒洋洋地抬了抬眼皮。他答应了老妈回国后不再惹麻烦,所以他不想在学校里生事,否则又要被唠嗦的老妈念死了。

红发少年被千瑾嚣张的态度瞬间惹怒了,伸出手一把揪住了千瑾的衣领，瞪着他的眼睛一字一句说道："我们今天就要让你知道这里是谁的地盘，让你认清了，记住了，摆正自己的位置！"

"我只是来念书的，我不想生事，你们做你们的，我做我的，我们互不干涉。"千瑾的语气很诚恳，可是在这群不良少年听来却充满了挑衅，一伙人霎时怒了起来。

"纪千瑾，你不要太嚣张了！我们可不是那些花痴似的女人，不会对你心慈手软的！"红发少年身后一个戴着鼻环的少年挥舞着棒球棒怒吼道。

"我没空和你们多费口舌，我要回家吃饭了，再不回去要挨骂了！"千瑾确实很急，可是这些不良少年以为千瑾是瞧不起他们，个个气得头顶冒烟。

"看来今天不给你点颜色看看，你是不会认清现实了！"红发少年一把放开千瑾的衣领，然后抡起棒球棒就朝千瑾打去。

细长的双眼微微眯起，那对深邃得不可捉摸的瞳仁里透射出一道犀利的光芒来，仿佛可以洞悉一切事物。只见千瑾一个侧身就避开了红发少年挥来的棒子，然后弯起手肘向后攻去，头都没有转一下，背后就传来红发少年的惨叫声，随之趴倒在地上。

其他人见状都瑟缩了一下，可是马上又恼怒起来，蜂拥而至，挥舞着棒球棒攻向千瑾。千瑾眼疾手快地避开一波波攻击，同时利落而干脆地给予反击。

很快所有人都横七竖八地躺在地上，看起来狼狈不已。

千瑾站在他们中间，掰了掰细长的手指，指关节随着他的动作传来咯咯咯的响声，地上的人吓得纷纷瑟缩起来。

"……大哥饶了我们吧……小弟有眼不识泰山……"前面还很气势汹汹的红发少年，此时就像是被吓破胆的老鼠，跪倒在地上抓着千瑾的裤腿求饶道。

"我也不想惹麻烦，从今以后我们井水不犯河水。"千瑾居高临下地望他，像个王者般冷傲地宣布道。

"不！"红发少年忽然仰起脸，仰望着千瑾，双眼迸发着崇拜的光芒，大声说道，"大哥，我们要追随你！"

闻言，千瑾的鸡皮疙瘩掉了一地。

第三章 | 同居，无法逃避的爱意

"大哥，我们都要追随你！"其他人也纷纷从地上爬了起来，跪倒在千瑾面前，齐声说道。

"我不需要你们追随，你们走吧！"千瑾背过身，冷冷地说道。

所有人顿时被他帅气的背影给征服了。在他们眼里千瑾是那么高大，简直帅得一塌糊涂，就像个笑傲江湖又不追逐名利的剑客！

"老大，我们死也要追随你！"所有人仰望着他，个个都是死心塌地的表情。

千瑾无语了，不再理他们，把书包甩在肩头，然后大步离去。

艾西做了晚饭，等了千瑾半天都没有回来。桌子上的菜都要凉了，艾西等得非常生气。

回来晚也不打个电话！

艾西支着下巴坐在餐桌边，腮帮子气鼓鼓地鼓起。

当时钟敲过七点时，她终于看到千瑾姗姗回家了。

千瑾站在鞋柜前把白色的运动鞋脱下，然后穿上拖鞋。艾西立刻站了起来，望着他生气地质问："你怎么那么晚回来，菜都要凉了！"

"学校有点事被耽搁了。"千瑾仰起脸，冲她笑了笑，美丽的笑颜让整个客厅都明亮起来，艾西的脸骤然一烫。

她别开脸，不满地嘀咕："你们会有什么事，你们建筑系不是早就下课了。"

"看来你很关注我哦！"千瑾换好了鞋大步走进餐厅。

艾西的脸皮很薄，经不起捉弄，一下子就脸红了："我才没关注你呢……我只是看到卓亚凡早就离开学校了。"她支支吾吾地解释着，看到千瑾在餐桌前坐下，赶紧手忙脚乱地盛饭。

她这个样子更加勾起了千瑾捉弄人的欲望，趁接过饭碗的机会，千瑾一下子倾身凑到艾西面前，盯着她略显慌乱的眼睛，笑嘻嘻地说："好啦好啦，关心我也不需要掩饰的，我很高兴你那么关注我！"

望着千瑾近在咫尺的脸，艾西的脸更加红得像熟透的番茄。

邪气的笑容如妖雾般缭绕在他脸上,若有似无地勾摄着她的心,温热的鼻息轻轻地喷在她的脸上,让她脸上所有的汗毛都竖了起来。

心跳声如擂鼓般响亮,一下快过一下。

艾西像被蝎子蛰到一样,仓皇后退了一大步,然后冲着千瑾恼怒地吼道:"你就自作多情吧!"

千瑾不以为然地笑了笑,坐回椅子上吃起饭来,那悠哉得意的表情,差点让艾西忍不住用手里的饭勺敲他的头。

"你别得意,今天的账我还没跟你算呢!"艾西坐在他对面,用法官审视犯人般的眼神望着他,审问道,"你为什么瞒着我报考了我们学校?"

千瑾扒了口饭,笑了笑说:"我没瞒着你,我的志愿是成为一名建筑设计师,所以就考了这所学校。没想到却和你是同一个学校,好巧啊!"

"我才不信呢,你狡猾得很!"艾西炯炯有神地盯着他,明亮的大眼里闪烁着明察秋毫的光芒。

"你不信我也没有办法啦,反正我是很清白的,比纯净水还要纯净。"千瑾眨了眨澄澈的双眼,显得很无辜。

可是艾西才不吃他这一套:"滚吧,你!恶心死了,还让不让人吃饭了!"她做了个呕吐的动作。

"好好,我不说了,免得你瘦了怪我!"千瑾笑了笑吃起饭来,今天他的心情似乎特别好。

"切。"艾西白了他一眼,也吃起饭来。忽然,她又想到了什么,放下了筷子,望着千瑾严肃地说,"既然在一个学校,那我们就要约法三章!"

"什么约法三章?"千瑾抬起头,不明所以地望着艾西。

艾西竖起一根手指,一本正经地说:"第一,你不能在学校生事,丢我的脸;第二,不准到处招摇,给学校造成混乱;第三,不准对别人说我是你的姐姐,给我添麻烦。"

千瑾望着面前的三根手指,吐了吐舌头:"真苛刻啊,比我老妈还严厉。"

"哼！没有讨价还价的余地！"艾西斩钉截铁地说。

"好吧好吧，谁叫你是我的姐姐呢。"千瑾无奈地举手投降。

艾西笑了笑，继续吃起饭来。

两人其乐融融地吃着晚饭，气氛非常融洽。

2

翌日。

天气晴朗，空气中漂浮着淡淡的花香。

初秋的天空特别清澈。

校园内充满了欢声笑语，高大的香樟树下坐着写生的绘画系学生，雕塑系的学生推着拖车从林荫道上招摇地走过，推车上装着高大的奇形怪状的雕塑。

今天千瑾非常地焦躁，因为他走到哪儿后面都跟着一群跟屁虫，甩也甩不掉。

周围的学生看到千瑾的背后跟着一群不良少年，也都吓得纷纷躲开，保持着安全的距离。

"你们能不能别跟着我！"千瑾怒了，转身朝身后的一大群人大吼。

"大哥，你不答应做我们的老大，我们就一直跟着你，直到你答应为止！"那群不良少年固执地望着千瑾。

血气方刚的少年总是对强者有着一种强烈的崇敬感，似乎是流动在血液里的，无法改变。

千瑾感觉非常头痛。

"我说了，我不想做你们老大，我只是来念书的，我不想生事。"千瑾再次强调道。昨天他向艾西保证过了，他得说到做到，不然艾西会生气的。

"这个世界上只有你配做我们的老大，我们只臣服于你，你就答应我们吧！"红发小子抓着千瑾的袖子恳求道。

"是啊！你就答应做我们的大哥吧！"其他人也立刻附和道。

看来是拒绝不掉了，千瑾无奈地叹了口气。

他严肃地望着所有人，大声说："要我做你们的老大可以，不过你们得听我的话！"

"是，老大的话就是圣旨，老大说啥我们照办，上刀山下火海也在所不辞！"红毛小子拍着胸脯信誓旦旦地保证道，其他人也立刻点头。

"那好，以后你们都要听我的，不准在学校里闹事，做任何事之前都要对我说。"千瑾疾言厉色地望着所有人，颇有一副老大的架势。

"是，没问题！"红毛小子爽快地点头。

"那行，以后你们就跟着我吧！"千瑾瞥了他们一眼说道。

"太好啦！老大万岁——"所有人围着千瑾高兴地欢呼。

让他们跟着我，总比他们在学校生事的好。

千瑾这么想了想也就释然了，望着新收的小弟们笑了起来。

"老大，我叫邱杉凉，你以后就叫我阿凉吧！"红毛小子拍了拍自己的胸膛说，"我以前是天狼帮的老大，现在您是老大，我是老二，我和兄弟都听你的吩咐。"

"嗯。"千瑾不置可否地点了点头。

"老大，这是曲泰，他打架最厉害，不过没你厉害。"阿凉指了指戴着鼻环的光头少年说道。

"老大，你就叫我泰吧，以后冲锋陷阵的事我来做，老大你只要动动嘴就可以了！"泰握着拳头敲了敲自己坚实的胸肌，嘿嘿笑道。

"我不需要你冲锋陷阵，以后谁都不许打架。"千瑾疾言厉色道，所有人立刻噤声。

"嘿嘿嘿，老大说的是，以后我们不打架，以德服人，以德服人。"阿凉立刻笑着圆场。

千瑾这才露出满意的表情。

"老大，这是柏洋，这是樊蓝。"阿凉又指了指一个单眼皮的男生和一个脖子上纹着蜥蜴的男生介绍道。

"老大，大家都叫我洋仔，你也叫我洋仔吧！"

"老大，大家都叫我橄榄，以后你也称呼我橄榄吧！"

柏洋和樊蓝说道。

千瑾笑着点了点头。

"这是胖子，这是阿建，还有这是哑巴，这是大嘴、秀才、斌斌……"阿凉把所有兄弟都介绍了一遍，千瑾只记住了几个，其他大多都记不住。

介绍完后，阿凉和其他兄弟便要拖着千瑾逃课出去喝酒，却被千瑾拒绝了，还严厉地告诫他们以后不准逃课。所有人只好低头认错，然后在千瑾犀利的目光下灰溜溜地回去上课。

千瑾的美貌在学校已经够出名了，加上他又成了学校里的老大，统领着所有小混混，名声更加在学校里如雷贯耳，几乎无人不知无人不晓，关于他的传言也越来越多。

传言一，千瑾和天狼帮的老大在校门口大战了七十七回合，天狼帮的老大最后惨败，于是带着手下拜了千瑾做老大。

传言二，千瑾和天狼帮在校门口混战了一夜，最后天狼帮惨败，于是所有人臣服于千瑾，自此跟随千瑾左右。

传言的版本各不相同，不过每个都神乎奇神，千瑾的名字在学校里也成为了一个传奇。

当然，这些传言也传入了艾西的耳中，可是艾西听后一点也不高兴。

"纪——千——瑾！你忘记你怎么跟我保证的了吗！"

艾西逮住正要和手下们去打篮球的千瑾，怒气冲冲地质问道。

"哇，老大，这位美女是谁，是你的女朋友吗？"千瑾的手下看到艾西个个眼睛发亮，绽放出好奇的光芒。

可是艾西没有理他，依旧一动不动地瞪着千瑾。

"我做了什么事了？"千瑾茫然地望着气得脸色通红的艾西，丈二和尚摸不着头。

"你还装蒜！"艾西气得快要吐血了，"你才来了学校一个

星期不到,居然成了学校的老大!"艾西指着千瑾身边的手下,眼睛却依旧盯着千瑾。

"哦,是这事。"千瑾恍然大悟地点了点头,"我是做了老大,可是我没惹祸,不仅这样,我还让我的手下别惹祸。"他的表情非常诚恳,可是艾西才不信呢。

"是啊是啊,我们没惹祸!"千瑾的手下以为他们是男女朋友吵架,赶紧帮千瑾说话。

艾西白了他们一眼,然后继续瞪着千瑾,斩钉截铁地说:"谁信你!"

在她听来,千瑾的话简直就是哄小孩的鬼话,鬼才信呢!

千瑾无奈地望着艾西,真是有嘴说不清。

"从今天开始别想我给你烧饭了!"艾西丢下了话,就转身跑开了。

千瑾望着艾西的背影没有追上去,他捧着篮球,一动不动地站在原地,像个做错事的小孩似的不知所措。

他身边的小弟都急了,赶紧凑上去七嘴八舌地安慰他。

"大哥,你别急,女人么,哄哄就没事了。"阿凉笑嘻嘻地说。

"是啊,大哥,买束鲜花哄哄嫂子,很快就和解了!"橄榄在一旁连连点头。

千瑾望着手里的篮球没有说话。

"不过……"阿凉用手肘撞了撞千瑾的腰,贼笑着说,"大哥,你和嫂子同居啦?她给你做晚饭,真是羡慕啊!"

"大哥你好前卫啊,不愧是我们的大哥!"泰竖起一根大拇指,鼻子上的鼻环闪过一道耀眼的光芒。

千瑾终于有了反应,瞪了他们一眼说:"胡说什么!她是我姐姐!"

"啊?!"所有人顿时大惊,忙不迭道歉,"原来是姐姐大人啊,大哥对不起,小弟们误会了!"

千瑾不理他们,一个人捧着篮球往篮球场走去。

阿凉赶紧跟了上去,笑嘻嘻地说:"不过老大,你的姐姐真漂亮啊,她有没有男朋友,介绍给我们认识啊!"

"你想都别想！"千瑾没好气地白了他一眼，然后纵身一跳把球投了出去。抛出的球在半空划过一个优美的弧度，然后空心入框。

一个完美的三分球！

"老大，有什么关系，你知道我们都是不错的！你不会是有恋姐情结吧？"阿凉一看到艾西就非常喜欢，所以不死心地追问着。

"你才有恋姐情结呢！"千瑾生气地瞪了他一眼，"我姐很单纯的，你们谁都别想打她主意！"

他的语气里没有商量余地，阿凉失望地瘪了瘪嘴。

"你们玩吧，我去休息会儿。"千瑾丢下球，转身离开了篮球场，不知道为什么，他的心情非常烦躁。

小弟们站在原地，望着千瑾离开的背影，个个不知所措。

3

放学回到家，千瑾看到客厅和餐厅都空荡荡的，晚饭没有像往常一样摆放在餐桌上，艾西也没有像往常一样等候着他。

千瑾望着空无一人的一楼，心里非常失落。

他走上了二楼，看到艾西的房门紧闭着，静得没有一丝声音。千瑾突然觉得家里静得有点发慌，失去了艾西笑声的家让他非常地不适应，甚至有点害怕。

他想起了巴塞罗那的日子，那时候他总是守着空荡荡的家，非常地寂寞。于是他不喜欢待在家里，开始到外面闲晃。

那时候他也学会了很多别人不会的东西，吸烟，喝酒，打架。

回国后，他来到了这个温馨的家里，差点就忘了在巴塞罗那那段混乱的日子。

或许，他骨子里就是个不良分子，所以才会收下那群小弟。

千瑾走到艾西房门前，曲起手指轻轻地敲了敲房门。

里面依旧很静，没有传来任何回应。

"对不起……原谅我好吗？"

千瑾轻轻地说，声音里带着淡淡的哭腔。

正在房里叠衣服的艾西整个人怔住，心脏如受了一记沉重的钝击，许久都反应不过来。

骄傲而自大的千瑾居然跟她说对不起，他的声音听起来是那么地伤心，令她心碎。

可是她依旧没有原谅千瑾，看着他和那群不良少年在一起，就会让她想起在巴塞罗那被小混混围殴的事情。

这让她很害怕，她总觉得会失去千瑾。

"你不原谅我没关系，我只是希望你别再生气了。"

许久得不到艾西的回应，千瑾伤心地转身离开了。

艾西听到千瑾的脚步声一点点远离，最后消失了。

一颗眼泪从眼眶里滚落，顺着她的面颊流下，最后滴在她叠的衣服上，晶莹地破碎。

这之后，艾西和千瑾冷战了好几天。

两人虽然住在同一个屋檐下，可是碰面却不说一句话。艾西看到千瑾都把他当空气般无视，这让千瑾心里很难受，就像是心里堵满了东西，憋得慌，时常又像被针扎似的，隐隐刺痛。

兄弟们看千瑾心情不好，就硬拉着他去酒吧喝酒，千瑾近来确实憋得难受，于是也没拒绝。

酒吧非常嘈杂，暧昧的灯光在黑暗中游移着，舞池中的人群摇着脑袋摆动着四肢，跳着放浪形骸的舞。

兄弟们拉着千瑾在靠墙的卡座坐下，一群人顿时显得有点拥挤。阿凉唤来了服务生点了几瓶洋酒，还让服务生带了一桶冰块过来，看起来对这里轻车熟路。

好久都没有来酒吧了，回国后他一直过着简单的日子，做着一个良好少年，差点忘了其实他比在座所有的人都坏。

"大哥，喝！酒能消愁，喝下这杯，你心情就舒坦了！"阿凉把一杯洋酒递给千瑾。

千瑾接过酒就仰头一口气喝了下去，阿凉还来不及跟他碰杯，端着酒杯呆呆地望着他。

第三章 | 同居，无法逃避的爱意

"大哥好酒量！"泰大喝了一声，对千瑾的豪气十分敬佩。

"哈哈哈！不愧是我们的大哥，打架厉害，连喝酒都那么厉害！"橄榄哈哈大笑。

"哟！这不是阿凉吗？怎么来都不告诉我一声！"这时，一个细声细气的声音飘了过来，让酒吧的音乐都瞬间柔和起来。

千瑾寻着声音望去，看到一个梳着日式的花苞头、穿着吊带衫和迷你裙的女孩子走了过来。

白皙的肌肤、上挑的丹凤眼、尖尖的瓜子脸、精致的妆容让整张脸更加生动明艳，一眼望去非常养眼，却不是他喜欢的类型。她的身边还跟着几个跟她一样打扮时尚的女孩。

"这不是刚来么，不知道你也在这里啊，莎莎！"阿凉笑嘻嘻地站起来，走到她面前伸出手就要去勾她的肩膀，却被她甩开了。

"别动手动脚的啊！本小姐的豆腐可不是随便吃的！"韩莎莎瞪了他一眼，凶巴巴地说，看起来尤为泼辣。

"好泼辣啊，我喜欢！"阿凉笑得格外开怀，被韩莎莎鄙夷地白了一眼。

"这位是谁啊？怎么不给我介绍啊，觉得我韩莎莎见不得人了吗？"韩莎莎睨着坐在沙发上的千瑾，不悦地撅起了嘴。

"怎么会，怎么会！"阿凉忙跑回千瑾身边，非常正式地介绍道，"这是我们天狼帮新任的老大！"

"你们新任的老大？"韩莎莎怀疑地瞥着阿凉，"你居然肯给人当手下，太阳要从西边出来了！"

"我们老大很厉害的，一个能打十个，我甘愿一辈子做老大的手下！"阿凉自豪地大声宣布，死心塌地的表情让韩莎莎觉得好笑。

"我叫韩莎莎，你叫什么名字？"韩莎莎一点也不矜持地坐到千瑾旁边，望着千瑾笑眯眯地问道。

"纪千瑾。"千瑾淡淡地说，端起玻璃桌上的酒杯，继续喝酒。

千瑾冷漠的样子让韩莎莎有点生气。哪个男人见了她不大献殷勤的，可是这个少年连正眼都不瞧她一下，偏偏又长了张那么迷死人的脸。

千瑾的手下看到千瑾和韩莎莎聊天，也识相地不去打扰他

们，跟其他女孩子聊起天来。

"第一次来这里玩吗？从来都没有见过你。"韩莎莎也丝毫不客气地给自己倒了杯酒。

"嗯，我不久前才回国，对这里还不熟。"千瑾望着漂浮在酒精中的冰块，摇动着酒杯，听着冰块在酒杯中碰撞出清脆的响声，似乎非常享受。

听到千瑾出过国，韩莎莎非常好奇，她仰着脖子，望着千瑾完美的侧脸问："你以前待在什么国家？"

"西班牙。"千瑾扭过头，望着舞池中扭动着身子的人群，漫不经心地说。

"西班牙——热情而浪漫的国家！西班牙哪里？"韩莎莎如痴如醉地望着千瑾，对他更加着迷了。

"巴塞罗那。"千瑾望着舞池，淡淡地说。

"哇——世界上最美的城市！"韩莎莎羡慕地望着千瑾，双眼闪闪发光，似乎看到了那个鲜花盛开的美丽城市，"你住那里一定很幸福吧？"她羡慕地问。

千瑾抿着唇，许久都没有回答，只是一动不动地望着舞池。韩莎莎以为是周围的音乐声太大，所以他没有听到，正想再问一遍时，千瑾却缓缓地转过了头。

"幸福……什么是幸福呢……"千瑾望着韩莎莎自言自语地喃喃，像是在问她，又好像只是在对自己说。

韩莎莎觉得他有点奇怪。

忧郁如雾气般缭绕在他周围，让他周围的空气都变得幽暗起来。他略显空洞的双眼看起来是那么地深邃，就像是捉摸不定的夜空，让人跟着沦陷下去。

韩莎莎看着有点心疼，突然很想摸摸他的脸，而她竟然真的情不自禁地伸出了手。就当指尖就要触碰到那张绝美的脸时，千瑾突然清醒过来，别开了脸，她的手指落了个空。

"你干什么？"千瑾眯起眼睛，细长的眸子里透射出犀利的光芒，似乎可以刺破肌肤。

韩莎莎瑟缩了一下，赶紧收回手。

"对不起，我也不知道……我只是……情不自禁……"她抓着自己的手，瑟瑟颤抖着。

在千瑾犀利的目光下，韩莎莎觉得浑身冰冷，一动都不能动。这个少年的气场太强了，一个眼神足以杀死人，怪不得连邱衫凉他们都愿意臣服在他脚下。

谁都没有说话，气氛非常地僵硬。

韩莎莎如坐针毡，一秒钟都是煎熬。

这时阿凉跑了过来，拉起千瑾，笑着说："大哥，不要干坐在这里了，我们和美女们去跳舞吧！"他喝得有点上头了，脸颊红彤彤的，双眼闪闪发光。

跟韩莎莎一起的那几个女孩也拉起韩莎莎，怂恿她一起去跳舞。

刚才的尴尬，让韩莎莎恨不得马上逃离这里，于是就和姐妹们一起去跳舞了。千瑾也被兄弟们死拉硬拽地拖进舞池，一群人疯狂地在舞池里扭动着身体，宣泄着青春与汗水。

4

千瑾回到家已经三更半夜。

他在门口摸索了半天才找到钥匙，打开了门，走进别墅。

客厅的灯亮着，千瑾在玄关换了鞋，才摇摇晃晃地走进客厅。

正当他打算上楼时，看到艾西躺在沙发上，身上盖着一本书，想是看书看着看着睡着的。

千瑾知道艾西一定是在等他，心里涌起一股歉疚。

躺在沙发上的艾西听到了动静，迷迷糊糊地醒过来。她望着站在不远处的千瑾，揉着迷糊的双眼问："你怎么现在才回来？"

"我……和朋友去玩了……"千瑾低着头，支支吾吾地解释道。

艾西站了起来，走到千瑾面前，看到千瑾的神色有些微醺，敏感地眯起了眼睛："你喝酒了？你是不是和那群不良少年鬼混去了！"

"我没有鬼混！"千瑾固执地说。他不过是心情不好，跑去

喝了两杯而已……

"一个学生跑去喝酒,还喝到这么三更半夜回家,这还不叫鬼混叫什么!"艾西疾言厉色地大声说道。

"你不是不理我了吗!"酒精的催化作用让千瑾这几天囤积的情绪一下子都宣泄出来,他对着艾西大声咆哮,"我的死活不需要你管!"

啪!

他的话音刚落下,一个有力的巴掌就落在脸颊上。

千瑾瞬间震在原地,酒也醒了一大半,左脸残留着麻痹的疼痛,一直疼到他心里。

他第一次知道,原来心真的会痛。

痛起来竟然这么难受。

"我是你姐姐,我不能看着你这么颓废下去!"艾西含着泪望着他。

千瑾咬着下唇瞪着她,他简直不敢相信,一向温柔体贴的艾西会打他。

艾西看到千瑾用愤怒的眼神瞪着自己,心如被鞭子抽打一样的痛。

打完千瑾她就后悔了。

那个巴掌打在千瑾脸上,可是却比打在她自己身上还要痛。

"你不是我姐姐,你不是!"千瑾冲着艾西失去理智地大吼。

他的话就像刀子割在艾西的心上。

艾西望着满身酒气的千瑾,心如刀绞:"你不当我是姐姐也没关系,只是你不能这么糟蹋自己。人生是你的,要走哪条路只有你自己才能决定!"

"你又不是我的姐姐,不要用姐姐的语气教训我!"千瑾说完就负气地冲上楼。

艾西望着千瑾离去的背影,心碎了一地。

昨晚打了千瑾后,艾西就一直很后悔。

这段时间她确实没有尽到做一个姐姐的责任,却又用姐姐的口气教训他，还动手打了他。千瑾现在一定很伤心。

艾西一早就做了早餐，然后坐在客厅等着千瑾下楼，可是，等了半天，千瑾依旧没有下来。艾西有点担心他，于是便端着早餐走上楼。

来到二楼，艾西看到千瑾的房门紧闭着，她端着早餐走到千瑾的房门前。

犹豫了一会儿，她伸出手叩响了房门。

可是，等了半天，里面没有一点动静。

"千瑾？"艾西唤了一声，然后静静等待着。

等了半晌，里面依旧没有半点动静。

"你还在生气吗，千瑾？昨天是我不好，我不该打你。"艾西隔着房门对千瑾说。

可是千瑾依旧没有回应她。艾西以为千瑾还在睡觉，可是看了看手表已经中午十二点了，千瑾平时都有早起的习惯，就算昨天喝了酒，今天也该醒了。

不知道为什么，她的心里一直慌慌的，有种不好的预感。

也不管千瑾会不会生气，艾西决定进去瞧瞧。

于是她伸手拧开了房门的门锁，房门没有上锁，她一下就拧开了。

艾西握着门把手，推开了房门。

床上空空的，被子被随意地掀在一边。艾西疑惑地走进千瑾的房间，她的视线离开床，在房间里寻找着千瑾的身影。

风从敞开的窗子里灌进来，撩起了淡蓝色的窗帘，轻薄的纯棉窗帘像海浪般轻轻翻滚着，就像海面上轻轻跃起的淡蓝色浪花。

艾西看到千瑾躺在窗边的木地板上，一动不动，就像个没有生气的木偶。

"千瑾！"艾西手中的早餐翻倒在木地板上，她冲到了千瑾身边，蹲下身子用力摇了他两下。

可是千瑾依旧紧闭着双眼，沉沉地昏迷着。他的脸色苍白得接近透明，双唇也没有一丝血色。

空鸠歌

艾西慌了手脚，赶紧冲到床头柜前，拿起了床头柜上的电话，拨打120。

救护车很快就到了，急救人员抬着担架把千瑾抬上了车。艾西跟着他们一起上了车，她自始至终都紧握着千瑾的手，仿佛只要一放开，她就会永远失去千瑾。

她非常非常地后悔，为什么自己没有早点上去看千瑾。

不知道他一个人在冰冷的地板上孤零零地躺了多久了。

接到了艾西的电话，艾可为和方淑华也很快就赶到了医院。两人脸上满是焦急之色，一看到艾西就问她千瑾怎么样了。

艾西摇了摇头，表情难过得快要哭出来了："我也不知道……医生还在全力抢救千瑾。"她哽咽着说。

"亲爱的，别难过，千瑾一定不会有事的。"方淑华把艾西搂进怀里，温柔地安慰她。

方淑华温柔的嗓音让艾西好受了许多，觉得自己不再是孤单单的一个人面对这一切。

这时，急救室的灯终于灭了，主治医生从里面走了出来。

"医生，我儿子怎么样？"方淑华一看到医生走出来，就立刻冲上去拉着医生的袖子，焦急地问道。艾西和父亲也焦急地望着医生，心里忐忑不安。

医生笑了笑，安抚了他们一下说："病人已经脱离危险，休养一阵就会没事了。"

"医生，千瑾怎么了？为什么会突然晕倒？"艾西不解地问道。

医生推了推银边眼镜说："病人的头颅曾经受过重创，留下了后遗症，虽然不会有生命危险，不过会时不时地发作。"

千瑾的头部曾经受过重创！

这个消息犹如一道晴天霹雳劈在艾西的头顶，她望着医生，脸色一片苍白。

医生看她紧张的样子，连忙安慰道："病人只要稍加注意，就不会有事。要注意休息，合理饮食，不要过度劳累，也不要饮酒。"

第三章 | 同居，无法逃避的爱意

"我知道，谢谢医生。"方淑华连连点头道谢，医生笑着转身离开了。

"阿姨，我为什么从来没有听说过千瑾有这样的后遗症，他看起来和普通人没什么两样。"艾西拉着方淑华问道，"千瑾的头部怎么会受过重创？"

方淑华叹了口气，一五一十地把事情经过告诉了艾西："在我们回国前不久，千瑾在巴塞罗那和当地的不良少年打架，被打破了头，送进了医院。打架的原因我也不知道，千瑾不肯说，那群不良少年也没有被抓到。只是千瑾那次受了很重的伤，在医院休养了大半个月。虽然后来康复了，可是医生说千瑾的头颅受创过重，可能会留下后遗症。"

千瑾和方阿姨回国前不久……那不是她去巴塞罗那那段时间！艾西震惊地发现，接着她又联想到了许多事。

方淑华说的不良少年，也让她联想到了在街头围堵他们的小混混。

艾西脑海里浮现了一个让她害怕的猜想——难道千瑾是因为救她，所以被打破了头！

难道他就是因为受伤住院所以没能来和她会合！

可是千瑾为什么要骗她，说是因为赶着回国，所以没时间来和她会合呢？

艾西有点想不通。

"阿姨，你们是什么时候回国的？"艾西抓着方淑华的手焦急地问道。

方淑华疑惑地望着艾西，她觉得艾西问的问题很奇怪，但是她没有问艾西原因，只是回忆了一下，然后对艾西说："应该是七月二十四号。"

七月二十四号……艾西算了算，比她回国晚了一个星期。方淑华说千瑾在医院休养了大半个月，那他受伤的时间就和他们那天被那群小混混围堵的时间非常接近。

艾西的心里非常乱，她越想就越觉得她的猜想很有可能。

而这一切也只有问了千瑾才能得到答案。

第四章
真相，无法直视的爱恋

> 艾西的独白
> 知道这件事，就如同打开了潘多拉的盒子，没想到会对我的将来造成巨大的改变。可以用翻天覆地几个字来形容。
> 我一直以为我把千瑾当成弟弟，却不知道我对千瑾的爱早就如罂粟花的毒，一点点渗透进我的血液，流动在我的血管里。

1

病房内非常安静，静得只剩下滴管里滴答滴答的声音，每一滴仿佛都滴进了艾西的心里，在她心里汇聚成一面冰冷的湖。

艾可为、方淑华和艾西都坐在千瑾的床边，焦急地等待着他醒来。

终于，千瑾的睫毛轻轻颤了颤，然后如羽翼般慢慢展开，如黑玛瑙般乌黑冰冷的眸子一点点显露出来，里面雾气缭绕，看不真切。

"千瑾，你终于醒了！"三人高兴地站了起来，一脸期待地望着慢慢苏醒的千瑾。

"你们……怎么都在这里……我怎么了……"因为长时间的昏迷，千瑾的声音有点沙哑。他呆呆地望着眼前艾西他们，神志依旧有点迷离。

"你晕倒了，你吓死妈妈了！"方淑华拥住了千瑾，轻轻抽泣着，肩膀随着她的抽泣颤抖着。

那一刻，艾西也好想拥住千瑾。

发现千瑾昏迷时她简直就要疯掉了，她真怕会永远失去千瑾。

千瑾吃完晚饭，换了点滴瓶后，艾西就让工作繁忙的艾可为和方淑华回去，自己留下来照顾千瑾。方淑华训了千瑾一顿，这才和艾可为一起离开。

病房内只剩下她和千瑾两人。艾西买水果时，在书报亭买了两本艺术杂志，两人翻阅着杂志都没有说话，病房内只听见纸页翻动的声音。

翻阅了一会儿，艾西合上了杂志，然后抬起头望着千瑾。在看杂志时，她平复了自己的情绪，也把思绪理清了，此时，她内心非常平静。

千瑾感觉到艾西的视线在自己身上停留了很久都没有移开，疑惑地抬起了头，却看到艾西的表情非常严肃，甚至有点凝重。

他愣了愣，心里七上八下的，以为她和方淑华一样是要训他。

"你在巴塞罗那时，为什么会被打破头？"艾西突然开口问道，语气中带着严厉的质问。

千瑾浑身一震，一时不知道怎么回答，他感觉艾西像是知道了什么。

"在巴塞罗那时，为什么你没有如约来和我会合？"艾西继续逼问道，双眼直视着千瑾的眼睛。

千瑾有点心虚地避开了艾西的目光，吞吞吐吐地说："不……不是说过了吗，那天我赶着回国……"他的话还没有说完就被艾西打断了。

"胡说！"艾西生气地大吼，"阿姨说你们是七月二十四号回国的，你根本就有大把的时间和我来会合，可是我等了好几天你都没有出现！"

"我……"千瑾张了张嘴，一时哑口无言。

他望着艾西，脸色一阵红一阵白，心脏怦怦直跳。

"那天和我分开后，你分明就是被那些不良少年抓到了，你是和他们打了起来，才会被打破头的吧！你受伤住院，所以你没有办法来和我会合，是不是！"艾西瞪着他，一步步逼问道。

千瑾咬了咬下唇，低下了头。额前的发丝垂落下来，盖住了他眼睛，艾西看不到此时千瑾脸上的表情。只见他就像个没有生命的木偶般，一动不动地坐在病床上。

病房内静得只剩下两人的呼吸声。

千瑾低着头沉默了半晌,才轻轻地说:"是的。"

艾西的眼泪一下子就涌出了眼眶,汹涌得如同决堤的洪水,仿佛要将她淹没。

"为什么要隐瞒我……"艾西泪流满面地望着千瑾,心如刀绞,"你是怕我知道了愧疚吗?你怎么那么傻……"她再也控制不住,冲过去一把拥住千瑾。

千瑾的身子僵了僵,但很快就放松了下来。

"笨蛋……千瑾,你是个大笨蛋……"艾西握着拳头,敲打着千瑾的后背,声音哽咽而颤抖,"你好傻……好傻……"

"对不起,我就是个傻瓜。"千瑾温柔地笑了笑,美丽的笑容在苍白的脸上漾开,就像一朵脆弱的白色花朵。

"傻瓜,笨蛋,我好讨厌你!"艾西用力捶打着千瑾。

"这么讨厌我,你抱我那么紧干什么?"千瑾忍俊不禁,失声笑了出来。

"讨厌!"艾西放开了千瑾,用手背抹着眼泪。

千瑾望着艾西被眼泪濡湿的脸,战战兢兢地问:"你不生我气了吗?"

"嗯,我不生你气了。"艾西点了点头,伸出手,轻轻地抚摸着千瑾的左脸,愧疚地说,"对不起,我不该打你,是不是很痛?"

"是啊,好痛啊,亲我一下吧,亲我一下,我就不痛了。"千瑾把左脸凑到艾西面前,笑嘻嘻地望着她。

"讨厌!你连姐姐都戏弄,你不想活啦!"艾西伸出手,一把揪住了千瑾的耳朵。

"哎呀呀!痛……痛……快放手……"千瑾惨叫着求饶,痛得龇牙咧嘴。

艾西这才放开了他的耳朵。

"最毒妇人心啊,对一个病人居然下如此重的毒手……"千瑾揉着自己的耳朵,浑身散发着幽怨的气息。

艾西望着他,笑得无比得意。

第四章 | 真相，无法直视的爱恋

这之后，艾西和千瑾就完全和解了，日子又像往常一样过得非常和谐，甚至多了一点两人都没有察觉的甜蜜。

千瑾留院观察了两天，医生就告诉他们可以出院了。艾西把千瑾的东西收拾了收拾，然后艾可为就开着车接他们一起回家了。

方淑华难得抽空待在家没去店里，她做了一桌子的菜等艾西他们回家。

"我们回来了！"艾可为推开门走了进来，后面跟着艾西和千瑾。

方淑华看到他们回来，非常地高兴，赶紧从厨房端出刚煲好的汤。

四个人一起围坐在餐桌前，吃着热气腾腾的饭菜，其乐融融。

"艾西，多吃点，这几天你照顾千瑾辛苦了。"方淑华夹了一块甲鱼放进艾西碗里，笑眯眯地说，眉眼间尽流露出温柔。

"我也没有做什么，阿姨天天有做饭煲汤地送过来，我也不过是陪在医院而已，一点也不辛苦。"艾西笑着夹起碗里的甲鱼，咬了一口。

她望着和睦而温馨的一家，心里很温暖。

自从方淑华和千瑾来后，家里就热闹了许多，增添了许多家庭气息。

方淑华虽然不是她的亲生母亲，却对她很好，经常厚待了她，薄了千瑾。

她和千瑾虽然不是亲生姐弟，却也彼此尊敬，互谦互让。

她觉得这样就够了，她也该满足了。

饭后，艾西便在庭院里架起画框，坐在庭院里，画起庭院中盛开的月季花。

这些月季花是艾西的妈妈生前栽种的，如今已经有十几个年头了，全部都枝繁叶茂，非常茁壮。

洁白和粉红的月季花争相盛放着，形成一片花的海洋，一阵风拂过，芳香四溢。

千瑾无所事事地在客厅逛了一圈，走过落地窗前时，看到艾

055

西正坐在庭院里画画，于是便推开玻璃门，走进庭院。

午后的阳光洒落在艾西身上，她洁白的肌肤透着淡淡的粉红色，就像是春天盛开的樱花。

微风温柔地撩起她乌黑的发丝，在阳光下闪烁着真丝般的光泽。

满园的月季花簇拥在她周围，恍惚中，千瑾觉得她就是这些花朵中走出的精灵，受到一点点的惊扰，便会消失不见。

于是，他放轻了脚步，悄无声息地走到艾西身后。

画布上涂满了漂亮的颜色，画中的月季花似乎比院中盛开的月季花还要美。

千瑾静静地望着画中的月季，在心里叹息着。

只有心灵如花般美丽，才能画出如此美丽的画吧。

艾西看到一个黑影投射在画布上，停下了画笔回过头。

看到是千瑾站在她身后，艾西弯起了嘴角，脸上漾开一个甜甜的笑容："你什么时候站在我身后的？怎么一点声音都没有。"

"我怕吵到你画画，所以没敢出声。"千瑾笑了笑，从枝上折下一朵粉红色的月季花，放在鼻翼前嗅了嗅。

那样子美极了，艾西差点看呆了。

艾西的脸微微一红，笑着说："没事，我只是随便画画。"

"真漂亮，能送给我吗？"千瑾转过头望着她，表情非常地认真，"我想挂在我房间。"他伸出手，轻轻地抚摸着画布，似乎对这幅画爱不释手。

"好啊，不过你拿什么来交换？"艾西狡黠地笑着，打着主意要敲他一笔。

"随便你要什么，只要是我能给的。"千瑾似乎没有发现她眼底的狡黠，爽快地答应了。

"嗯……"艾西皱着眉寻思着，乌黑的眼珠子骨溜溜地转。她想了一会儿，脸上流露出一丝苦恼，但随即，她皱起的眉就舒展开，脸上绽开了灿烂的笑容，"你还记不记得，在巴塞罗那时，我还欠你一个人情，这幅画就当我还你的人情。"

"嗯。"千瑾微笑着点了点头。那淡淡的笑容如微风般和煦，轻轻地拂过艾西的心田。

第四章 | 真相，无法直视的爱恋

她的心里霎时百花盛开，也跟这满院子的风景一样明媚起来。

2

双休转眼就过去了，千瑾回到了学校。阿凉他们知道千瑾住院后一直很担心他，可是千瑾却不允许他们去医院看他，所以千瑾一回到学校立刻就被手下包围了。

"大哥，这段时间担心死我们了！"大嘴抹着眼睛，一把鼻涕一把眼泪地说。

"我没事，不过是昏倒了而已。"千瑾不以为然地摆了摆手说，"不要哭哭啼啼的，像个女孩子家。"

"昏倒？这么严重！"阿凉听到昏倒两个字，震惊地大叫。

"大哥你怎么会晕倒的，不会是得了什么很严重的病吧？"胖子诚惶诚恐地说。

"呸呸呸！你个乌鸦嘴，大哥身强力壮，生龙活虎着呢！"阿凉伸出手拍了橄榄的脑袋一下，责骂道。

千瑾满头黑线，早知道他们的反应会那么夸张，他肯定不告诉他们自己住院的事。

"大哥，那不是大姐吗？"洋仔突然指着操场西北面的林荫道，大声嚷道。

千瑾立刻寻着洋仔所指的方向望去，果然在一片香樟树下看到了艾西。

其他人也都好奇地望了过去，斌斌瞅着艾西身边一个男生，疑惑地说："真的是大姐耶，大姐身边怎么还站了个男的！"

"那男的是建筑系二年级的卓亚凡耶！"眼尖的秀才一下子认出了和艾西站在一起的那个男的，嚷嚷道。

千瑾望着卓亚凡，脸色有点难看。

两人站在香樟树下，似乎在说着什么，卓亚凡手里紧紧地攥着一个绿色的信封，颤巍巍地递给艾西。

"他好像在向大姐表白,他手里拿的不会是情书吧!"阿凉指着卓亚凡,大惊小怪地叫道。

千瑾垂在身侧的拳头一点点紧握起来,脸上的表情越来越冰冷。

偏偏不会看脸色的手下继续嚷嚷着:"哎呀呀!大姐居然收下了!难道大姐也喜欢卓亚凡?"

"胡说什么,艾西怎么可能喜欢那个木头木脑的家伙!"千瑾怒吼道,脸色铁青。

橄榄以为千瑾是嫌弃卓亚凡不够出色,便开口说:"大哥,其实卓亚凡还可以的……他成绩又好长得又帅,学校里很多女生倒追他呢,而且他家里听说是开商场的,非常有钱。"千瑾狠狠地瞪了他一眼,他立刻感觉到自己说错话了,改口道,"当然……他再出色也没有大哥出色啦!呵呵呵……"

"大姐走了!"洋仔指着林荫道大声嚷道。

千瑾立刻转过头望去,看到艾西往美术楼的方向走去,手里捏着那封绿色的信。卓亚凡在原地停留了一会儿,也转身往建筑楼的方向走去。

"嘿嘿嘿,看来卓亚凡很可能成为你的姐夫了,大哥。"胖子憨憨地笑着,却再次遭受了阿凉的毒手。

"胡说什么!这怎么可能!"阿凉用力地拍了他的脑袋一下,疾言厉色地嚷道。

就在他们打打闹闹时,千瑾却无声地离开了,背影看上去有点深沉。

"大哥……"阿凉他们站在原地,望着千瑾渐渐离去的背影,突然觉得有点愧疚。

"大哥好像不高兴了。"胖子咬着手指,苦巴巴地说。

"都是你啦,在那里胡说八道!"阿凉狠狠地瞪了他一眼。

"我说什么啦……"胖子瘪了瘪嘴,表情非常委屈。

"笨蛋!"阿凉瞪了他一眼,觉得跟他解释也是浪费口水。

回到家,千瑾看到艾西围着草莓图案的围裙,在厨房里做晚饭。锅里飘出来一股股冒着热气的香味,在厨房里飘散开,让人

第四章 | 真相，无法直视的爱恋

垂涎三尺。

"在煮什么呢？这么香。"千瑾把书包扔在靠墙的置物柜上，然后走进厨房。

艾西抬起头，看到千瑾便情不自禁地微笑起来。

千瑾身上沾着院子里月季花的香气，额头冒着几颗汗珠，乌黑的发丝被濡湿了，沾在光滑而白皙的额头上，非常地好看。

就像是晨曦下，沾着露珠的白月季，美得一尘不染，超凡脱俗。

艾西笑了笑说："咖喱鸡肉。"

"我要吃海鲜咖喱！"千瑾嘟起嘴，走到艾西身后撒娇道。

"不要任性，我已经快煮好了。"艾西笑了笑，打开锅盖，一锅浓浓的咖喱立刻就展现在千瑾眼前。浓浓的咖喱汁突突冒着热泡，厨房里的香味更加浓郁了。

"不要，我要吃海鲜嘛！"千瑾拉着艾西的袖子，黑白分明的大眼水汪汪地瞅着她。

艾西一下子就心软了，叹了口气说："真拿你没办法，我给你做海鲜汤吧。"

"耶！太好啦！"千瑾欢呼着跳了起来。

"你真是个长不大的孩子，还好冰箱里有昨天买的海鲜。"艾西嗔怪地瞪了他一眼，眉眼间却流露着宠溺。

她从冰箱的冷藏室里翻出了一袋什锦海鲜，然后放在水槽里，打开了水龙头，用冷水冲着解冻。

"我来洗海鲜吧！"千瑾捋起了袖子走到水槽前，艾西笑了笑让到一边。千瑾拿起被水冲软的海鲜，边洗边问道："洗完了把它们切开来是不是，切块还是切条？"

"切块，你会切吗？"艾西有点不信任地望着千瑾。

"当然会了，这么简单的事！我都可以杀一头牛呢！"千瑾拿起菜刀，煞有其事地摆出宰牛的姿势。

"呵！"艾西被他的样子逗乐了，嗤地一声笑了出来，"别吹了，你杀得了吗？"

"改天我杀给你看看，让你瞧瞧我的厉害！"千瑾边切着海鲜边说。

"切，得了，吹牛都不打草稿。"艾西笑着白了他一眼，却发现他居然切得还不错，一块块大小均匀。

"打草稿那就是写作文了！"千瑾抬起头看了她一眼，笑着说。

海鲜汤做完后，两人就围坐在餐桌前吃晚饭。

艾西望着碗里的海鲜汤，还没吃心里就甜滋滋的，这是她第一次和千瑾一起做晚饭，似乎有种不一样的感觉。比一个人做饭要快乐多了。

艾西喝了一口汤，然后吃起饭来。

千瑾望着低头吃饭的艾西，心里犹犹豫豫的，他很想问艾西下午的事，可是话到嘴边却怎么都说不出来。

最后只好作罢，郁闷地吃起饭来。

吃过晚饭，千瑾自告奋勇，帮艾西收拾碗筷。

艾西让千瑾把脏碗脏碟放进水槽里，然后便拿起百洁布，挤了点洗洁精开始刷盘子。

"我帮你洗碗吧！"千瑾望着艾西说。

"好吧，你就帮我把盘子抹干放到架子上吧。"艾西扔了一块干抹布给千瑾。

"好！"千瑾拿起干抹布，干劲十足地擦起盘子。

艾西有点疑惑，不知道千瑾今天是怎么了，突然变得很粘她。

"你是不是做了什么亏心事？"艾西睨着千瑾问道。

"为什么这么说？"千瑾停下动作，惊讶地望着艾西。

"那你今天怎么这么反常，居然帮我做家务？"艾西睁大了双眼，炯炯有神地望着他。

"帮你做家务你不开心吗？"千瑾狡黠地笑了笑，低下头继续擦盘子。

"开心，但你平时从来不帮我做家务的。"艾西越看千瑾越觉得他不对劲，眼里的疑惑更加重了。

千瑾抬起头，望着艾西，粲然一笑："所以我突然醒悟了，你一个人做家务太累了，我帮你分担分担。"

"哦？真的是这样？"艾西挑起眉毛，将信将疑地望着他。

"那还能怎样！"千瑾摊了摊手，一脸的无辜。

千瑾不肯说，艾西也没办法。
算啦，只要他不闯祸就行了！
艾西在心里这么想着，便也不再追问了。

3

翌日早晨，艾西迷迷糊糊的，还在爪哇国游荡，房门就被砰地推开了。

睡梦被惊扰，艾西非常地不乐意，翻了个身继续睡觉。谁知，床垫突然重重地抖动了一下，接着身上就被一个重物沉沉地压住。

艾西极度不情愿地睁开眼睛，看到千瑾特大号的脸出现在面前，吓得她一下子就清醒过来。

"你怎么在我床上！"艾西震惊地尖叫，屋顶都被她高分贝的声音给震得颤抖了起来。

"我是来叫你起床的，你看看都几点了！"千瑾拿起艾西床头柜上摆放的闹钟，放到艾西眼前。

艾西一看闹钟上的时间，一下子从床上弹坐起来，大祸临头地大叫："糟糕！怎么已经这么晚了！"

"快起床吧，我给你做了早餐！"千瑾笑了笑，便跳下床跑出了艾西的房间。

艾西看到千瑾离开，赶紧从床上跳了起来，然后十万火急地冲进卫生间。

昨晚她明明设定好了时间，为什么闹钟却没有响呢？难道闹钟坏掉了……真是倒霉。边刷牙艾西边哀怨地想。

洗漱完换好衣服，艾西匆匆忙忙地跑下楼。

"快来吃早餐吧！"千瑾看到艾西下楼，对她大声说道。

艾西跑进餐厅，看到桌子上摆放着牛奶和火腿三明治。她拿起一块三明治，来不及说什么，就拿起书包冲出了门。

艾西以百米冲刺的速度跑到车站，可是96路公交车却快她一

步开出了车站。

"等一等！"艾西用力招着手，可是公交车并没有为她停下，排了一股黑色的尾气，然后扬长而去，气得艾西差点吐血。

糟糕，这下肯定要迟到了，艾西垂头丧气地站在车站上。早上是人称地狱修罗的国画老师秋国春的课，要是迟到，肯定会被扣学分的。

真是人倒霉时，喝凉水都要塞牙啊！

就在这时，千瑾骑着脚踏车在她身边停下，朝她招了招手说："快上来吧！"

艾西犹犹豫豫地望着他。要是坐千瑾的脚踏车去学校，一定会被很多人看到的，到时候肯定会有很多闲言闲语……

"你想迟到吗？"千瑾挑了挑清秀的眉毛，提醒道。

经千瑾这么提醒，艾西再也顾不得那么多，跳上了千瑾的脚踏车。

清晨的阳光穿过云层丝丝缕缕地洒落下来，像一根根金丝线。

微风拂过面颊，带着花露的清香，让人神清气爽。

"嘿嘿嘿……"

千瑾的笑声回荡在风里，风撩起他乌黑的发丝，鼓起了他的白色T恤。马路上的人纷纷回过头，女孩子见了千瑾更是羞红了脸。

"笑什么？笑得那么恶心……"

艾西坐在千瑾的脚踏车后，唯恐自己摔下去，紧紧地攥着他的衣服。

"没什么！今天天气真好，让人心情愉快！"千瑾的声音特别愉悦，心情大好的样子。

两人在一群群路人的注目下驶进了学校。

"千瑾———大早就看到了好画面啊！"教学楼上，有人探出窗户，对千瑾摇着手大声喊道。

"我们住在一起哟！"千瑾仰起头，大声回应道。

"什么呀！不要听他胡说八道！"艾西大急，赶紧解释，可是脚踏车已经在教学楼前驶过，一路往学校后门的停车库行去。

"你要向他们解释，我们住在一起是因为我们的爸妈再婚

第四章 | 真相，无法直视的爱恋

了！"艾西生气地在千瑾背后说道。

千瑾只当没有听到，在车库前停下了车。

艾西站在他身后，望着他把脚踏车停进车库，心里非常郁闷——他到底是天真还是故意的……

千瑾停完脚踏车，背着书包走出车库，却看到艾西还站在原地。他指了指自己手表，笑着说："再不去教室，上课可要迟到喽！"

"哎呀！都是你，害我差点忘记了！"艾西惨叫一声，立刻转身冲向美术楼。

千瑾望着她十万火急的背影，不禁莞尔失笑。

一口气冲进教室，正好赶上了秋国春开始上课。艾西赶紧坐回自己的座位，气喘吁吁地拿出课本来。

"早上看到你坐着千瑾的脚踏车来学校，你们俩感情不错啊。"坐在后排的米琪贴到她身后，小声在她耳边说。

"瞎说什么呢，我早上睡过头了，错过了公车，所以才坐千瑾的脚踏车过来的。"艾西用书本挡着自己的脸，侧过头解释道。

"没事没事，你不用向我解释，这件事在学校已经传开了，几乎所有人都知道了。"米琪嘿嘿笑了笑，一副了然于心的表情。

"什么！"艾西惊讶之下居然忘记控制了音量，全班都听到了她的声音。

"艾西，你干什么呢！"秋国春皱着眉怒道。

"对不起对不起，教授……"艾西缩起脖子，赶紧道歉。

秋国春瞪了她一眼，继续上课。

"你说真的？"艾西看到秋国春转过身，侧过头小声地问米琪。

米琪笑了笑说："那当然，你们招摇过市地从前门进来，谁能看不到啊。"

"天哪……"艾西有种绝望的感觉，仿佛头顶的天空都黯淡了下来。

"真羡慕你，能和这么帅的大帅哥同居。"米琪看她这个样子，拍了拍她的肩膀笑眯眯地说。

"艾西、米琪！你们在那里聊了半天了，给我去教室外面罚站！"

秋国春突然转过身,指着她们俩怒吼道。

艾西和米琪的表情瞬间僵硬在脸上,米琪笑到一半的表情看起来十分地搞笑。

可是却没有一个人敢笑。所有人噤若寒蝉,谁都不敢再吭一声。

"是……"

在秋国春怒目的注视下,艾西和米琪无力地站起来,垂着脑袋灰溜溜地走出教室。

俩人走到教室外,贴着墙壁罚站。

对于刚才的问题,艾西依旧耿耿于怀,艾西严肃地解释:"我们那不是同居,是因为我们的爸妈再婚了。"

"共同居住在同一屋檐下,不就是同居吗?"米琪笑了笑,黑白分明的大眼里闪烁着狡黠。

"你还把不把我当好朋友了,居然拿我来取笑!"艾西恼了,伸出手去挠米琪的胳肢窝。

"哈哈哈哈……我这哪里是取笑你啊,我是羡慕你呢!"米琪不停地闪躲着,避开艾西的魔掌。

就在她们闹得不可开交时,地狱修罗秋国春黑着一张脸,出现在她们面前。

两人吓得霎时僵在原地,一动都不敢动。

"罚站还那么开心,把这个给我顶在头顶上!"秋国春把两块青石砚台放在俩人头顶,然后愤然转身走进教室。

艾西和米琪顶着砚台,表情苦不堪言。

4

中午。

艾西和米琪一起吃完午饭就要回教室,却被卓亚凡拽到了教学楼后的树荫下。这里不常有人经过,是学生们经常说悄悄话的地方。

"艾西,昨天放学后你为什么没有来?我等了你好久。"卓亚凡拉着艾西的手,焦急地问道。

艾西暗暗地抽回了手,别开脸避开卓亚凡灼热的目光:"对不起卓亚凡,我不喜欢你,我一直把你当作同学。"

"真的吗?"卓亚凡的脸上掠过一抹受伤的表情,他望着艾西的侧脸,伤心地说,"你对我就一点感觉都没有吗?艾西,我真的很喜欢你,从第一眼见到你,我就爱上你了!"

"对不起,我不能接受你的爱意,我相信你一定能找到比我更好的。"艾西转过脸,望着他劝道。

"不!我只喜欢你,这个世界上没有比你再好的女孩子了!"卓亚凡抓着艾西的手,心急如焚地说,眼神倔犟而固执。

"对不起。"艾西抽回手,退开一步,面无表情地望着卓亚凡。

艾西的冷漠就像一支利箭,瞬间射穿了卓亚凡的心脏。

卓亚凡悲伤地望着近在咫尺却远在天涯的艾西,颤声问:"真的没有可能吗?一点机会都没有吗?"

"嗯。"艾西轻轻地点了点头。

"我知道了……"卓亚凡颓然地低下头,神情非常地落寞。

艾西看到他这个样子有些不忍,想开口劝他,却终究忍住了。

望着卓亚凡低着头,失魂落魄地离开,艾西的心里有点难受。

她不是故意这么无情地对待他,只是这样做,才可以让他更快地从失恋的情绪中走出来。虽然有些残忍。

黄昏。

下课的钟声在校园里回荡着,学生们陆陆续续地从教学楼里走出来,嬉笑声和打闹声让整个校园充满了活力。

艾西和米琪收拾好了书包,然后走出教室。

两人刚走出教学楼,就看到千瑾推着脚踏车走过来。

"姐,放学了吗?"千瑾脸上洋溢着微笑,清爽的短发在夕阳的晕染下闪烁着淡金色的光泽,美好得仿佛是油画中走出的美少年。

"千瑾,你好!"米琪看到千瑾,伸出手向他打招呼。她的眼珠子骨溜溜转着,视线在他身上不停地打转。

"学姐,你今天好漂亮!"千瑾扬起嘴角,毫不吝啬地称赞道。

米琪脸上立刻笑开了花:"谢谢千瑾,你的嘴好甜啊,真是讨人喜欢!"她伸出手在千瑾的胳膊上拧了一下,不着痕迹地吃了口豆腐。

"你们俩好恶心……"艾西实在听不下去了,白了他们俩一眼。

"这叫礼多人不怪,艾西你真无趣!"米琪吐了吐舌头,嗔怪道。

千瑾笑了笑,对艾西说:"姐,我载你吧!"

"不要,我去坐公交车,免得别人看到误会。"艾西扭开脸,冷冷地说。

"有弟弟多好啊,艾西你真是生在福中不知福。"米琪用手肘撞了撞艾西,笑吟吟地调侃道。

"是啊,有什么关系,他们要误会就让他们误会好了!"千瑾不顾艾西的反对,把她扯上了脚踏车,然后朝米琪挥了挥手,说了声我们走了,就长腿一蹬,骑着脚踏车扬长而去。

"祝你们甜甜蜜蜜,幸福快乐!"米琪朝他们用力挥着手。

所有人回过头望向他们,艾西恨不得挖个地洞钻进去。

"姐,我们去哪儿?"千瑾回过头问道,风吹乱了他的头发,那对黑玛瑙般乌黑的眸子在凌乱的发丝下闪烁着璀璨的光泽。

"我要先去超市买菜。"艾西伸出手,拢了拢被风吹乱的发丝,抬起头说道。

"那我送你去超市吧!"千瑾笑了笑,转过头,继续望着前方。

艾西伸出手抱住千瑾的腰,心里洋溢着温暖,仿佛被春日的阳光笼罩着一般,幸福又温暖。

两人来到了超市,千瑾推着手推车跟在艾西身边。

身高一百八十公分的千瑾在人群中鹤立鸡群般醒目,俊逸的外表和孤傲的气质更是让周围人的纷纷驻足观望。

"哇噢!你看,那个男生好帅啊!"正在冷冻柜前选择酸奶的一个女生看到千瑾,忙拉了拉身边的朋友,指着千瑾嚷道。

旁边的女生转身望去,看到高大帅气的千瑾也立刻羞红了脸:"这么帅,不会是明星吧?"

"身材那么好,我看像模特!"

"呵呵呵……"

两人突然觉得自己的争执有点无聊，相视笑了起来。

像这样的情况非常多见，只要和千瑾走在一起，就会成为众所瞩目的焦点，艾西也早已习惯了。

"姐，这颗白菜好新鲜啊，买一颗吧！"千瑾看到货架上堆放的大白菜，捧起一颗高举着朝艾西嚷嚷，灿烂的笑容就像个大男孩般天真，艾西忍不住莞尔一笑。

"嗯。"她望着开心的千瑾，轻轻点了点头。

千瑾捧着大白菜跑到她面前，把大白菜放进手推车里，然后又一溜烟地跑开了。

艾西摇了摇头，无奈地笑了笑。

不一会儿，只见千瑾又捧着一盒牛肉跑了回来。

"姐，这盒牛肉看起来很不错啊，买一盒吧！"千瑾笑得天真无邪，让艾西不忍心拒绝。

"好吧。"艾西笑着说。

可是，事情超乎了艾西的想象，千瑾仿佛是第一次来超市似的，对啥都充满了兴趣，一下子就把手推车给装满了。

艾西望着手推车里堆积如山的食物，非常头痛："你买这么多吃得了吗，放着会坏掉的。"

"可是……我看到每样都觉得很好吃。"千瑾望着手推车里的东西，皱起眉，表情非常苦恼。

他认真的样子，让艾西觉得好笑。

可是她也不会为此惯坏千瑾，于是她叉腰佯怒道："你太黑心了，一下子吃得了那么多吗，放回去！"

"是。"千瑾委屈地瘪了瘪嘴，把手推车里的东西一样样摆回去。

虽然让千瑾把东西摆回去了，可是千瑾还是强硬地留下了许多，所以最后两人还是提着满满的两袋食物回家。

"今天要做一顿大餐！"千瑾高兴地走在前面，开心得像个心满意足的小孩子。

这些东西够他们吃一个星期了吧……

艾西望着满满的两袋食物，无奈地叹了一口气，并且在心里下定决心再也不带千瑾来超市了。

第五章
打破，无法维持的平衡

艾西的独白
我天真地以为，我们的关系可以一直维持下去，却不知道我们的关系早就像暴露在空气中的牛奶，正一点点变质。
终于有一天，我们再也无法自欺欺人下去。
而这一切，都因为一个吻。

1

时光如白驹过隙，不知不觉，艾西和千瑾已经在一起生活三个月了。

两人如影随形，无论做什么都黏在一起，简直比亲姐弟还亲。艾可为和方淑华看到他们两人如此亲密的样子非常地欣慰。

午后的阳光透过高大的落地窗，倾斜着洒落进客厅，落下了一地的金色。

阳光中带着慵懒的气息，在秋日的午后让人昏昏欲睡。

艾西在窗边架了画架，静静地坐着画画。她整个人沐浴在阳光下，朦朦胧胧的，像梦境般虚幻美丽。

千瑾走到她身后，像是怕惊扰到她似的，轻轻地问："姐，你在画什么？"

"我在准备参展的作品。"艾西仰起脸，冲他笑了笑。

"让我看看。"千瑾很好奇，目光移向画布。

画布上是一片被橘红色的夕阳晕染的天空。

天空下，一名美丽的妇人抱着一个婴儿坐在椅子上，妇人脸上洋溢着幸福的笑容，双眼温柔地注视着怀中的婴儿。

看到画的那一刻，千瑾被慑住了。

那幅画仿佛有一股魔力，感染着他，让他有种想流泪的冲动。

第五章 | 打破,无法维持的平衡

"好美……"千瑾情不自禁地赞叹道。不是画中的妇人有多美,而是这副画给人的感觉好美,整幅画洋溢着幸福,让人感动。

艾西不好意思地笑了笑。

这是她凭着对妈妈的印象画下的,记忆中的母亲总是那么地温柔,脸上永远洋溢着温暖的笑容。

"你坐到一边去,不要吵我。"艾西指了指旁边的沙发,然后继续全神贯注地作画。

千瑾知道她画起画来就会全身心地投入进去,于是乖乖地一个人走到沙发上坐下,然后拿起茶几上的木片和胶水,做起模型来。

在画布上添了几笔,艾西想着千瑾在做什么,就抬起头向千瑾的方向望去。在千瑾细长手指的摆动下,几块简单的木片就慢慢地形成了一栋小建筑,看起来非常地精致。

"千瑾,你为什么会学建筑呢?"艾西望着千瑾手中搭建的建筑模型,好奇地问道。

千瑾停下了手边的动作,抬起头,望着她微笑着说:"因为我想盖一所大房子,和我心爱的人住在一起。"他的嘴边洋溢着幸福而温暖的笑容,黑玛瑙般乌黑的瞳仁闪烁着耀眼的光芒。

"就这么简单吗?"艾西有点讶异。爱玩爱闹,甚至有点不知天高地厚的千瑾,他的愿望居然这么简单,简单得让人不敢相信。

"嗯,幸福就是如此简单。"千瑾淡淡地笑了笑。干净而美好的笑容在他白得接近透明的脸上慢慢漾开,就像是冰峰上最纯净的雪瞬间融化,汇聚成最美丽最让人感动的一瞬。

艾西一瞬间竟然呆住了。

是啊,幸福就是如此简单,但愿能够守住这一刻的永恒。

艾西望着千瑾,在心里叹息着。

客厅里非常安静,庭院里传来鸟儿的歌声,月季花在阳光下静静地绽放着,淡淡的花香飘浮在空气中。

艾西画完了画,放下画笔。

好久都没有听到千瑾的动静,她抬起头往千瑾那边望去,却看到他不知什么时候依靠在沙发里,睡着了。

阳光洒落在他身上,给他乌黑的发丝镀上了一层淡金色的光泽,几片花瓣从敞开的落地窗飘进来,落在了他的发丝间,仿佛是留恋着他的美貌。

千瑾毫无知觉地沉睡着,卷翘而浓密的睫毛就像蝶翼般,在眼睑上投下淡淡的阴影,使他的五官看上去更加精致立体。

眼前的情景美好得像幅画。

艾西换了张画布钉在画板上,然后重新拿起画笔和调色板,望着沉睡中的千瑾,一笔一笔地把眼前唯美的景象描绘下来。

一切似乎都慢慢远去,连时间的脚步都慢了下来。

艾西的眼里只剩下沉睡中的千瑾,还有笔下的画。

不知道过了多久,千瑾缓缓地睁开眼睛,黑玛瑙般的眸子漾着一层水雾,朦朦胧胧的,看不真切。

艾西一抬头就看到千瑾已经醒过来,她大惊,赶紧拿起旁边的布盖住了画板。

千瑾伸了个懒腰,从沙发上站了起来,然后睡眼惺忪地朝她一步步走来。

艾西心里非常慌张,心跳声快得如擂鼓。

千瑾走到她身边停下,艾西的心跳更加快得让她承受不住了。

千万别发现,别发现!

艾西在心里强烈地祈祷着,千瑾疑惑地朝紧张得满头大汗的艾西看了眼,然后目光一路往上移动。

天哪——难道被发现了!

艾西心脏紧张得就要从胸口里跳出来了。

只见千瑾的目光从盖着布的画板上移过,一路往上移,最后停在了墙上挂的时钟上……

"已经两点啦,姐,你饿不饿?"千瑾盯着时钟说道。

"啊?我……不饿……"艾西诧异地望着千瑾,同时也松了口气。呼——太好了,还好没被发现。

"那我去冰箱里找点东西吃哦!"千瑾笑了笑,转身欲往厨房走去。

艾西的一颗心终于落回原地。

谁知，刚转身走了一步的千瑾突然回过身，以迅雷不及掩耳的速度伸手揭下了盖在画板上的布，这一系列的动作快得只是一瞬间发生的事，让她完全反应不过来。

"千瑾！"艾西想伸出手阻止，却已经来不及了。

"哈哈！藏什么呢，这么神秘！"千瑾笑着往画布望去，一下子却愣住了。

画布里画的居然是他侬偎在沙发里沉睡的样子。

背景是午后微蓝的天空，还有满院盛开到酴醾的月季花。

每一笔画得都那么用心。

美得让他移不开眼睛。

这就是艾西眼中的他吗……

千瑾的心如同被击了一拳，深深地震撼了。

"千瑾……"艾西羞愧得满脸通红，恨不得立刻找个地洞钻进去。

"你偷偷地画我，是不是暗恋我啊？"千瑾回过头，笑嘻嘻地望着满脸通红的艾西，眼底闪烁着狡黠。

"你胡说什么！我只不过是……"艾西焦急地寻找着合适的理由，"只不过是太无聊了！"

"哦？是吗……可是画是骗不了人的哦！"千瑾笑嘻嘻地望着画布，"我看到了这幅画里倾注了很多情感！"

"哪里来的情感，是你想太多了！"艾西躲躲闪闪地说，心虚得不敢看千瑾。

"不用骗我，不用骗我！我的双眼看得很清楚！"千瑾回过头，望着艾西指了指自己明亮的双眼说，"谁叫我长得那么帅呢？所有女孩子看见我都要爱上我，这真是我的罪孽啊，希望仁慈的主能宽恕我！"他仰起脸，望着窗外的天空，在胸口划了个十字。

艾西实在受不了了，瞪了他一眼："呸！你就别自恋了，好恶心啊！"

千瑾弯下腰，凑到艾西面前，笑嘻嘻地说："好啦，我就不计较你侵犯我的肖像权了，不过你要把我的画挂在你的床前，天天看着它。"

"我才不要呢！这样我会做恶梦的！"艾西扭开头，不屑地说。

"你不要,那我就扔了它啦!"千瑾说着,伸手就要去摘画布。

"不要!"艾西赶紧扑到画板前,挡住了千瑾的"魔手"。

千瑾盯着她,微笑着挑了挑细长的眉,挑衅意味十足。

"好啦,我挂还不行吗?"艾西嘟着嘴,不悦地说。

"这才乖嘛!"千瑾扬起嘴角,脸上漾开灿烂的笑容。

2

第二天,艾西就把完成的画作交给了推荐她去法国参展的教授。

刚从教师办公楼走出来,艾西就被米琪拉住了。

"可以去法国参展真好呢,我好羡慕你哦,艾西!"米琪靠着艾西的肩膀,羡慕之情溢于言表。

"参展的结果还不知道呢,不要让教授失望了才好。"艾西心里有点担忧。

"不会,不会的!我们艾西这么有才华,展出后一定会轰动全世界的!"米琪连忙搂着她鼓励道。

"呵呵呵,怎么可能,做梦吧!"艾西忍俊不禁,这个米琪说话老是那么夸张。

"对了。"米琪突然想起什么,忙放开艾西往口袋里掏了掏,"这是我妈妈公司发的蛋糕券,这两张是给你和千瑾的。"她掏出两张抵用券递给艾西。

"谢谢你,琪琪,你真好!"艾西接过抵用券,高兴地笑了笑。她看了看抵用券,是两张一百元面额的,心里有点感动。

"我不对你好,还能对谁好呢!记住我就好了!"米琪指了指艾西手中的抵用券说,"抵用券的有效期只有两个月,你早点去领了,免得过期了。"

"好的,我也替千瑾谢谢你,他喜欢吃甜点,一定会高兴的。"艾西点了点头,把抵用券收了起来。

"那我总算送对了!"米琪高兴地笑了笑,拉起艾西的手,

第五章 | 打破，无法维持的平衡

羡慕地望着她，"你和千瑾感情真好，真让人羡慕。"

艾西有点心虚地低下头，避开米琪直视的目光："……他是我弟弟，我们感情当然好了。"

"不仅仅是这样吧，其实你喜欢千瑾吧？"米琪挑着半边眉毛，纯净无瑕的乌黑大眼里闪烁着能够看透一切的光芒。

艾西一下子急了，推开米琪的手，着急地说："瞎说什么，怎么可能，我和千瑾是姐弟，我们是不可能的！"

"好啦好啦，我是开玩笑的啦，看你紧张的！"米琪赶紧拉回艾西的手赔笑。

"讨厌！这个玩笑一点都不好笑！"艾西生气地瞪了她一眼，腮帮子依旧气鼓鼓地鼓着。

"好啦好啦，是我不好啦。"米琪知道艾西真的生气了，赶紧好声好气地赔不是。

艾西望着嬉笑没正经的米琪，心里像压了一块石头。

米琪果然是她最好的朋友，她的任何想法都隐瞒不了米琪。如果连米琪都能看出来，那爸爸和方阿姨能看出来吗？

艾西心里突然很忧郁。

放学后，艾西就去蛋糕店用抵用券领了蛋糕，然后回到家。

千瑾窝在沙发里，正在看杂志，看到艾西回来，抬起头抱怨："姐，你怎么这么晚才回来啊，我等得肚子都饿死了！"

"米琪送了蛋糕券，我带了蛋糕回来，先吃块蛋糕填填肚子吧。"艾西笑了笑，换上拖鞋走进客厅。

"蛋糕，太好啦！"千瑾听到有蛋糕吃，一下子就恢复了精神，丢开了杂志，从沙发上跳了起来。

艾西把蛋糕放在茶几上，然后从厨房拿来了盘子和叉子。她打开了盒子，里面装着一块块精致的蛋糕，各种口味都不同。

"你要什么口味的？"艾西抬起头，笑眯眯地望着千瑾。

"我要提拉米苏！"千瑾伸出手指，指着中间一块提拉米苏。

"不行，提拉米苏是我的，你吃抹茶味的吧！"艾西不顾千瑾的反对，把一块抹茶口味的蛋糕放进了他的盘子，然后又在千

瑾可怜兮兮的目光中，把那块提拉米苏放进了自己盘子。

"我不要抹茶味的，我要提拉米苏！"千瑾不悦地抗议道。

"不要任性了，不过是一块蛋糕而已。"艾西笑着拍了拍他的肩膀。

千瑾捧着盘子，可怜巴巴地吃着自己那块抹茶味的蛋糕，眼睛却瞄着艾西盘子里的那块提拉米苏。

艾西捧着盘子，吃得津津有味，她看到了千瑾觊觎的目光，可是却故意忽略掉。

"姐姐，你的蛋糕好吃吗？让我尝尝吧……"千瑾幽幽地说。

艾西微笑着抬起头，可是话还没来得及说，千瑾突然就倾身过来，封住了她的唇。

千瑾！

艾西难以置信地瞪大眼睛。

唇上的触感非常地柔软，似乎要把她融化了，艾西的身体一点点失去力气，仿佛冰遇上了火，要化成一滩水。

千瑾的脸离她很近，他闭着眼睛，长长的睫毛扫着她的脸，痒痒的，在她的心里撩起一阵阵涟漪。

温热的鼻息喷在她脸上，撩拨得她的心脏越跳越快。

窗外飘来月季花的香味，缭绕在他们周围，让她的神智都恍惚起来。艾西感觉自己的双颊发烫，似乎发烧了似的，头脑也混沌起来。

眼前的这张脸在朦胧的阳光下，美得有点不真实，仿佛是一个美好的梦境。

突然，她感觉到一个潮湿而柔软的物体探进了她的口中。

艾西一下子惊醒过来，骤然退后一步，举起手往面前的脸挥去。

啪！

一个清脆而响亮的耳光划破了午后客厅的宁静。

千瑾也如同大梦初醒，捂着通红的半边脸，睁大了水雾盈盈的双眼，不可思议地望着艾西，一动都不动。他眼里闪过惊诧、受伤和难过，就像一个被大人责罚的小孩子。

"你怎么可以……我是你的姐姐！"艾西的声音带着颤抖，羞愤、屈辱、震惊等情绪在体内翻江倒海，扑腾着要将她淹没。

"你不是！"千瑾怒吼了一声，从地上站了起来，冲出了客厅。

"千瑾！"艾西转过身叫着他，可是千瑾并没有停下脚步，开门冲出了别墅。

艾西望着千瑾的身影在院子里消失，颓然地跌坐在地上，脑袋里一片空白。

她简直不敢相信千瑾居然会吻她，他可是她的弟弟啊……

夜已深。

今夜没有月亮，只有寥寥几颗残星点缀在夜空中，浓浓的夜色把一切都吞没了，也侵蚀着窝在沙发里发呆的艾西。

庭院里的月季花淋着夜露，静静地散发着暗香，香气闻起来却无比地忧伤。

千瑾跑出家后，一直没有回家，也没有半个电话。

艾西盯着毫无动静的大门，心里一阵凄凉。

她又动手打了他，千瑾一定很伤心。

这么晚了，他在哪里？在做什么呢？

傍晚她实在是太震惊了，才会错手打了千瑾。她真怕千瑾又会出上次那种事，要是千瑾又跑去喝酒，晕倒了怎么办？

艾西越想越担心，就披了一件衣服，出门去找千瑾了。

3

午夜十二点。

街边的一家酒吧内人声鼎沸。一群年轻人在舞池内尽情地摇晃着脑袋，扭动着身子，跳得淋漓尽致。激情四射的音乐简直要把人的耳膜震破，所有人在音乐中尽情地宣泄着，因为这里没有束缚，也没有悲伤。

千瑾坐在吧台边，垂着头闷声不吭地喝酒。韩莎莎在他身边已经坐了两个小时了，可是千瑾一句话都没有说，她心里很郁闷。

千瑾的面前已经摆满了一排啤酒瓶，可是他又招手叫了一打啤酒。酒保犹豫地看了他一眼，从吧台后又搬出一打放在他面前，然后看着他欲言又止。

千瑾没有理会他，因为他虽然置身在喧闹的酒吧内，却把自己囚禁在一个人的世界。周围的一切都与他没有任何关系，他的眼里看不到任何事物，听不到任何声音。

傍晚的画面一遍遍地在他脑海里重复，艾西的微笑，冲动下吻了艾西，左颊挨了艾西耳光……历历在目。

他居然在冲动下吻了艾西。

这个一直照顾着他，把他当亲弟弟看待的善良女孩，他却伤害了她。

艾西一定讨厌他了。

千瑾痛苦得不能自已，心里涌起深深的愧疚感。

看到千瑾像灌矿泉水似的往嘴里灌啤酒，韩莎莎终于忍不住了，夺过了千瑾手里的酒瓶子，厉声说："你既然把我叫了出来，怎么一个人喝闷酒呢？既然这样，你叫我出来干什么呢？"

韩莎莎晚上接到千瑾的电话时，非常高兴，以为千瑾终于对她打开心扉了，没想到过来之后，千瑾就一直把她当透明人，只顾着自己低头喝闷酒。

可是千瑾没有理会她，从吧台上又拿起一瓶啤酒，闷头喝着，似乎没有听到韩莎莎的话一般。

韩莎莎生气地把酒瓶子往吧台上一摔，正要转身离开，却看到艾西费力地挤过人群，有点慌张地走了过来。

"千瑾，跟我回去吧，医生说你不能喝酒的。"艾西走到千瑾身边，看到他正用酒灌着自己，心像被鞭子抽打似的痛。

"千瑾，你姐姐来接你了呢。"韩莎莎依在吧台上，看好戏似的睨着艾西。

"她不是我姐姐。"千瑾喝着酒，赌气地说道。

"千瑾……"听到千瑾这么说，艾西心里难受极了。她一直把他当弟弟看，无微不至地关怀着他，而他居然不曾把她当姐姐……

气氛有点尴尬，韩莎莎站在一边，也不知道说什么。

第五章 | 打破，无法维持的平衡

这时，一个喝得半醉的男子摇摇晃晃地走了过来，拉住艾西的胳膊，醉醺醺地说："好可爱的小姑娘啊，为什么在哭呢？是谁让你伤心了呢？陪哥哥去玩吧。"

艾西惊慌地望着眼前醉醺醺的男子，用力挣扎着，却抽不回手，急得眼泪都要流出来了。

正坐在吧台边喝酒的千瑾嗖地站了起来，握起拳头一拳打飞了那个男子。韩莎莎吓得尖叫起来，她从来没有见过千瑾如此失控的样子，仿佛是一头被惹怒的狮子。

"别随便碰我喜欢的女孩！"他举高临下地望着倒在地上的男子，冷冷地警告道，冰冷的眼神似乎可以把世间万物瞬间冻结。

千瑾刚刚……说了什么？

韩莎莎无法置信地瞪大眼睛。

就在她震惊之余，千瑾已经拉着艾西的手，冲出了酒吧。

韩莎莎失魂落魄地站在原地，脸上一阵红一阵白。

千瑾刚刚居然说喜欢他的姐姐！

怪不得他平时对她总是不冷不热的，也不见他有女朋友或者关系亲密的女孩子，原来他一直喜欢着自己的姐姐。

真恶心。

喜欢谁不好呢，偏要喜欢上自己姐姐，真是道德沦丧！

韩莎莎暗暗地握紧了垂在身侧的拳头，倒映着暗红灯光的眸子越来越冷，她有种被愚弄了的感觉。

美丽骄傲的她什么时候会被别人愚弄，一向只有她愚弄别人。

她发誓，今天所受的侮辱以后一定会加倍讨回来！

冲出酒吧后，两人走在行人寥寥的街道上。

漆黑而神秘的夜空中点缀着零星的几颗星星，像钻石般耀眼地闪烁着。

风很静，树叶纹丝不动。

千瑾始终走在艾西的前面，艾西走在他身后，看不到他的表情。

倏地，千瑾的声音传了过来：

"在巴塞罗那时，我就喜欢上了你，我以为我再也见不到你

了。可是回国后，艾叔叔给我看了你的照片，我非常地震惊，世界上就是有那么巧合的事。妈妈再婚对象的女儿居然就是我一直在寻找的女孩。"

千瑾的声音在夜色中听起来有点忧伤。

艾西的身子一震，接着她也明白过来了。怪不得千瑾那天看到她一点都不惊讶……原来他早就知道了。

千瑾依旧在前面走着，他的声音再次在夜色中响起："我成了你的弟弟，不能向你表明爱意，所以我只能默默守着你。为了不让你被其他人夺走，我就考进了你们学校，一直守护在你身边。"

虽然看不到他脸上的表情，可是听千瑾压抑而隐忍的声音，艾西就知道他心里一定很痛苦。

艾西心里就像被鞭子抽打似的，一阵一阵地疼。

"我以为这样就够了，可是我对你的感情越来越深，我越来越依恋你，越来越想靠近你……我控制不住我自己的情感。"

千瑾突然停下了脚步，肩膀微微颤抖着，似是在强烈压制着内心的痛苦似的。他用痛苦得让人心碎的声音说："只因我们的爸妈结婚了，所以我们就变成了姐弟，这对我来说太残酷了……"

艾西心痛得快要窒息了，她强打起精神，挤出一个僵硬的笑容，用轻松的语气说："千瑾真是的，如果要和好，不必解释那么多啦！"

前面的千瑾浑身一震，缓缓地转过身来。

"你说什么！我当然是认真的！"

"我明白了，我明白了！"艾西挥着手打断他的话，故作轻松地笑着，"别说这些无聊的话了，快点回去吧！不然爸爸和阿姨会担心的！"

千瑾的表情一下子凝固在脸上，脸色比石灰还要苍白，脆弱得不堪一击。

这样的表情保持了很久，他像是明白了什么，突然垂下了眼帘，默默地转过身，背对着艾西说："我知道了……姐姐。"

他的声音平静而冰冷，没有一丝波澜，像是对一切都没有期待似的麻木。

艾西的心碎了一地。

说完后，千瑾继续往前走，没有再说一句话。

艾西默默地跟在他身后，夜似乎更凉了一些，侵蚀着她的身体，一点点夺走她身上的温度。

她一直不知道千瑾居然对她抱有那种情感，她一直努力地扮演好他的姐姐。

而这一切，却都因为一个吻而瞬间被击溃。

她和千瑾是不可能的，他们是姐弟关系，如果爸爸和方阿姨知道一定会很生气很难过的。

她绝对不能让那样的事情发生，她要在千瑾的感情刚刚萌发的时候就扼杀它。

就算千瑾怪她，生她的气也没关系。

她没有做错。

只有这样……

大家才能幸福。

只有这样……

才能继续维持一个完整的家。

她，没错。

自那天之后，千瑾不再黏着艾西，不论在家里还是在学校，都尽量回避着她。而她也一直找不到机会向千瑾解释，纵使找到了机会，她也不知道该怎么向千瑾表达她的心情。

因为他们无法可想……

"喂，你知道吗？纪千瑾开始谈恋爱了。"

"那些都是他以前拒绝过的女孩子。"

"我听说他在和雕塑系的女生谈恋爱。"

"不过听说他真正的女朋友是绘画系的系花谭小晶。"

"我的朋友星期天要和他约会。"

"什么呀，真烂，一个星期换一个女朋友。亏他长得那么帅。"

……

"喂喂喂，听说纪千瑾又甩了一个女孩子，这都是第十三个了。"
"听说设计系的苏丹凤还差点为他自杀了。"
"什么呀，他换女朋友越来越频繁了，简直是在侮辱女生。"
……

学校里，关于千瑾的流言满天飞，原本是全校偶像的千瑾，在学校的名声越来越差，甚至到了众人唾骂的地步。

而这些传言传入艾西的耳朵里，更是让她伤心欲绝。

因为她明白，千瑾会变成这样都是因为她。

是她让千瑾伤心极了，所以千瑾才会这么自暴自弃。

4

窗外的枝头上停留着一只鸟儿，鸟儿在枝头仰着头叫了两声，又倏地飞了起来，惊落了一枝的花瓣，簌簌飘落下来。

艾西坐在窗边画着画，可是双眼空洞而迷茫，就像她在画布上描绘的那片铅灰色天空，空白无一物。

这时，不远处传来一阵议论声。趁着老师离开教室，正在绘画的几个女生凑到一起聊起天来。

"不知道你们今早有没有看到，有女生在校门口拉着纪千瑾的袖子哭。"

"看到了呢，好像是纪千瑾要和她分手，她不答应，求着纪千瑾回到她身边。"

"好可怜呢，爱上纪千瑾就万劫不复了，他简直就是女孩子的劫数。"

"那家伙的人品也太差了，没见过那么烂的男人。"

几人脸上流露出厌恶的表情，就像一支支利箭，射得艾西千疮百孔，体无完肤。

艾西难过得都快要爆炸了，她丢下画笔站起来冲她们大吼道："不要说了！"

正在聊天的几个女生一下子愣住，教室里的其他学生也都停了下来，转头望着浑身颤抖的艾西。

艾西用力握着拳头，抑制着身体的颤抖："你们什么都不知道，不要乱说……千瑾……是我的弟弟……"她的嘴唇像风中脆弱的花瓣般微微颤抖着，眼泪涌出了她的眼眶，从她苍白得没有一丝血色的脸上滑落。

"你们是姐弟？"众人很惊讶。

刚刚在议论千瑾的几个女孩子立刻跑到艾西面前道歉："艾西，对不起，是我们说得太过分了。"

艾西感觉自己要崩溃了，蹲在地上无法控制地哭了起来，所有人顿时显得不知所措。

米琪望着哭得痛彻心扉的艾西，张了张嘴，不知道说什么，表情也非常地痛苦和迷茫。她不知道艾西和千瑾之间发生什么事了，之前还好好的两个人，居然会变成这样。

艾西蹲在地上不顾一切地哭着，仿佛整个世界只剩下她一个人。

为什么，我们不是普通的朋友呢？

千瑾叫她的声音，遮住她双眼的手，都是弟弟的，都是弟弟的！

即使如此，千瑾还是说喜欢她。

是她不肯牵千瑾的手……

周末。

天空蔚蓝，澄澈得仿佛是一汪海水。

街上行人如潮，商场里更是挤满了人。商场的门口搭建着华丽的展示台，某护肤品正做着促销。

韩莎莎打着一把遮阳伞，站在商场门口。今天，她精心地打扮了一番，脸上画着精致的妆容，睫毛用睫毛膏刷得又长又密，根根分明，双唇擦着粉红色的唇蜜，就像饱含露珠的花瓣，娇艳欲滴。一件粉紫色的洋装把她如模特般完美的身材展现得淋漓尽致，看上去就像个洋娃娃般纤巧精致。

从商场里进进出出的行人，都回过头，向她投去惊艳的目光。

韩莎莎很得意，她似乎是非常清楚自己的美丽，所以越发美得张扬。

都说喜欢紫色的人都是比较自恋的，而她最喜欢的就是紫色。

就在这时，千瑾随着人群从马路对面走过来。他穿着白色的连帽衫和蓝色的运动裤，头上戴着一顶涂鸦着彩绘的鸭舌帽，双手随意地插在上衣口袋里。全部装束都非常地随意，却依旧美得灿烂夺目，像磁铁般吸引着所有人的视线。

韩莎莎望着他，非常地满意，她更加在心里确定，这个世界上只有千瑾才配得上她。

他们俩绝对是天造地设、让人羡慕的一对。

千瑾一走到她面前，她就伸出手挽住了千瑾的胳膊。她仰起漂亮的脸望着千瑾，笑容如盛开的鲜花般明艳："千瑾，你终于愿意跟我正式约会啦？"

"嗯，你想去哪儿？"千瑾面无表情地点了点头，依旧非常冷淡。

可是韩莎莎并不在意，她相信自己一定会开启千瑾的心扉，一点点地占据他的心！

因为她要比千瑾的姐姐强一百倍。

"我们去逛街吧！"韩莎莎挽着千瑾的胳膊，往商场内走去。

两人走进了一家男装专柜，韩莎莎拿起一件休闲西装走到千瑾面前，千瑾只是淡淡地扫了眼，然后摇了摇头。韩莎莎顿感无趣，把衣服挂回了衣架上。

她转过身时，千瑾已经走出专柜，韩莎莎赶紧跟了上去。

她的心里有点不爽，因为平时都是男生俯首帖耳地跟在她身后，如今她却跟在千瑾身后，要看他的脸色，完全倒了过来。

不过千瑾是她第一个喜欢的男孩，所以她也忍了，脸上依旧挂着无可挑剔的笑容。

"那个叫'千锦'牌子最近很红耶，和你的名字念起来一样。"韩莎莎突然指着一家高档专柜说道。

千瑾随着她手指的方向望去，忽然愣了愣。

第五章 | 打破，无法维持的平衡

"我们进去看看吧！"韩莎莎挽着千瑾的胳膊，走了进去。

"少爷。"店员一看到千瑾，都恭恭敬敬地行礼。

韩莎莎一愣，呆站在原地反应不过来。

"少爷，您需要什么尽管挑吧，经理说你拿的东西只要记在账上就可以了。"一名店员微笑地对千瑾说道。

韩莎莎轻轻地扯了扯千瑾的衣袖，小声问："千瑾，他们认识你吗？"

"这是我妈妈开的店，你要什么自己挑吧。"千瑾面无表情地说道。

"哇！真的吗！"韩莎莎大喜，欣喜地冲到衣架前挑起衣服来。每一件都是那么漂亮，让她爱不释手，她望着一大堆漂亮的衣服，眼花缭乱，不知道该挑哪一件。

最后韩莎莎挑了一大堆衣服，装了大包小包好几个袋子。

她挽着千瑾的胳膊，提了满满好几袋衣服，心满意足地跟着千瑾走出了专柜。

虽然千瑾对她很冷漠，可是出手很大方。

她相信千瑾一定是喜欢她的，只是性格比较冷淡，不善于表达而已。

所以她坚信，只要多花点时间，她一定会占据千瑾的心，让千瑾一心一意地爱上她。

两人后来又一起吃了晚饭，看了电影，虽然千瑾的话一直都不多，可韩莎莎依旧非常高兴。因为千瑾给了机会让她靠近他，而且她也非常享受和千瑾在一起的时光。只要他们俩在一起，就会像明星一样把所有人的目光都聚集到他们身上，爱招摇的她非常享受羡慕的目光，那会让她有种凌驾于所有人之上的优越感。

她相信千瑾就是上帝为她制造的另一半。

以前那些追求她的男生和千瑾比起来什么都不是，只有千瑾和她才是最般配的。

无论家世还是相貌，他们俩都是最合适的。

契合得没有一丝缝隙。

083

第六章
冷战，一个屋里两颗心

> 千瑾的独白
> 看到她的第一眼，我就有种特别的感觉，仿佛曾在梦里见过她无数回。直到离别时，那依依不舍的一吻，在我心里种下了一颗种子，然后迅速地发芽成长，直到枝繁叶茂，占据了我的整个身心，我才知道……
> 我已经无可救药地爱上了她。

1

艾西做了晚饭坐在餐厅里，菜都要凉了，可是千瑾依旧没有回来。

四周静悄悄的，一点声音都没有，安静得让人发慌。这个偌大的家又显得空旷起来，因为没有了千瑾的笑声。

很多东西总在失去后才显得珍贵。

现在想起来，过去仿佛历历在目，是那么幸福。而当时的她，并不知道。

艾西叹了口气，想千瑾应该不会回来吃饭了，于是拿起筷子一个人吃起来。

吃完晚饭，洗好碗筷，客厅就传来开门声。

艾西关上水龙头，擦了擦手，走出厨房。

"今晚很开心，希望下次还能和你一起约会。"千瑾边走进客厅边讲着电话，脸上洋溢着笑容，似乎心情很好。

艾西望着千瑾，犹豫了一下，轻声地问："你回来啦，晚饭……"

"晚饭我已经吃过了，我先上楼了。"千瑾说完就走上了二楼，边走边讲着电话，"对不起，刚才是我姐姐，我们刚才聊到哪儿了……"

望着千瑾冷漠的背影，艾西的心凉了半截。

第六章 | 冷战，一个屋里两颗心

这一切明明是她希望的，可是为什么，她的心如此痛呢……

在客厅看了会儿电视，艾西觉得有点困了，于是就关了电视，上楼了。

千瑾的门关着，里面传来聊天的声音，似乎聊得很开心，不时传出爽朗的笑声。

曾经那些爽朗的笑声都是属于她的，而如今，千瑾再也不会对着她这么笑了。

是她把千瑾拒之门外的。

艾西落寞地回到了自己的房间。

艾西的画在法国展出后不久，推荐艾西参加画展的老师就告诉艾西，她的画在国外受到了很高的赞赏，并得了金奖。

画展结束后，艾西的画被运了回来，高高地挂在教学楼的中庭，供人瞻仰。

晨曦从天际洒落下来，折射出五颜六色的光芒，如彩虹般绚烂，仿佛是天国洒下的圣光，梦幻而又神秘。

艾西的画在阳光下栩栩如生，那片橘黄色的天空，层层叠叠，仿佛和头顶的天空交接起来。

画中的妇女温柔地抱着怀中的婴儿，慈祥的笑容竟然让人控制不住想流泪。

一大群学生站在画前，无法置信地望着眼前的画。

"这就是在法国的画展上得了金奖的作品吗？好美的画啊，我看着都被感动了。"

"听说是绘画系二年级名叫艾西的一名女生画的，真了不起啊，年纪轻轻就能在外国得奖。"

"好羡慕啊，我可能一辈子都达不到她的境界吧。"

……

千瑾从教学楼前路过时，这些议论声正好传入了他的耳朵。他循着人群聚集的方向望去，看到了挂在中庭的画，一下子就愣住了。

那是艾西的画，他曾在家中看过未完成的半成品。如今成品

展现在眼前,居然比当时看到时还要震撼。

千瑾仰望着那幅命名为"母爱"的画,眼眶一下子就湿了。

那就是艾西印象中母亲的爱吗?那么地慈祥,那么地温暖。

艾西的内心因为被这种爱笼罩着,所以才会那么纯洁而善良吧。

就在这时,千瑾的肩膀被拍了拍,阿凉的声音出现在他身后:"老大,你在这里呀,害我们好找!"

千瑾回过头瞥了他一眼,看到他和橄榄、秀才、大嘴等人都站在他身后,仰着头,随着他刚才看的方向望去。

"那是大姐的画吧,好美啊!"秀才忍不住赞叹道。

橄榄笑着说:"听说大姐的画在法国的画展得了金奖,替我们恭喜大姐啊!"

艾西的画得了金奖?他怎么不知道……

想了想,千瑾心里突然愧疚起来,最近他对艾西一直都非常冷淡,一个星期说话都不超过十句,艾西怎么可能有机会把这个消息告诉他呢?

艾西一定非常想和他分享这个好消息吧,这阵子她心里一定很难过吧。

每次看到艾西脸上流露出受伤的表情,他都有股把她搂在怀里好好安慰的冲动。可是他还是忍住了,因为他怕这么做就会再也压抑不了心中对艾西的爱。

就让时间慢慢冲淡这份感情,或许十年以后,他们再次回头想想这些事,会觉得很好笑。

而那个时候,他们就能坦然相处了。

"大哥,现在不是悠闲的时候,你快跟我们走吧。"大嘴突然拉着千瑾的胳膊,焦急地说。

"怎么了?"千瑾疑惑地瞄了他一眼。

"莎莎说最近我们的地盘被东城那群小子给占了。"大嘴回答道,其他兄弟也都是愁眉不展的。

"东城的?就是那个染着黄头发的小子?"千瑾回忆着,好像见过东城那群小混混的头头,在酒吧里打过一个照面,虽然印象不深,只记得那小子染着黄头发。

"是的，最近我们一直谨记老大的教诲，不惹事打架，所以东城的那些小子以为我们是软脚虾，欺辱到我们头上来了。"阿凉愤愤不平地握着拳头，其他人也个个都是咬牙切齿的表情。

"再这样下去，我们就没有立足之地了，大哥！"一向少言寡语的泰握紧了拳头说道。

千瑾点了点头，也觉得有道理。他望着所有兄弟，正气凛然地说："人不犯我，我不犯人，但要是有谁敢犯到我头上来，我绝对让他吃不完兜着走！"

弟兄们听到千瑾这么说，个个高兴极了，高举了拳头大喊："老大英明！"

"走，带我看看去！"不想多说什么，千瑾就带着弟兄们离开了学校。

来到码头，千瑾果然看到东城的那群小混混正在他们的地盘上为虎作伥。

外校的两个弟兄倒在地上，正被他们拳打脚踢，衣服破了，身上青一块紫一块的，惨不忍睹。

阿凉见此状，立刻恼怒地冲了上去，指着带头的黄发少年大吼："王梓觉，你干什么！这里是我们天狼帮的地盘，还容不得你在这里撒野！"

那群人闻言停了下来，往千瑾他们这边望来。

千瑾带着十几个手下，如冰雕般站在他们面前，脸色冷若冰霜。

江水静静涌动着，几片乌云堆积在浅灰色的天空上，似乎是有一场暴雨要来袭了。

"你就是天狼帮新来的老大吧！"王梓觉望着比自己小好几岁的千瑾，却拥有着凌驾于万人之上的气势，心里更加不爽起来。他好不容易才成为了东城的老大，可这小子凭什么一过来，就成为了西城的老大，不过就是个嘴上没毛的小屁孩而已！

"是的，你来西城玩我很欢迎，但是你来闹事，就恕我无礼了。"千瑾望着王梓觉，冷冷地说道，眼底的寒气让周围的空气都降了好几度。

阿凉他们知道，千瑾这次是真的生气了。

他从来不会带着兄弟们打架闹事，也不允许任何兄弟惹是生非，但是他对自己的兄弟都很好，最见不得兄弟们受欺负。何况这次王梓觉还带这么多人殴打他们两个兄弟，这种以多欺少的卑鄙行为，是千瑾最瞧不起的。

王梓觉这次是死定了。

"哼！"王梓觉看到千瑾细皮嫩肉的样子，对他的威胁非常地不在意，甚至觉得可笑。

"我限你立刻把我的兄弟还给我，然后跪下来给他们磕头道歉，不然我会让你后悔的！"千瑾下了最后通牒。

"哈哈哈——"王梓觉仿佛听到了一个天大的笑话似的，仰起头哈哈大笑起来，他身边的手下也全都跟着哄然大笑。

笑了一阵，王梓觉低头下，望着千瑾冷笑着说："我倒要看看今天你怎么把他们两个带回去，又怎么让我们后悔的。"他的双眼散发着猩红的光芒，视线紧紧地盯着千瑾，就像一条吐着蛇信的毒蛇。

他身后的手下也个个都摩拳擦掌的，一场大战已迫在眉睫。

2

王梓觉从腰际拔出一把弹簧刀，在半空甩了甩，锋利的刀刃弹了出来，闪烁着锋利的银色光芒。他身后的手下也纷纷从身后掏出铁棍，根根都有一尺长。

这绝对不是玩笑打闹，稍不留神就会赔上性命。

好久都没有打架了，阿凉他们也都很兴奋，双眼闪闪发光。兄弟们从背后抽出了棒球棍，个个脸上都是要大干一架的表情。

几乎是在同一时间，两边的人马就大吼着冲到了一起，大打出手。

阿凉一脚踹飞了面前的两人，又一挥棍子打飞了正想偷袭泰的小混混。泰一把一个，抓住两个小混混，然后抓着他们面对面一撞，那两个小混混立刻撞晕在地，半天都起不来。一群人打得不可开交。

王梓觉没想到自己有备而来，却一点优势都没占上，顿时大恼。他盯上了在兄弟的保护下没有出手的千瑾，看到千瑾背着手站在兄弟身后，他心里冷冷一笑，以为千瑾是个手无缚鸡之力的绣花枕头，是在兄弟的簇拥下才坐上老大位置的。

于是他打算先拿下千瑾再说。

想罢，他就握紧了刀子冲向千瑾。

"大哥小心！"秀才的话还没有说完，王梓觉的刀子就已经朝千瑾刺去。

只见千瑾的眼睛眨都没眨一下，仿佛早就知道王梓觉会来攻击他似的，游刃有余地伸出手，一把握住了王梓觉的手腕，同时右腿一曲，膝盖重重地顶在王梓觉的肚子上。

王梓觉闷哼一声，痛得整张脸都涨成猪肝色，握着刀的手也一下子失去了力气。千瑾一把夺过他手中的弹簧刀，又反手一掌劈在他的后颈上，王梓觉霎时眼前一黑，扑通跪倒在千瑾面前。

众人见状都停了下来，所有人如同见到天神降临般，一动不动地望着千瑾。

"带着你的手下滚出西城，再也不许踏足一步！"千瑾居高临下地望着跪倒在地上的王梓觉，用冷得能够冰冻世间万物的语气说道。

王梓觉从地上爬了起来，一句话都不说，就带着兄弟们连滚带爬地跑出了码头。

"滚吧滚吧！滚得越远越好！"阿凉他们看到王梓觉带着手下夹着尾巴灰溜溜逃走，全都哈哈大笑起来。

打完架后，千瑾和兄弟们就来到了大家经常去的台球室。千瑾和阿凉在台球桌边打着台球，在他们的球杆下，一个个球准确无误地滚进洞内，然后落入球袋。

而角落里，却是另外一番情景。

空鸠之歌

"哎哟哟,我的姑奶奶,你下手轻点!"

韩莎莎拿着沾了消毒药水的棉签,正在给几个"光荣"负伤的兄弟们处理伤口。秀才在她的"魔掌"下,不时爆发出凄厉的惨叫声。

秀才的惨叫越来越嘹亮,韩莎莎的耳膜再也承受不了了,她停下了动作,一手捏着棉签,一手叉着腰,对秀才说:"谁叫你那么没用,被打得跟猪头似的,忍着点!"

"莎莎,你怎么这么奚落我们,我们可是光荣而归,你没看到东城那群人被我们打得屁滚尿流的样子!"秀才不服气地说。

"秀才,你就别夸耀了,你才打了一个,就被打成这个样子!"同样挂彩的橄榄伸出手戳了戳秀才淤青的腹部,奚落道。

"哎哟!"秀才痛得整张脸都皱了起来,他不悦地挥开橄榄的手,"都叫我秀才了,打架不是我的长处,平时帮你们做作业和考试作弊的事,你们都忘记了!"

"要说英勇,还是大哥最英勇了!"大嘴正坐在一旁喝可乐,说到前面打架的事,一下子来了劲。

"是啊!王梓觉都被大哥打得跪在地上了!"洋仔自豪地嚷道。

"他就说了一句话,王梓觉就吓得带着手下跑了!哈哈哈,那样子真像是落荒而逃的老鼠!"大嘴和洋仔一搭一唱的,跟说戏似的热闹。

韩莎莎听到大家夸赞千瑾,心里自豪极了,她望着千瑾说:"当然了,我们家千瑾是最棒的!"

阿凉刚打完一局,走到韩莎莎身边听到这一句话,笑嘻嘻地说:"哎哟哟,莎莎你还真不要脸,咱们大哥什么时候变成你们家的了,也没见你发喜糖给我们吃呀!"

"讨厌,你个油嘴滑舌的,看我怎么拔了你的舌头!"韩莎莎一下子羞红了脸,挥舞着绣拳就要去打阿凉。

阿凉一溜烟地就逃开了,边跑边大嚷着,"哎呀呀,杀人啦!真是最毒妇人心啊,老大你千万不能娶这样的女人!"

所有人笑得人仰马翻,正在重新摆球的千瑾,无奈地摇了摇头,嘴边流露出一个不易察觉的微笑。

这日，放学后艾西被叫到了办公室，曾推荐她参加法国画展的老师递给她一封信。

"这是什么？"艾西不明所以地望着手中的信。

绘画系主任苏惠望着一脸茫然的艾西笑了笑，说："这是法国艺术学院的校长寄来的信。信上说，在画展上见到了你的画后，非常的震惊，没想到在遥远的国度居然有这么有才华的学生。他非常欣赏你的才华，希望你到他们学校去学习绘画，并且免去你所有的学费和生活费。"

艾西听后，无法置信地睁大眼睛。法国艺术学院，多少艺术系学生梦寐以求的学校啊。

法国艺术学院的校长居然会亲自写信给她……

艾西望着手中的信，仿佛望着一件无价之宝似的震惊。

苏惠拉起她的手，语重心长地说："这是个很好的机会，很多人想去都去不成。而且他们还免去你所有的学费和生活费，对你来说是个不可多得的机会，你一定要好好把握啊。"

艾西点了点头说："嗯，老师，你让我好好考虑下吧，我回去还要跟我的父母商量一下。"

"嗯，是要和他们好好商量下，毕竟出国也不是件小事。那你快回家吧，这封信你收好了。"苏惠拍着艾西的手，微笑着叮嘱道。

"好的，老师，谢谢您。"艾西向苏惠鞠了个躬，然后拿着信转身走出了办公室。

夕阳把天空晕染成深浅不一的紫红色，梧桐树的叶子被秋风吹成了金黄色，一片片飘落下来，在地上铺了一层华丽而忧伤的金黄色。

艾西一个人走在回家的路上，那封录取信就像一块大石压在她心上。

她不知道该不该把这个消息告诉千瑾。

曾经她也和学校里其他学生一样，梦想着进入被誉为艺术殿堂的法国艺术学院。

而如今，法国艺术学院向她敞开了大门，她却一点都高兴不起来。

如果去留学，那就意味着她要离开千瑾，远渡重洋去法国。

可是，她又怎么抑制得了对千瑾的思念呢？

千瑾啊千瑾，如果你是我，会怎么做呢？

艾西仰起头，望着寂静的天穹。

水晶般剔透无瑕的眼泪滚落下来，顺着白皙透明的面颊滑落。

在如彩虹般瑰丽的霞光下，闪烁着纯净的光泽。

3

"干杯！"

千瑾和兄弟们在酒吧内，高举着酒杯，清脆的碰杯声交织在嘈杂的音乐声中，淡金色的液体从酒杯里洒了出来。

今天所有人都非常地高兴，喝起来就没有了一个底。

韩莎莎一直在旁边劝千瑾少喝点，但是千瑾最后还是喝了七分醉。

回到家时已经是半夜了。

千瑾跌跌撞撞地开门就进别墅，然后扶着墙壁和扶梯摇摇晃晃地走上楼。

月光从楼梯口的窗子洒落进来，在地上落了一地银白色的霜。

艾西的房门紧闭着，千瑾站在她房门前停了下来。

里面一丝声音都没有，千瑾伸出手推开了门扉。床上的人静静地沉睡着，双手交叠在胸口上。千瑾走到艾西床边坐了下来，静静地望着她的睡颜。

艾西睡前似乎哭过了，白皙无瑕的脸上还沾着未干的泪痕。他看着，整颗心都纠了起来，隐隐作疼。

他伸出手，轻轻地把艾西脸上的眼泪拭去，怕是惊扰到她睡觉似的，动作轻柔得仿佛在擦拭一个一碰就碎的瓷娃娃。

"姐姐，你要我怎么对你才好呢？"

第六章 │ 冷战，一个屋里两颗心

千瑾望着沉睡中的艾西询问道，声音是那么地忧伤。

艾西想了很久，最后下定决心去法国留学。艾可为听了她的想法后也很支持她，他知道艾西一直以来的梦想就是成为一位画家，这次被法国艺术学院录取是个难能可贵的机会。虽然他很舍不得艾西离开他，但是他不想因为这个而耽误了艾西的前途。

这天傍晚，全家人都聚集在一起吃晚饭。

千瑾有些奇怪，因为中午方淑华就打电话叮嘱他今晚一定要回家吃饭，似是有很重要的事情。所以他一直怀着一份疑惑，静静地坐着。

方淑华把汤端来后，和大家坐在一起。

艾可为看到方淑华坐了下来，望着所有人说："今天有件事情要向大家宣布。"

艾西低着头，坐在艾可为身边。千瑾看了看她，心里有种不好的预感。

"方叔叔，有什么事，你就说吧。"千瑾觉得是福不是祸是祸躲不过，还不如早点知道，早点做准备。

"千瑾，你不用担心，这是件好事。"艾可为笑着安慰道，随即停顿了一下，再次微笑着望着所有人说，"艾西收到了法国艺术学院的录取通知书，下个星期，她就要去法国留学了。"

这个消息就像是一道晴天霹雳，劈在千瑾的头顶，他整个人震惊得一动不动，脸色比纸还要苍白。

艾西居然要去法国留学，远在地球的另一端。

这叫他怎么接受？

就算被她拒绝，他也一直觉得能够看着她就好，天天看着她快快乐乐的，就算自己再痛苦也满足了。

可是如今，她却要抛弃他，远渡重洋去法国，这就意味着他再也看不到艾西的笑容，听不到艾西的声音，这比让他死还要难受。纵使是一天，他也无法忍受，更何况是几年？

他不敢想象，没有艾西的日子会是什么样。

接下来，艾可为说了什么他都没有听到，他浑浑噩噩地吃完

了晚饭,然后独自上了楼。

方淑华看千瑾没有吃几口饭,就让艾西给千瑾端一碗汤过去。艾西端着汤来到二楼,千瑾的门扉虚掩着。

艾西站在门口,轻轻地敲了敲门。

"进来。"房间里传来千瑾冷冷的声音,艾西推开门走了进去。

千瑾正坐在电脑前打游戏,他正全神贯注地杀着妖怪,没有回头。

"阿姨让我端碗汤给你。"艾西走到千瑾身边,把汤放在电脑桌上。

千瑾握着鼠标的手停顿了下来。

"那我先出去了。"

艾西转身正要离开房间,千瑾却突然开口了。

"你真的要去法国吗?"

艾西回过身,望着千瑾,轻轻地点了点头:"嗯,我已经写信答应了那边的校长。而且这是个难得的机会,我没理由放弃。"

电脑里传来惨叫声,千瑾却没有理会,听了艾西的话,他的脸上掠过一丝忧伤:"去那边生活怎么办?"

"学费和生活费都是免费的,而且我觉得我应该独立起来。"艾西淡淡地笑了笑,"你不用担心,我能够照顾好自己的。"

艾西看到千瑾张了张嘴,似乎想说什么,可是又犹豫了一下。

她不知道千瑾有好多话要对自己说,可是话到嘴边却什么都说不出来。

"那你到那边照顾好自己,要是有什么事一定要打电话回来。"千言万语,最后只能凝结成一句祝福,千瑾望着艾西,忍着心痛说,"希望你到那边后能大展才华。"

"嗯,谢谢。"艾西微笑着点了点头,然后走出了千瑾的房间。

千瑾盯着电脑屏幕,心里有万千情绪在翻滚着,折磨着他,难受得无法呼吸。

晚上,韩莎莎接到了阿凉的电话来到酒吧,就看到千瑾正一个人闷头喝酒，兄弟个个忧心忡忡的。

"秀才，千瑾是怎么了？"韩莎莎走到秀才身边问道。

秀才附到韩莎莎耳边小声说："听说大姐要去法国留学了，所以大哥心情不好。"

韩莎莎的心暗暗地一沉。又是因为艾西，千瑾的快乐和悲伤全都被她牵动着，每次他借酒消愁都是因为艾西的事。

嫉妒的火焰在韩莎莎心里熊熊燃烧着。虽然她做了千瑾的女朋友，也一直陪伴在千瑾身边，可是她从来都没有走进过千瑾的心里，千瑾关闭了心门，拒绝任何人走进，而里面只住着艾西。

韩莎莎走到千瑾身边，一把夺过了他手中的酒杯，严厉地说："千瑾，别喝了，你已经喝了很多了。"

"别管我！"千瑾从韩莎莎手里夺回杯子，然后仰头一饮而尽，他趴在桌子上，意识不清地呓语着，"我要喝，醉了就什么都不会想了，也不会痛苦了……"

"你就算再痛苦，她又不知道，她马上就要丢下你一个人去法国了，而你却为了她在这里折磨自己，值得吗！"韩莎莎看到他这个样子，生气地大骂。

阿凉他们看到这幅情景，全都识相地走开了，留下韩莎莎和千瑾。

"我折磨自己关你什么事！"千瑾抓起一瓶洋酒，继续灌着自己。

韩莎莎看到千瑾这么没命地灌着自己，更加生气了："为什么不关我的事？我看了伤心难过，你为了一个不爱你的女人这么作践你自己，却不听我一句劝！纪千瑾，你当我是什么！"

千瑾拿着酒瓶的手顿住，呆呆地愣在原地，空洞的双眼毫无焦距。

他这个样子，让韩莎莎心疼极了。韩莎莎扑上去一把抱住千瑾，哭着说："我是你的女朋友，我才是你的女朋友。艾西是你的姐姐，你不可以爱她的……"

韩莎莎的话就像是一根根冰锥扎在千瑾的心上，疼得让他快要窒息了。

艾西是他的姐姐……

为什么？

为什么他们的父母结婚，他们就要成为姐弟。

上帝硬生生地夺走了他爱艾西的权利。

这对他不公平。

"千瑾，不要想艾西了，好不好？"韩莎莎抱着千瑾，声音痛苦地哽咽着，"就让她走吧，以后有我陪着你，我会一直陪着你，对你不离不弃。"

千瑾任凭韩莎莎抱着他，低着头沉默不语。他的心里就像是有千丝万缕纠缠在一起，乱极了。

他爱的人却不能爱，而他不爱的女人却深爱着他。

难道爱情就要如此折磨人吗？

4

晨曦透过窗帘的缝隙，照射进房间，洒落在床头。

千瑾受到阳光的惊扰，难受地皱了皱眉。宿醉让他头痛欲裂，他难受地睁开眼睛。

视线从模糊一点点转为清晰。

眼前出现的房间非常地陌生：描画的天花板，粉红色的窗帘，白色的长毛地毯……

这是哪里？

千瑾疑惑地从床上坐起来，脑袋里却像被灌满了铅似的沉。

就当他在疑惑时，发现身边还睡着一个人！

那人舒服地呢喃了一声，伸出胳膊搂住他的腰。

千瑾大惊——他怎么会在韩莎莎的床上！

似乎是受到了惊动，韩莎莎也幽幽地醒了过来，看到千瑾已经醒来，她仰起精致的嘴角，绽出一个甜美的笑容："早。"她的声音带着没有睡醒的慵懒，像猫咪般挠人心。

"我怎么在这里?"千瑾扶着痛得快要裂开的头问道。

"昨晚你喝醉了,所以我就把你带回家了。"韩莎莎望着头发凌乱、却依旧帅气逼人的千瑾,心情非常好。

千瑾一下子愣住了,望着韩莎莎,犹豫了一下问:"我们是不是发生了……"

谁知他的话还没说完,韩莎莎却扑了上来,一把抱住了他:"千瑾,我爱你,我要和你一生一世在一起。"韩莎莎用力抱着他,声音中透着甜蜜和幸福。

千瑾的脸色顿时如纸般苍白,他推开了韩莎莎,然后下了床。

韩莎莎幸福的表情骤然凝固在脸上,望着弯腰捡着地上衣服的千瑾,眼中流露出受伤。

"时候不早了,我先走了。"千瑾穿好衣服,冷冷地交代了一句,就打开门离开了。

韩莎莎颓然坐在床上,就像跌入了冰窖一样浑身冰冷。

千瑾是她第一个爱上的男人,可是千瑾一点都不爱她。

千瑾还是爱着他姐姐,无论她怎么做,她都夺不回千瑾的心。

从韩莎莎家出来后,千瑾就回到了家。

"千瑾,你昨晚一夜没归,去哪儿了?"正在收拾餐桌的方淑华看到千瑾回来,问道。

"我去同学家过夜了。"千瑾随口回答道,然后在玄关换好鞋子走进了客厅。

"那怎么不打个电话回来,让妈妈担心。"方淑华擦了擦手,走出餐厅,闻到千瑾身上的一身酒气,皱了皱眉责备道,"是不是又和别人出去喝酒了?"

"就喝了几杯。"千瑾侧开脸,躲开了方淑华咄咄逼人的视线。

"如果又发生上次那种事怎么办?"方淑华生气地望着千瑾。一直以来,因为她工作繁忙,所以没有好好地管教千瑾,才会让他养成了如此桀骜不羁的性格。

"我知道分寸的。"千瑾语气里透着不耐烦。

"算了。"方淑华无奈地叹了口气说,"去楼上洗洗,换件

衣服下来吃早饭吧。"

千瑾没有说什么,转身上了楼。

当他洗好澡换好衣服下楼时,看到方淑华、艾可为和艾西三人正在客厅里忙忙碌碌。

"艾西,这是我给你买的几件衣服,秋冬穿的短外套和大衣。"方淑华把地上几个装得满满的纸袋放到沙发上,从里面拿出了一件乳白色的羊绒大衣,微笑着对艾西说,"试试看,大小合不合适,如果不合身了还有时间去换。"

"谢谢阿姨,真漂亮。"艾西就着方淑华的手,穿上了大衣。修身的大衣把她的身形勾勒得玲珑有致,合身得仿佛是量身订做似的。

"真漂亮,非常合身。"方淑华望着艾西,满意地笑了笑,她又拍了拍另外几个袋子说,"还有这些是护肤品和日用品,还有两双鞋子,一双是短靴,一双是配裙子穿的长靴。"

"阿姨,这么多我带不了。"艾西望着大堆的东西,流露出又高兴又苦恼的表情。这些恐怕够她塞两三个行李箱了吧……

方淑华拉着艾西的手,眼里有诸多的不舍:"多带一些吧,刚刚去那边人生地不熟的,买东西不方便。"

"嗯。"艾西点了点头,泪光盈盈地望着方淑华。

"艾西,这是爸爸给你买的最新款的笔记本,超薄型的,带起来也不重。"艾可为打开了一个纸盒子,从里面拿出了一台12寸的超薄笔记本电脑,又拿出了一套用皮革袋子包着的画具,对艾西说,"还有,这是一套新的画具,你那套用久了,就带这套过去吧。"

"谢谢爸爸。"艾西含着泪点了点头,看到家人为了她出国的事里外张罗,艾西心里更加不舍起来。

看到艾西红了眼睛,艾可为的眼眶也一下子湿了,他抹了把眼泪说:"这一去可能很久都不能见面了,你要多上网和我们视频聊天,告诉我们你在那里过得怎么样。"

"嗯,我会的,爸爸。"艾西走过去抓住了艾可为的手。

"爸爸真舍不得你……呜呜呜……"艾可为心里是万般的不

舍，想到艾西就要离开他远渡重洋，低下头竟情不自禁地哭了起来。

"爸爸，我是去留学，又不是不回来，一放寒假我就会回来的。"艾西忙安慰道，从茶几上摆放的纸巾盒里抽出一张纸巾，递给艾可为。

艾可为接过纸巾擦了擦眼泪："嗯，不要为爸爸省钱，每个假期都要回来。"

"好的，我知道了。"艾西含着眼泪，微笑着点了点头。

看到大家正张罗着艾西出国的事，千瑾的心里非常地不好受。

日子一天天过去，离艾西出国的日子越来越近了，他能见到艾西的时间也越来越少了。

可是他心里却有好多话无法开口对艾西说。

这些话可能要永远封存在心中，再也没有机会跟艾西说了。

第七章
离别，汹涌澎湃的爱意

千瑾的独白

我最爱的人变成了我的姐姐，这或许是世界上最残酷的事情。

我只能把我的爱隐藏起来，封存在心底，让它酿成最剧烈的毒，一点点侵蚀着我的身体。直到我的五脏六腑都烂了，都失去了知觉。

可是为什么？

我听到艾西要离开的消息，依旧心如刀绞。

1

时间如握在手里的沙子，越是想用力握住，它就流失得越快。转眼间，艾西出国的日子就到来了。

一早，全家人就早早地起床，准备好了一切，等待出发。

艾可为帮艾西把所有的行李箱都从楼上搬了下来，司机早已等候在外面，看到艾可为提着行李箱走出别墅，赶紧下车帮艾可为把行李装在后备箱里。

艾西站在别墅外，望着这个她生活了十多年的家，心里满是惆怅。

她就要和这个家说再见了，短时间内是无法回来了。

"艾西，我们走了，迟了就要赶不上飞机了。"方淑华拎着包走出别墅，看到艾西正站在别墅前发呆，拉起她一起走出了院子。

"全部都放好了，可以走了。"司机盖上了行李箱后，艾可为对方淑华还有艾西说道。可是他却没有看到千瑾的身影，随即，他疑惑地问："千瑾呢？"

"他说他身体不舒服，就不送艾西了，让我对艾西说声走好。"方淑华微笑着说，眼底却有一丝忧虑。最近的千瑾太奇怪了，总是一个人躲在房间里，他和艾西的感情一向很好的，可今天他却不肯来送艾西。自己的儿子她最清楚了，他根本没有身体

第七章 | 离别，汹涌澎湃的爱意

不舒服。

可是他为什么不肯来送艾西，她就不知道了。

"好吧，那就让他在家休息吧，我们上车吧。"艾可为招了招手，方淑华也没有时间想太多，就拉着艾西上了车。

听到千瑾不来送自己的消息，艾西心里有点失落，可是也有点庆幸。因为要是千瑾来送的话，她一直以来的坚持可能就会崩溃，可能就舍不得离开了。

唯一遗憾的，就是不能当面跟千瑾说声再见了。

千瑾躺在床上，听到外面传来车子引擎发动的声音，他都没有勇气拉开窗帘，看着载着艾西的车驶出自己视线。

他没有办法看着艾西离开自己，那样子他会崩溃的。

可是即便如此，他也知道艾西正在一点点远离自己，很快她就要搭乘九点的航班飞往法国。

想到这里，千瑾的心就像被撕裂般疼痛。

他攥着被单，忍受着胸口的疼痛，感觉快要窒息了。

这时，手机的铃声划破了一室的寂静。

千瑾烦躁地从床头柜上拿起手机，看了看屏幕上的显示，上面跳动着阿凉的名字，千瑾接起了电话。

"大哥，听说今天是大姐出国的日子，是不是？"阿凉的声音听起来很焦急。

"嗯。"千瑾冷冷地应了一声，心情很烦躁，似乎一把无名火在胸口燃烧，要把他吞噬似的。

"大哥你在哪里呢？"手机里又传来大嘴的声音。

"我在家里睡觉。"千瑾不耐烦地回答道。

"什么？这个时候大哥还有心情睡大觉！"橄榄的咆哮声差点刺破了千瑾的耳朵。

千瑾把手机放远了一些，冷冷地问："怎么了？"

"你还不快去机场阻止大姐出国！"阿凉焦急地嚷着。

"她要去留学，我为什么要阻止她？"千瑾的语气不冷不热的，心里却有万般思绪翻滚着，他何尝不想阻止，可是他又有什么资格阻止。艾西有她的梦想要追逐，他不应该阻止她去追逐自

101

己的梦想。

因为他只是艾西的弟弟。

"大哥你就不怕后悔吗？"阿凉在电话那边痛心疾首地说，"我们都看得出来你深爱着大姐，你们俩又不是亲姐弟，没有任何血缘关系，你们到底在担心害怕什么呢？"

"可是名义上我们是姐弟。"千瑾的声音透着对现实的无奈。

"大哥，你怎么也像其他人一样世俗，我一直以为你是不同的！"秀才在那边忍不住痛骂道。

"……"千瑾一时不知道该如何应答，只能对着手机沉默起来。

"大哥，我们都看得出来，大姐也喜欢你，哪有一个姐姐会这么关心自己弟弟的，何况你们还不是亲姐弟。"秀才痛心疾首地说道。

"真的吗？"千瑾无法置信地睁大眼睛，眼前突然明亮起来。

"大哥你看不出来吗？这就是所谓的旁观者清，当局者迷吧。"阿凉也如是说道。

秀才和阿凉的话给了千瑾当头一棒，让千瑾瞬间醒悟过来。

艾西对他的温柔，艾西对他的包容，还有……艾西趁他睡着时偷偷画的画…………

他为什么看不出来——艾西也喜欢着他！

他简直就是个笨蛋！

他赶紧丢下手机，冲出了房间。

"喂喂！大哥你还在听吗？大哥，大哥……"

手机里继续传来阿凉他们的咆哮声，可是千瑾已经听不到了。

千瑾在客厅的茶几上找到了车钥匙，然后从车库里开出了方淑华的红色卡宴。

他把油门踩到了两百码，一路往机场冲去。

艾西，等等我！

机场内人山人海，从落地的玻璃窗望出去，能看到一架架飞机起飞，冲入云霄。

马上就要登机了，艾西在候机大厅和艾可为、方淑华，还有

第七章 | 离别，汹涌澎湃的爱意

来送机的米琪、卓亚凡道别。

"艾西，我真舍不得你，你到了那边一定要跟我电邮。"米琪依依不舍地拉着艾西的手，眼里盈满了泪水。

"嗯，我会的，琪琪。"看到米琪的眼眶湿了，艾西的眼眶也一下子红了，鼻子一酸，眼泪流了下来。

"这是道别礼物。"米琪把一个包装精美的盒子递给艾西。

"谢谢你，琪琪。"艾西抹了一下脸上的眼泪，接过盒子。

"艾西，这也是我的道别礼物。"卓亚凡也把自己手中的盒子递给了艾西。

艾西接过盒子，心里依旧对拒绝他的事耿耿于怀，她望着卓亚凡，感激地说："谢谢你卓亚凡，谢谢你今天来送我。"

卓亚凡淡淡地笑了笑，笑容却有点无力："不要跟我客套，到了那边要照顾好自己，一个人在外要注意安全。"

"嗯。"艾西默默地点了点头。

眼看着登机时间快要到了，方淑华拉起艾西的手，再次叮嘱："艾西，到了那边注意饮食，多穿点衣服。"

"我会的，阿姨，爸爸就拜托你照顾了。"艾西看了方淑华一眼，又看了站在方淑华身边的艾可为一眼。

方淑华忍着眼泪，微笑着说："一家人何必说两家话呢，你放心去吧，家里你不必担心，自己照顾好自己。"

以最快的速度，火速赶到机场后，千瑾停下车，就冲进了候机大厅。大厅内人来人往，千瑾焦急地寻找着艾西的身影。

最后，他终于在登机入口看到艾西他们，千瑾赶紧跑了过去。

"艾西！"

正在办登机手续的艾西听到千瑾的声音愣了愣，她以为是自己听错了，犹豫了一下，才抬起头在人群中张望着。

只见千瑾正推开拥挤的人群，奋力向这边跑来，艾西一下子愣在了原地。

"千瑾，你怎么来了！"方淑华看到千瑾满头大汗的样子，非常惊讶。一旁正在陪艾西办登机手续的艾可为还有米琪、卓亚

凡也都呆住了。

千瑾来不及跟方淑华解释,抓住了艾西的手说:"跟我走吧。"

艾西睁大了眼睛,无法置信地望着满头大汗的千瑾,黑白分明的大眼里全是迷茫。

千瑾气喘吁吁地抓着她的手,刘海被汗水濡湿了,贴在光滑白皙的额头上。他似乎是狂奔而来的,满头大汗,上气不接下气。

"千瑾,你说什么呢!"方淑华生气地大声说,"艾西马上就要登机了,有什么话等到了那边再说吧!"

千瑾望了艾西一眼,不等她回答,拉着她转身就跑。

"千瑾!你干什么呢!快回来——"背后传来方淑华焦急的喊叫声,可是千瑾根本顾不得其他的一切。

他要阻止艾西离开,只要能让艾西留在自己身边,其他的他都不管,哪怕是世界末日来临!

2

冲出候机大厅后,千瑾把艾西塞进了车里,然后开着车离开。

他没有往家里的方向开,而是开着车来到了海边。

到了海边,千瑾把车停下,熄了火。

艾西愣愣地望着一路上沉默不语的千瑾,觉得一切都仿佛是在做梦。

千瑾居然开着车把她从机场劫了出来,而她居然不顾爸爸和方阿姨的阻止,跟着千瑾跑了。

"下车吧。"千瑾打开车门,走下了车。

艾西愣了愣,才跟着他走下了车。

天空万里无云,澄澈得仿佛是一块一尘不染的蓝水晶。碧蓝的大海和天空连成一线,海水倒映着蓝天,海鸥在地平线上忽起忽落,悠然自得地飞翔着。

千瑾的头发被迎面吹来的海风吹起,乌黑的发丝在微风中飞扬着,他的白T恤在阳光下炫白耀目,一尘不染。

艾西想起在巴塞罗那第一次见到千瑾的情形。

那时候她被千瑾美丽的外表给惊呆了。

而现在的千瑾依旧如往日般美丽,只是多了一些忧郁和深沉。

千瑾仰着脸,望着天空,似是在追逐那些在天空飞翔的海鸥。

"千瑾……"

艾西望着走在前面的千瑾,颤巍巍地叫道。

千瑾骤然转身,把艾西抱进了怀里。千瑾的肩膀是那么宽厚,千瑾的臂膀是那么有力,就像一个温暖的港湾,把艾西保护在里面。

艾西一下子居然忘记了挣扎,贪恋着这份温暖,不想醒来。

"艾西,我喜欢你,我不要你离开我!不管别人怎么想,我都不会再放手了!你不是我的姐姐,你是我这辈子最爱的人!"

千瑾的话一下子就击碎了禁锢着艾西的枷锁。

那些之前被她压抑在内心的情感如潮水般汹涌地向她涌来,几乎要将她淹没。

艾西仰起头,望着千瑾,眼泪像决了堤似的涌出了眼眶,一下子将她的视线模糊了。

"我爱你我爱你我爱你!我不管你是不是我的姐姐!我都要让全世界知道——我爱你!"千瑾大声地宣布着,似乎是要让全世界都听到他的心声。

"千瑾……"艾西睁大了眼睛,无法置信地望着千瑾,千瑾的话一字一句都敲击在她心上,让她激动得不能自已。

千瑾抓着她的肩膀,激动得浑身颤抖:"告诉我你也爱我,我知道你也是爱我的,你隐瞒不了你的感情,你早已出卖了你自己!只是你自己一直在自欺欺人而已,你是爱我的!"

艾西觉得无法压抑自己的情感了,她咬着下唇压抑着激动的心情,水晶般透明的大眼里盈动着泪水。

她望着千瑾,哽咽地说:"是的,我爱你,我爱上了自己的弟弟……明知道这样是错的,是违背道德的,可是……我控制不了自己。"

"我知道,我知道!"千瑾把艾西搂进怀里,心疼地说,"我知道你的难处,我知道你背负着多大的压力,这些我都知道……因为我也同样如此。"

"千瑾……原谅我没有你那么有勇气,原谅我这个胆小鬼。"艾西后悔不已。为什么她没有千瑾那么有勇气?为什么她一次次把勇敢的千瑾推出门外呢?为什么她一次次把爱他的千瑾伤得那么深呢?她根本就不是个称职的姐姐。

"我不怪你,我不怪你!"千瑾放开艾西,伸出手抚摸着她沾满泪水的脸,心疼不已地说,"以后不管有什么事我们都一起面对,有什么困难我们就一起克服。"

"嗯。"艾西流着泪点了点头。千瑾给了她爱的勇气,她不会再逃避下去了,不管有多少人唾弃他们,阻止他们,她也不会退缩。

"艾西,太好了!"千瑾抱紧艾西,像是要把她揉进身体里似的,"太好了……还好我赶来了,还好我及时想通了,不然我肯定会后悔一辈子。"

"我也是,如果我今天离开了,我一定会悔恨一辈子。"艾西伸出手回抱住千瑾,眼泪濡湿了他的肩膀。

"艾西,我爱你。"千瑾轻轻地呢喃着,和海风融合在一起,仿佛要把她的心给融化了。

"我也爱你,千瑾。"艾西枕着千瑾的肩膀,轻声说道。

海水轻轻涌动着,浪花拍着海岸,海潮的声音一阵接着一阵,绵延不断。

艾西和千瑾手拉着手在海边散步,在沙滩上留下深一个浅一个的脚印。艾西低着头,看着几只螃蟹因为受到惊吓,横着身子爬走。

"爸爸和方阿姨那边怎么交代呢?"艾西低着头问道。这是她最担心的问题,她可以不顾全世界的眼光,可是她不能不顾及父亲还有方阿姨的心情。

千瑾停下脚步,执起艾西的手,黑曜石般璀璨的眸子闪烁着磐石般坚定的光芒:"我回去就跟他们说,不管他们会不会反对,我都要和你在一起!"

"不要!"艾西焦急地脱口而出,这是她最担心的事,她非常害怕因为这件事跟父亲还有方阿姨决裂,不能因为他们的感情而毁了整个家。

这样她会永远对不起爸爸还有方阿姨的。

艾西望着千瑾,语重心长地说:"爸爸和方阿姨结婚才不久,我不想因为我们的事影响他们的感情,再过段时间告诉他们吧。"

"好吧,我都听你的。艾西,只要你开心。"千瑾笑了笑说道。

艾西点了点头,有些无奈地说:"在家里和学校,我们暂时还是以姐弟关系相处吧。"

"嗯,我都照你的话做。"千瑾伸出手,轻轻地抚摸着艾西的脸,动作轻柔得仿佛在触碰一个易碎的瓷娃娃似的。

艾西把脸贴在千瑾宽厚的胸膛上,沙滩上,两人的影子交叠在一起。

回到家。

艾西和千瑾看到艾可为和方淑华坐在客厅里,脸色看上去很不好,客厅里弥漫着一种压抑的异样气氛。

艾西跟着千瑾战战兢兢地走进客厅,此时的千瑾看上去是那么高大而坚强,他抬头挺胸,毫不畏惧地走在艾西前面。

艾可为和方淑华似乎早就等着他们回来,一看到他们走进客厅,就用严厉的目光望向他们。艾西缩了缩脖子,低下头不敢看他们。

"千瑾,你把艾西带去哪儿了?怎么现在才回来,飞机早就起飞了!"方淑华一看到千瑾就责备道。

"我有很多话还没跟艾西说,所以我就带她出去说话了。"千瑾迎着方淑华的怒气,面无表情地说。

方淑华敏感地发现千瑾不再用"姐姐"称呼艾西,而是直呼她名字。

可是方淑华并没有找到这丝不寻常的原因,所以她不露声色

地继续质问千瑾："有什么话非要在这个时候说,到了那边再打电话说不就行了嘛!"

"对不起,我知道我太冲动了。"千瑾低下头,忏悔道。

千瑾还是第一次向她道歉,方淑华很意外,一下子愣住了,反倒不知道该说什么了。

"艾西,你是怎么想的?"坐在沙发上,一直没有说话的艾可为,突然开口说道。

艾西走到艾可为面前,表情愧疚地说:"对不起爸爸,我不打算去留学了,我想过了,留在国内也能学画画。"

"你都想好了?"艾可为平静地望着她,用父亲独有的语重心长的语气说,"将来可不要后悔,这可不是随时都有的机会,可能这辈子就这一次了。"

艾西慎重地点了点头,目光非常坚定:"我想好了,只要我努力,在哪里学都一样。"

艾可为沉默了半晌,无奈地叹了口气说:"好吧,我一直都很尊重你的想法,如果你觉得这样是对你好,那我就没有什么意见。"

"谢谢你,爸爸,对不起,我……"艾西感动地望着艾可为,眼里盈满了泪水。父亲对她一直是那么地宽容,而她却对他隐瞒着真实的想法,她真的太对不起父亲了。

"没关系。"艾可为微笑着望着艾西,"你已经长大了,很多事情应该自己做主。"

艾西含着泪望向方淑华:"方阿姨,对不起,我太任性了,让你们担心了。"

"不,艾西。"方淑华赶紧走上前,握住艾西的手,愧疚地说,"一定是千瑾那小子,他就是个惹祸精,没有一天的安宁。"

"这不怪千瑾,这都是我自己决定的。"艾西淡淡地摇了摇头。

"嗯。"方淑华点了点头,把艾西搂在怀里,心疼地说,"你能留在家里我也很开心,以后我们就不需要分开了。"

看到艾可为和方淑华都那么包容自己,艾西心里更加地愧疚了。他们对她都是如此地包容和关怀,而她却自私地隐瞒着自己的想法。

如果他们俩知道，一定会非常伤心的。

可是，她没有办法，她不能把真实原因告诉父亲和方阿姨。如果说了，他们一定会很为难，也会很受伤。

这些痛苦让她和千瑾两个人背就可以了，没必要让全家人一起来承受。

而且只要她和千瑾能在一起就足够了，就算不能公开，她也已经很幸福了。

就让这份感情成为他们两人的秘密吧。

3

第二天，艾西来到办公室，告诉苏惠自己不打算去法国留学了，并向苏惠道歉，表示她辜负了苏惠的期望。苏惠没有说她什么，只是不住地摇头叹息。

从办公室出来后，艾西就碰上了米琪，米琪知道她放弃了留学机会后，惊讶得叫了起来。

"艾西，你怎么那么傻，那么好的机会你居然放弃了！我可是做梦都梦不到的呢！"米琪敲着艾西的脑袋，真想敲开艾西的脑袋看看，她的大脑结构是不是跟大家都不一样。

"我想过了，留在国内也能画画，外国的月亮不一定就比国内的圆。"艾西不以为然地笑了笑，"而且，我也舍不得你们。"

"我看你是舍不得你们家千瑾吧！"米琪冷不丁地调侃道。

"米琪，你瞎说什么！"艾西一下子急红了脸。

米琪看到艾西着急的样子，笑了笑说："不然你怎么会舍得放弃这么好的机会，机票都订好了，结果临时又放弃了。你别以为我不知道，还有什么会让你突然改变想法，肯定是为了千瑾。"

"琪琪……"艾西惊讶地望着米琪。她没想到一向大大咧咧的米琪，居然可以看穿那么多事。

"我知道,你就不用隐瞒了。"米琪的表情突然严肃下来,她望着艾西,认真地说,"其实也没什么,他又不是你的亲弟弟,你们一点血缘关系都没有,有什么不能相爱的。"

"琪琪,对不起。"艾西非常地感动,眼眶一下子就湿润了。没想到她都看不透的东西,米琪全都看透了,这个平时嘻嘻哈哈没个正经的女孩,其实要比她成熟许多。

原来她比米琪还有千瑾都不成熟。

米琪温柔地拉起艾西的手,望着她湿润的眼眸说:"我祝福你,艾西,你这次放弃了这么好的机会,我希望千瑾真的能好好珍惜你。我希望你幸福。"

她的语气是那么地中肯,像一股暖流流进艾西心里。

"谢谢你,琪琪。"艾西含着泪,点了点头。

"你是我最好的朋友,我当然为你着想了!"米琪伸出手,笑着刮了下艾西的鼻子。

艾西泪眼朦胧地望着米琪,心里像被阳光照射过似的温暖。

有那么多人的支持,她越来越有勇气和千瑾面对将来的种种困难和艰辛了。

周六。

蔚蓝的天空中飘浮着几片柔软的云朵,就像一块块诱人的棉花糖。

艾西穿着天蓝色的针织衫和白色的长裙,来到人来人往的广场上。

游人们自在地在广场上休息,有的拿着玉米粒喂着昂首挺胸在广场上走来走去的鸽子,有的靠在围栏边,望着滔滔江水,吹着江风。

艾西远远地就看到背靠着围栏、站在江边的千瑾。风吹起他乌黑如墨的头发,那一根根柔顺的闪烁着真丝般光泽的发丝迎风飞扬着,白色的休闲服把他模特般标准的身材勾勒得淋漓尽致。边上几个女孩时不时地偷偷瞄着他,然后红着脸凑在一起窃窃私语。他只是静静地站在那边,就足以吸引所有人的视线。

"千瑾,让你久等了。"艾西走了上去,抱歉地说道。

"为什么我们不一起出门,非要让我先出门,然后你再和我会合呢?"千瑾的表情有一丝不悦。

"为了不让爸爸和阿姨起疑,我们尽量不要表现出黏得太紧。"艾西笑了笑,哄着千瑾,"好啦好啦,我知道你很委屈,忍忍吧!"

"算了。"千瑾耸了耸肩,表情无奈。

艾西看到千瑾缺乏朝气的表情,伸出手,搂住他的胳膊,笑眯眯地说:"这是我和千瑾第一次约会呢,真是让人期待,我们去哪儿呢?"

看到艾西向自己撒娇,千瑾的怨气就像被阳光普照般,瞬间消失了。他目光宠溺地望着靠在自己胳膊上的艾西,微笑着问:"你想去哪儿?"

"嗯……"艾西想了想,突然想到了什么似的,双眼发亮,"去游乐园吧?"

"啊?"千瑾哑然无语,"……那不是小孩子去的地方吗?"

"有什么关系呢?我突然很想去,陪我去嘛。"艾西的笑容如春日的阳光般明媚,让千瑾不忍扫她的兴。

"好好,真是拿你没办法。"千瑾虽然嘴上这么说,可是俊美的脸上却漾开了温暖的笑容,就像秋日午后的阳光,温暖却不刺眼。

游乐园人山人海,场面颇为壮观。千瑾买了票,两人排了半个小时的队,才进到游乐园里面。

阳光下,游乐园的景色让人眼花缭乱,仿佛来到了梦幻中的童话世界。

小丑牵着一大串的气球,给过路的小孩子派发气球,用颜料描绘的脸始终保持着夸张的微笑的表情。

游乐园就仿佛具有魔力似的,一来到这里,所有人的心情都会像彩虹般灿烂。

"千瑾,我们去坐那个吧?"还没等千瑾从眼前眼花缭乱的

场景中反应过来,艾西就拉着他往巨大的咖啡杯跑去。

他被艾西拽着坐进咖啡杯内,还没等他做好准备,咖啡杯突然转了起来,千瑾一惊,赶紧抓住面前的扶手。

"哈哈哈,千瑾,你的表情好搞笑哦!"艾西第一次看到千瑾流露出如此惊慌无措的表情,就像是哥伦布发现了新大陆似的新奇,赶紧掏出随身携带的五百万像素的手机,把千瑾仓皇的表情拍了下来。

"不要啦,不准拍!"千瑾伸长了胳膊去抢艾西的手机,咖啡杯却猛然转了一圈,害他差点摔了出去。

"哈哈,不给你!我要米琪她们看看,她们看到这副表情对你的美好印象一定会幻灭的!"

下了咖啡杯后,千瑾的表情依旧幽怨不已。

"太狡猾了⋯⋯"他幽怨地望着看着手机得意不已的艾西。

"这张照片我一定会好好珍藏的!"艾西心满意足地合上手机,像得了珍宝似的高兴。

"哼!"千瑾突然仰起线条完美的下巴,精致的嘴角勾起一个自信满满的笑容,"你别得意,你如果把我的照片公开,那我也会把你睡觉流口水的照片公开!"

"我睡觉哪有流口水啦!"艾西转过身,望着千瑾嘟起了红唇。

"有流哦!"千瑾弯下腰,把好看得令人陶醉的俊颜凑到艾西面前,"你别抵赖,我早就拍下照片留作证据了!"

"卑鄙!还给我!"艾西伸出手,生气地瞪着千瑾。

"想要?除非你把刚才的照片删了。"千瑾挑着眉,眼底闪烁着让人不易察觉的狡黠。

"好吧,删就删⋯⋯"艾西不情不愿地翻出手机里的照片,然后按下了删除键,那张照片在屏幕上化作粉末然后永远消失了,"好了,可以把我的照片还给我了吗?"删完后,艾西抬起头望着千瑾,伸出手道。

谁知千瑾捧着肚子哈哈大笑起来:"哈哈,笨蛋,我是骗你的啦,哪有什么睡觉流口水的照片呀!"

艾西一下子意识到自己上当了,怒火一下子冲上了头:"好啊！你居然骗我！看我怎么收拾你——"她扬起拳头就要去打千瑾，谁知道千瑾机灵地闪开了，好像早就预测到自己会报复他似的。

"哈哈哈——来啊来啊！你抓不到我！"

千瑾朝艾西做了个鬼脸，然后拔开修长的腿跑了。

"站住！死千瑾，臭千瑾——"

艾西在原地深呼吸了一口气，然后追了上去。

"追不到，追不到！艾西是短腿小猪！"

"你才是短腿小猪呢！我今天绝对饶不了你——"

……

蔚蓝的天空下，回荡着两人的笑声，融合进游乐园欢快的气氛中。

4

黄昏将近。

下落的夕阳把天边的云彩晕染成了变幻多姿的瑰丽色彩，就像旋转木马般绚烂。

玩得尽兴的两人牵手走出了游乐园，心里依旧洋溢着欢快。

"今天玩得很开心，谢谢你，千瑾。"艾西停下脚步，仰起脸，望着千瑾在夕阳下美得如同梦幻般的脸说道。

"我也很开心，就像做梦一样。"千瑾伸出手，轻轻地抚摸着艾西白皙透明的脸，乌黑的眸子温柔得能把世间万物给融化。

艾西从来都没有想过，自己可以跟千瑾像其他情侣一样约会。

虽然背着同学和家人，可是这份秘密就像是守护在心中的蜜糖，甜得让她沉醉。

两人在车站等车时，天空突然暗了下来，以前还阳光明媚的天空此时阴阴暗暗的，厚厚的铅灰色的乌云从四面八方聚拢。

"好像要下雨了。"艾西的话刚说完，淅淅沥沥的雨便从天空洒落下来。

千瑾赶紧脱下外套罩在艾西的头顶,自己却任由雨滴淋着。
　　"你也不要被淋到了。"艾西靠近千瑾,把外套的一半挪到千瑾头顶,千瑾微笑着拉着外套的边。
　　风夹着密密麻麻的雨丝吹过,温度骤然降了好几度。
　　艾西不禁打了个寒颤,千瑾见到,伸长了胳膊把她拥进了自己的怀里。温暖厚实的怀抱,让艾西的身体一下子就暖和起来,她靠在千瑾的怀里,心里洋溢着甜蜜的幸福。
　　要是时间能够停留在这一刻就好了。
　　这时,千瑾的手机突然响了起来,打破了片刻的宁静。
　　千瑾有点不耐烦地从裤袋里摸出手机,看了一眼屏幕,按下了静音,又放回了口袋。
　　"为什么不接电话?"艾西疑惑地望着他。
　　"是无聊人的电话。"千瑾的语气中透着不耐烦。
　　艾西哦了一声,便也不再说什么了。
　　等了大概二十多分钟后,公车终于来了。千瑾撑着外套,让艾西先上了车,然后自己才一跃,跳上了公车。

　　回到家,两人浑身都湿漉漉的,像掉进了水里的鸭子。艾西赶紧从卫生间拿出了两条干毛巾,一条递给千瑾,一条自己擦拭着。千瑾接过毛巾,不忙着给自己擦,而是先替艾西擦起了头发。
　　"不用了,你自己擦吧,等会儿不要感冒了。"艾西笑着推开千瑾的手。
　　"不要,我要你替我擦。"千瑾撅起嘴,显得有点固执和孩子气。
　　艾西拿他没有办法,娇羞地笑了笑,然后踮起脚,微红着脸,擦起千瑾因为淋了雨如鸦羽般乌黑光亮的头发。
　　擦干了头发后,艾西便走进厨房,开始做晚饭。
　　窗外电闪雷鸣,院子里的月季花在狂风暴雨下,东倒西歪。
　　雨越下越大。
　　艾可为和方淑华加班没有回家,所以只剩艾西和千瑾两人吃晚饭。

第七章 | 离别，汹涌澎湃的爱意

因为不用掩饰互相间的感情，所以吃饭的时候两人心情愉悦，不知不觉都吃得比平常多。

吃完晚饭，艾西在厨房洗碗，千瑾坐在落地窗边的沙发上，做着他的建筑模型。他只要一有时间便会做模型，似乎对此乐此不疲。

千瑾的电话突然又响了起来，夹杂在雷鸣声中，让千瑾的身子一震。

他从茶几上拿起手机，看了看屏幕上跳动的来电显示，上面显示着阿凉的名字。

千瑾接起了电话。

"大哥，莎莎喝醉了，在酒吧里闹个不停！你快过来劝劝吧，我怕莎莎会出事！"阿凉的声音听起来很着急。

"我知道了。"千瑾听完并没有多说什么，就挂上了电话。

他皱着眉在沙发上坐了一会儿，随即烦躁地抓起沙发上的外套，然后站起来往门口走去。

"千瑾，你要出门吗？"洗完碗从厨房里走出来的艾西，看到千瑾打算出门的样子，困惑地问道。

"嗯，朋友那边有点事，我过去一下。"千瑾停下脚步，点了点头，表情里却似乎隐藏着什么。

"可是这么大的雨，你带把伞出门吧。"艾西从壁橱里拿出一把透明的伞递给千瑾。

"好的，你先睡吧，不用等我了。"千瑾接过伞，叮嘱了一声，便开门出去了。

艾西一个人站在玄关处，望着门在她面前关上，心里一阵冰冷。

最近千瑾总是一副有心事的样子，可是却什么都不对她说。

这让她有种强烈的不安全感。

她不知道这份幸福能够守住多久……

千瑾撑着伞，顶着倾盆大雨来到酒吧。

酒吧喧嚣依旧，千瑾穿过了拥挤的人群，在墙角处看到了阿凉和喝得意识不清大哭大闹的韩莎莎。

115

空鸠歌

桌子上凌乱地摆放着许多酒杯和酒瓶，酒从翻倒的酒瓶里流出来，流得满桌子都是。

千瑾面色不悦地走了上去，正在哭闹不停的韩莎莎一看到千瑾，便扑了上去。

"千瑾，千瑾……你终于想起我了！我以为你早就忘记我了……我打你那么多次电话你为什么不接？"她抓着千瑾的胳膊，表情像被北极的风吹过般凄楚。

"快起来，我送你回家。"千瑾抓起她的手，欲拖着她往外走，却被韩莎莎甩开了。

"我不要回家！"韩莎莎摇着头，歇斯底里地叫着，"既然你已经不打算跟我有牵扯了，为什么还来管我！"

"不要任性了！"千瑾忍无可忍地怒吼道，试图制止韩莎莎继续发酒疯，谁知道韩莎莎越来越悲伤了，流露出要和这个世界同归于尽似的绝望。

"千瑾，你为什么那么无情？我是那么地爱你，我把我的一切都奉献给你，可是你却把我当废弃品般丢弃……"韩莎莎泪流满面，曾经视美丽同自己生命一样重要的她，此时头发凌乱，脸上的妆也花了，晕开的睫毛膏混合着泪水一道一道的。

千瑾面色铁青地对站在一旁不知所措的阿凉说："阿凉，帮我一起把她扶出去。"

阿凉听了千瑾的话，像一下子惊醒过来似的浑身一颤，然后伸出手去扶摇摇晃晃的韩莎莎。谁知，他的手才刚碰到韩莎莎，韩莎莎便像触电似的，大力甩开了他的手。

"不要！不要来碰我！我不走！就让我醉死在这里算了！"韩莎莎冲着阿凉和千瑾歇斯底里地大叫，喊得嗓子都哑了。就像只受了伤的鸟儿般，全力震动着翅膀一次次飞向天空，却一次次地坠落下来，只能仰天悲鸣。

阿凉看了，不禁悲从中来。

"那就随便你吧！"千瑾面色铁青地看了韩莎莎一眼，便毫不留情地转身离开。

"大哥！"阿凉实在不忍心韩莎莎被千瑾丢下，赶紧追上

第七章 | 离别，汹涌澎湃的爱意

去拉住了正要离开的千瑾。望着面色铁青的千瑾，阿凉犹豫了一下，鼓起勇气说，"莎莎都是因为你才这样的，你这样子走掉，她实在太可怜了。"

"她要发疯就让她发去，发完就好了。"千瑾冷冷地说，心情很烦躁。

"你不要这么说，大哥，莎莎真的很爱你，你要是这么无情地对她，她说不定真会做出绝望的事情来。"阿凉认识韩莎莎好几年了，从来没有见过她为一个男人这样过，所以看到她这个样子，非常地不忍心。

千瑾听了阿凉的话沉默了半晌，最后深深地叹了口气，表情是无尽的无奈。

第八章
谣言，措手不及

艾西的独白
　　我和千瑾之间的爱情，永远就像乘坐旋转木马，我看得到在我前面的他，伸出手却永远都抓不到。
　　我隐隐约约感觉到，千瑾隐瞒着我许多事，而我却不知道这些事正一步步把我们的幸福推向悬崖。

1

　　在阿凉的劝说下，千瑾又回到了韩莎莎面前，韩莎莎醉倒在沙发上，姿势不雅地靠在沙发里。
　　"好了，不要闹了，我送你回家吧。"千瑾朝韩莎莎伸出手，语气温和地说到。
　　韩莎莎无法置信地抬起头，睁大了盈满泪水的大眼，受宠若惊地望着千瑾。
　　她的表情，让千瑾一阵愧疚，刚才的火气也一下子都没了："走吧。"他的语气又放软了几分。
　　韩莎莎这才大梦初醒般，颤巍巍地伸出手，抓住了面前那只好不容易向她伸出的温柔的手。
　　可是她刚站起来，就一阵头晕目眩，千瑾眼疾手快地扶住她，然后转身把她背了起来。韩莎莎趴在千瑾的背上，眼泪忍不住流了下来，之前所有的委屈也一下子烟消云散了。
　　她就知道千瑾是表面冷酷，其实内心还是非常善良温柔的。

　　送韩莎莎回到家后，千瑾正要离开，却被韩莎莎拉住了手。
　　"千瑾，不要走，今晚陪我好吗？"坐在床上的韩莎莎楚楚可怜地望着他，湿润的大眼似要滴出水似的，可怜得像只小兔子。

第八章 | 谣言，措手不及 |

可是千瑾还是狠心抽回了自己的手："不要任性了，我走了。"说完，他站了起来，往外走去。

"你不喜欢我了，是不是？"韩莎莎的话让他停下了脚步。

千瑾顿了顿，转过身，面无表情地说："是。"

千瑾的话就像一道晴天霹雳劈在韩莎莎头顶，她颓然地跌坐在床上，脸色比纸还要苍白。

以前幸福的一幕幕在她脑海里像胶片般——闪过，现在在她看来，那不过是个美丽而易碎的梦境。

她仰着脸，泪眼朦胧地望着千瑾，双唇微微颤抖着问："你从来没有喜欢过我，你一直喜欢的都是你姐姐艾西，对不对？"

千瑾没有否认，只是轻轻地点了点头。

千瑾的冷漠，千瑾的坦白，就像鞭子狠狠地抽打在她心上，疼得她快要窒息了。

"那你之前为什么要跟我在一起，你把我当代替品是不是？"她心里非常不甘心，就算答案是残酷的，她也要知道。

"对不起。"千瑾依旧没有否认，只是默默地垂下头。

"纪千瑾，我恨你！"韩莎莎的声音如绝望的鸟儿般凄厉。

"你恨我吧，我不求你原谅，我们就到此为止吧。"千瑾说完便转身走出了房间。

"你们两个不会有好下场的！"

韩莎莎怨毒诅咒的声音从背后传来，千瑾僵直了后背，一步步走出了韩莎莎家。

艾西不知道千瑾是什么时候回家的，她等千瑾一直等到深夜，后来实在熬不住了，倒在床上睡着了，她只记得在她睡着前千瑾都没有回家。

可是第二天，千瑾却像个没事人一样出现在餐桌前，只是他的脸色有点苍白，眼睑下也有淡淡的黑眼圈，整个人看上去没什么精神。

"千瑾，你是不是身体不舒服，要不我替你请假，你在家里好好休息？"医生曾经叮嘱过千瑾要注意休息，艾西怕他会顶不住，所以便开口建议道。

"不用了，我没事。"千瑾淡淡地笑了笑，笑容却有些苍白。

听他这么说，艾西也不好再说什么，只是心里还是有点担心。

吃完早饭后，千瑾便骑着脚踏车载着艾西一同到了学校。到了学校后门的停车库前，千瑾停下了脚踏车，艾西跳了下来。

艾西站在车库外等千瑾停好脚踏车出来，说了声傍晚见，就要转身离开，却听到千瑾叫她。

"什么事……"艾西的话还没有说完，千瑾就低下了头，蜻蜓点水般在她的唇上印上一吻。

咔嚓！

艾西一愣，似乎听到不远处传来照相机按快门的声音。

她赶紧推开千瑾，有些生气地说："干什么？被人看到了怎么办。"

"没人。"千瑾笑了笑，气色比以前好了许多。

艾西转着头在四周看了看，确实没看到一个人，心里才安心了些。

"那我去上课了。"艾西娇嗔地瞪了他一眼，然后转身往美术楼走去。

千瑾站在原地看了她一眼，也往建筑楼走去。

与千瑾分开后，艾西刚走进美术楼，就碰上了神清气爽的米琪。

"好甜蜜哦，看到你们一起来上学的哦！"米琪眨巴着黑白分明的大眼，笑嘻嘻地调笑着艾西。

"讨厌，不许取笑我！"艾西的脸一下子红了，娇嗔地瞪了米琪一眼。

"我没取笑你，我只是羡慕你啦。"米琪嘿嘿笑了笑，黑亮的大眼里闪烁着狡黠的光芒。

艾西嘟了嘟红唇，不想和她计较。

"对了。"米琪突然想起什么，打开书包拿了一封信出来，递给艾西，"刚才我碰到了卓亚凡，他让我把这个交给你。"

"哦。"米琪没想到经过上次的事后，卓亚凡还会给她写信，艾西愣愣地接过米琪递给她的信。

第八章 | 谣言，措手不及 |

这时，上课铃声响了，两人不再磨蹭，赶紧走进教室。

卓亚凡给艾西的信上没有多写什么，只是写着有话对她说，约她午休时间在教学楼后的小树林见。

艾西犹豫了半天，最后觉得还是去一下比较好，毕竟两人都是同学，而且卓亚凡一直对她挺好的。

于是，吃完午饭，艾西一个人来到信上约定的地点。卓亚凡已经早早地等候在那里了，看到艾西似乎有点激动，脸上洋溢着惊喜的笑容。

"艾西，我以为你不会来！"卓亚凡上前一步，想要去拉艾西的手，却被艾西躲开了。

"你找我有什么事吗？"艾西面无表情地问道。

卓亚凡低下头，似乎是感觉到自己刚才的举动有点失礼了，脸上流露出尴尬。但很快，他又抬起了头，脸上恢复了灿烂的笑容："艾西，再给我一次机会好吗？我真的很喜欢你……之前你要去留学，我真的很后悔，自己为什么没有把你留下来。后来你决定不出国了，我很高兴，我觉得是老天给我的一个机会，我一定要把握住！"

看到如此执著的卓亚凡，艾西实在不忍心打击他，可是她又不得不拒绝他。艾西摇了摇头，愧疚地说："对不起，卓亚凡，我不可能接受你的。"

"为什么？"卓亚凡震惊地望着艾西，就像被当头泼了一盆冷水似的困窘。

艾西为难地望着眼神执著而热情的卓亚凡，轻声说："我们只是同学，我不喜欢你。"

"艾西，我喜欢你一年多了，你应该知道的。"虽然听到艾西这么说，可是卓亚凡还是不甘心。

"我知道，可是感情的事不能勉强。对不起，卓亚凡，你不要把感情放在我身上了，多寻找寻找身边的女孩子吧。"对于卓亚凡的纠缠，艾西感到非常地为难。

"为什么？"卓亚凡露出受伤的表情，但是很快又皱起了

121

眉，目光犀利地望着艾西，问道，"你喜欢的是纪千瑾吧！"

"你……"艾西无法置信地望着卓亚凡，一时不知道该怎么反应。这件事，为什么卓亚凡会知道。

卓亚凡冷冷地笑了笑，似是读出了艾西的心声似的，"我知道，我早看出来了——你不要隐瞒了！"

"没有……你不要胡说……"艾西别开脸，避开卓亚凡犀利得仿佛能够看穿一切的目光。

"你骗得了我，你骗得了自己吗？"卓亚凡突然伸出手，抓起了艾西的手腕，逼迫她望着自己，"纪千瑾是你的弟弟，你们不可以在一起的，那是违背道德的！"

2

艾西用力挣扎着，却无法挣脱卓亚凡钳制着自己的手，她慌张地望着突然变得很可怕的卓亚凡，解释着说："可是我们并没有血缘关系。"

卓亚凡不屑地笑了笑："你以为这个原因就可以掩饰你们肮脏的行为吗？你们名义上还是姐弟，有这层关系在，你们就永远不能在一起！"

卓亚凡的话一字一句都像是冰冷的利箭，射在她心上，射得千疮百孔。

"不！"艾西脸色苍白，惊恐地喊道。

"你们俩是不会有结果的，艾西，早点醒悟过来吧，你不可以爱纪千瑾的，我才是最适合你的！"卓亚凡抓着艾西的手，执著得让人害怕。

"不，不要再说了！"艾西用尽了全力挣脱了卓亚凡的手，然后像只受惊的小鹿般像后退了两步，警惕地望着卓亚凡。

"艾西……"似是意识到自己的失控，卓亚凡流露出愧疚的表情，看着受惊不小的艾西，不知道该怎么解释。

"快上课了,我回教室去了。"艾西匆匆说完,就转身跑了。

"你们俩在一起不会有好结果的!"

卓亚凡诅咒的声音从背后传来,就像一支带着剧毒的利箭,射向艾西。

艾西心里一惊,却依旧没有停下脚步,很快就跑出了林子。

翌日中午。

太阳有些烈,天空白得发亮。

艾西一上午都心神不宁的,仿佛有什么事情要发生。

昨日,卓亚凡的话就像是个诅咒似的,一直缠绕在艾西的心上,让她耿耿于怀。

她一直以为只要她和千瑾坚定一条心,就不会在意别人的目光,可是事情真的到了眼前,却不像她想象中那样。

原来她还是非常在意世人的目光的。

艾西跟着人群走出了教学楼,可是刚走出教学楼,就有一片片白色从天空纷纷扬扬地飘落下来。

仔细一看,才发现都是些宣传纸。

"怎么回事啊?"

"天上怎么掉下那么多纸来?"

学生们看到天上不断飘落的纸页,全都抬起头,疑惑地望向天空。这么多的纸从天上掉下来,太奇怪了?

艾西也停下了脚步,仰起头,望向天空。

其中一张,在半空晃悠悠地,最后飘到艾西跟前,落在她脚边。

艾西愣了愣,从地上捡起纸来。

可是才看了一眼,她整个人就像被晴天霹雳劈中似的,惊得一动不动。

上面赫然印着她和千瑾接吻的照片,照片下面还写着许多不堪入目的话——

美术系二年级的艾西和弟弟纪千瑾的不伦之恋!
简直有违道德!令人发指!
两个人不要脸,姐弟相恋!

看着那些不堪入目的话，艾西的脸比纸还要苍白。太阳的光线那么地强烈，眼前的一切白得似乎都在发光，艾西突然感觉头晕目眩。

她握着手里的纸，双腿一软，跪坐在地上。

"这上面说的都是真的吗？居然有姐弟相恋这种事，简直太变态了！"

"纪千瑾这个人真是不正常，搞了那么多女人，连自己的姐姐都搞！"

"这种事居然在我们学校发生，简直太恶心了……"

周围议论纷纷的声音传入了艾西的耳朵，就像可怕的咒语般侵蚀着艾西的神经。

艾西伸出手，捂住了自己的耳朵，可是那些议论的声音依旧源源不断地钻进自己的耳朵，她感觉自己快要崩溃了。

"住口！住口——"

她用力大吼着，试图让世界安静下来，可是没用，那些声音依旧在她耳边回响着，越来越多，越来越多……

那些宣传纸依旧源源不断地从天上飘落下来，

多得似乎是要把她淹没。

"够了！够了！"

艾西从地上站了起来，伸长了胳膊抓着那些从天上掉下来的宣传纸，然后用力地把它们撕碎。

可是，那些宣传纸依旧接连不断地从天上飘落，无论她怎么撕，都撕不完。

周围的人像看疯子般看着几近崩溃的艾西。

就在这时，一双温柔的臂膀，把艾西拥进怀里。

"看什么看！看够了没有！滚开！滚——"

她听到千瑾的声音歇斯底里地喊着，看到千瑾挥舞着双手，朝众人咆哮着。

那些看好戏的人慢慢地散开，最后只剩下他们两人。

艾西突然浑身一软，仿佛全身的力气都被抽空了似的，瘫软在千瑾的怀里。

第八章 | 谣言，措手不及

"艾西！"千瑾焦急地打量着怀里的艾西，如画般的眉紧紧地蹙在一起，脸上的表情既心疼又焦急。

"千瑾，我们该怎么办？我们该怎么办？大家都知道了……"艾西抬起头，双眼空洞地望着千瑾，源源不断的眼泪从她空洞的眼眶里滚落下来，"他们都觉得我们好变态……所有人都在嘲笑我们……"

"他们怎么想就随他们去吧。"千瑾咬着牙沉声说道。

"可是在那么多人鄙夷的目光下，我们该怎么生活……"艾西的表情是那么地迷茫，就像只在天空飞翔了很久失去了方向的鸟儿。

"只要艾西在我身边，我不管别人怎么想！"千瑾用力地抱紧艾西，似是要将她揉进自己身体里，融为一体似的。

"千瑾，我们是不是不正常，我们是不是错了……"艾西在千瑾怀里抽泣着，悲伤得让千瑾心都要碎了。

"没有……没有！我们只是偶然间成了姐弟……是命运对我们不公平……"千瑾用力抱着艾西，似乎只有这样做他才能得到安全感。

闻讯赶来的米琪，看到眼前的情景，整个人都呆住了。

她看到在千瑾怀里，哭得像个泪人似的艾西，心里又疼又难过。

可是很快她就反应了过来，蹲下身把地上的宣传纸一一捡起来，捡完所有宣传纸后，她走到千瑾身边，对他说："你带艾西回家休息吧，我会帮她请假的。"

"谢谢你。"千瑾向米琪感激地点了点头，然后就打横抱着艾西，向学校外走去。

米琪手捧着厚厚的一叠宣传纸，望着抱着艾西越走越远的千瑾，神色凝重。

她没想到事情会搞成这样，她低头望着手里的宣传纸，心想定是有人在背后搞鬼。

看到千瑾的背影消失后，米琪就捧着宣传纸来到学校后面的焚烧炉，点燃了炉子，把宣传纸全丢了进去，在熊熊的火苗中化为灰烬。

125

3

美术系二年级的艾西和弟弟纪千瑾的不伦之恋！
简直有违道德！令人发指！
两个人不要脸，姐弟相恋！
居然有姐弟相恋这种事，简直太变态了！
这种事居然在我们学校发生，简直太恶心了……

睡梦中的艾西睡得极其不安稳，白天的场景像电影胶片般一遍遍在她脑海中浮现，那些犀利的语言，还有那一张张带着鄙夷和唾弃的脸，争先恐后地挤进她的脑海。

"不……不是的……不是这样的……"

艾西痛苦地呓语着，淡而细长的眉紧紧地蹙着，白皙光滑的额头上渗满了汗。

"艾西！艾西！"千瑾唤着被梦魇缠住的艾西，只见艾西突然惊叫了一声睁开了眼睛，惊恐的大眼里溢满了泪水。

"艾西，你是不是做了噩梦了？不要怕，我在这里。"千瑾把她搂进怀里，温柔地安慰着她。

艾西在千瑾怀里瑟瑟发着抖，梦里的景象仿佛还在眼前，让她惊魂未定。

千瑾感觉到艾西的身体不停颤抖着，他轻轻地拍着她的背，像在哄一个婴儿似的温柔。

"千瑾，我梦到无论我们走到哪里，都有很多人在嘲笑我们，指责我们……"艾西用哽咽的声音呓语般说道，声音空洞而迷茫，就像那对没有焦距的双眼。

"艾西，你不要担心，不管发生什么事我都会保护你，我不会让任何人伤害你的。谁要敢嘲笑你，指责你，我就揍他！"千瑾抱着艾西，咬牙切齿地发誓，午夜般漆黑深邃的眸子里闪烁着坚韧的光芒，似乎可以把一切都摧毁般。

第八章 | 谣言，措手不及

"千瑾……"艾西像被线牵住的木偶，缓慢地抬起头，用迷茫的眼神望着千瑾。

千瑾扶着艾西，让她平躺在床上，然后拉过被子盖在她身上："我会守着你的，你安心睡吧。"他坐在床边，握着艾西的手，温柔地安慰道。

艾西这才安心地闭上眼睛。

精神一放松后，疲劳就席卷而来，在千瑾的守护下，艾西很快就沉沉地坠入了梦乡。

这次她终于没有再做噩梦。

晨曦穿破窗帘，丝丝缕缕地洒落进卧室。

艾西缓缓地苏醒过来，睁开眼睛看到的第一眼，就是千瑾静静沉睡的脸，如婴儿般安静。

艾西愣愣地望着千瑾，心里暖暖的，就像被阳光普照了一样。千瑾果然像他说的那样，陪了她一夜。

想到这里，她觉得自己好幸福，再大的不幸和困难似乎都可以克服。

似乎是感觉到了艾西的视线似的，千瑾也慢慢地醒了过来。只见那两片像又长又密的睫毛像蝶翼般颤了颤，然后缓缓地睁开。

"早。"线条柔和的嘴唇微微上扬，千瑾微笑着望着艾西，黑曜石般乌黑的眸子如蒙了一层水雾般，波光潋滟，美得让人无法直视。

"呃，早……"艾西害羞地低下了头，白皙透明的双颊浮现了两片樱花般娇柔的粉红。

"我先去梳洗了，等会儿楼下见。"千瑾知道艾西在害羞，笑了笑，站了起来，转身走出了房间。

谁知，刚走出房间，就碰上了方淑华。

"千瑾，你怎么从艾西房间里出来？"方淑华皱着眉，疑惑地望着看上去刚刚睡醒的千瑾。

千瑾心里一惊，但很快就镇定下来，脸上是点滴不漏的平静表情："艾西昨晚有点不舒服，所以我在照顾她。"

"艾西怎么了？要不要紧？"一听到艾西病了，方淑华立刻担忧地问道。

"有点感冒，已经没事了。"千瑾淡淡地笑了笑，安慰道。

"那就好，洗洗下楼吧，我做了早餐。"方淑华没看出异样，叮嘱了一句，就转身下楼了。

还好没被看穿，千瑾暗暗地松了口气。

艾西换好衣服下楼，看到方淑华和千瑾都已坐在餐厅里。

"艾西，听千瑾说你感冒了，没事吧？"方淑华看到艾西，立刻站了起来，走上前摸了摸她的额头。

"嗯，已经好了，阿姨不用担心。"艾西淡淡地笑了笑。

"那就好，多吃点早餐，你身子太弱了。"方淑华看她体温正常，脸色也过得去，便放心了。她给艾西盛了一碗粥，然后笑吟吟地说，"我做了你最喜欢吃的皮蛋瘦肉粥，多吃点。"

"难得你有空在家做早餐，今天不忙吗？"正在低头喝粥的千瑾开口问道。

方淑华转过头望着千瑾说："我放公司的员工去旅游了，所以我这两天在家休息。"

"阿姨为什么不去呢？难得放假，好好去放松下不是很好。"艾西喝了一口粥，望着方淑华说道。

方淑华笑了笑，说："我去了他们就拘谨了，玩起来也放不开，而且我也好久没在家和你们相处了。"

"嗯，阿姨在家休息也好。"艾西笑了笑，继续低头喝粥。

"明后天就是双休，不如我们全家去度假村吧！"方淑华望着艾西和千瑾，突然建议道，温润的眼睛里闪烁着期待和兴奋的光芒。

"度假村？"千瑾一愣。

艾西却非常地开心，点着头说："好啊，我们全家还没一起出去玩过呢！"

"嗯，就这么决定了！"方淑华握着拳头说，"我让可为也把双休空出来，全家好好去玩下！"方淑华一脸的兴奋，一下子仿佛年轻了十岁似的。

　　看到方淑华和艾西都那么雀跃，千瑾便也不反对。难得她们俩都那么高兴，或许去度假也能让艾西放松心情，忘记那些不高兴的事情。

　　吃完早餐后，两人便一起出发，来到了学校。
　　"就是他们耶，还好意思来学校，太不要脸了……"
　　"这女的我认识，是二年级美术系的，居然和自己的弟弟相恋，太不正常了，枉费长了张这么清纯的脸……"
　　"这个纪千瑾真下流，糟蹋这么多女生不说，连自己的姐姐都要染指，变态极了……"
　　一路上都是指指点点的声音，有唾弃的，有鄙夷的，有批判的。艾西努力让自己不要在意那些话，可是那些议论依旧像利箭般射向她，把她射得体无完肤。
　　千瑾用力握着她的手，毫无表情的脸如大理石般坚毅，黑曜石般璀璨的眸子闪烁着坚定的光芒。艾西跟着他，一步步走向教学楼，每一步都是那么艰难，仿佛踩在刀刃上似的，而眼前的道路仿佛永远没有尽头。
　　"好了，你进去吧，有事打我手机。"千瑾把艾西送到教室门口，然后依依不舍地望着她。
　　"你放心吧，我没事的，你去自己教室吧。"艾西点了点头，脸上用力挤出一个虚弱无力的笑容。
　　千瑾望了她一会儿，犹豫了一下，才转身离开，心里却依旧不踏实。
　　望着千瑾离开，艾西才转身走进了教室。
　　"真是不要脸啊，还让弟弟送到教室，变态的恋情也不掩饰下，我都替他们害臊……"
　　"嘘，轻点，免得她听到……"
　　"听到又怎么样，做得出还怕人说吗……"
　　"之前看她哭得楚楚可怜的样子，以为是疼惜自己的弟弟呢，原来是弟弟被人抢走了，心里不甘心，这种女人真够虚伪

129

的……"

教室里，正围坐在一起聊天的几个女生，看到艾西走进来，低着头凑在一起窃窃私语。

虽然她们的声音不大，可是艾西全都听得清清楚楚。

那些议论声像是冰冷而坚硬的冰雹，无情地朝她砸来，砸得她体无完肤。

艾西握着拳头，强忍着快要夺眶而出的泪水，走到了自己的位置坐下。

这时，米琪也走进了教室，她兴高采烈地走到艾西面前，拍了拍她的肩膀问："今天好些了吗？有吃早餐吗？我买了你喜欢吃的金枪鱼三明治，要不要吃？"

话还没说完，米琪就发现艾西的脸色苍白得吓人，她皱起眉，担忧地问："怎么了？发生什么事了？"

"我没事。"艾西脸色苍白地摇了摇头，硬挤出一个虚弱的笑容，"谢谢你，米琪，给我带了我最爱吃的金枪鱼三明治。不过我已经吃了早饭了，留到中午吃吧。"

"呃，哦。"米琪看艾西不说什么，便也不好追问，于是犹豫了下，把三明治交给艾西，然后走到艾西后排的位置坐下。

随着任课老师走进教室，米琪也渐渐忘记了刚才的事，认真地上起课来。

4

午休的时候，艾西被同班同学通知去趟教务科，说是教务主任有事找她。

教务主任怎么会突然找她？会是什么事呢……

艾西带着疑惑的心情来到教务科，却看到千瑾也在。

连千瑾也叫了来，艾西隐隐约约觉得不会是好事。她看了看千瑾，千瑾朝她轻轻地点了点头，似是在安抚她，让她不要担心。

第八章 | 谣言，措手不及 |

教务主任看到他们都到了，便开口说："最近在学校听到了关于你们不好的传言。"

"主任，不知道你指的是什么……"艾西小心翼翼地观察着教务主任的脸色，心里隐隐有些不安。

"是这个。"教务主任拉开抽屉，从里面拿出一张传单放在了桌子上。

艾西看了看，居然是昨天洒满了学校各个角落的传单，连教务主任都收到了！

"这上面说的是真的吗？"教务主任坐在办公桌前望着他们，脸色铁青。

千瑾拈起桌子上的传单，不以为然地看了眼，然后两手一揉，把传单揉成一团，然后在教务主任震惊的眼神中，手一扬，把揉成团的传单扔进了身后的垃圾桶。

艾西觉得这样的事情似乎发生过，这家伙还是一点都没变……连教导主任都不放在眼里。

"纪千瑾——你干什么！"教务主任站了起来，怒目瞪着千瑾，圆润的脸气得通红。

艾西战战兢兢地瞄着千瑾，额头冒着紧张的汗。这家伙做事之前也没点顾忌吗？

千瑾不以为然地笑了笑，似乎根本没有感觉到教务主任的怒火似的，轻松地说："主任，这样的谣言你也信，明显是莫须有的罪名。我和艾西的感情是很好，可是那只限于姐弟间的感情。"

"那……那张照片怎么说！"教务主任生气地指着千瑾，气得手指都颤抖了。

艾西拼命地向千瑾使着眼色，暗示他要收敛点。这可是在教导主任面前，而不是在他的小弟面前啊！

可是千瑾似乎根本就没有看到艾西在给他使眼色，依旧笑得不可一世。

他摊了摊手，用失望的眼神望着教导主任说："教导主任，也亏你执教那么多年了，这都看不出来吗？那明显就是用PS软件合成的，现在在年轻人中间很流行。"

空鸠之歌

"你这么说……"教导主任顿时被他说得哑口无言。那张传单已经被千瑾扔进垃圾桶里了,教务主任也无法再查证,只能铁青着一张脸,半天都说不出话来。

"那些只是小孩子的恶作剧,主任你那么忙,就别费工夫理会那些了。我和姐姐都不介意,是不是,姐姐?"他望向站在一旁,早就吓得一身冷汗的艾西问道,还特别强调了"姐姐"两个字。

艾西一下子愣住,不知道该说什么好,只能满头大汗地僵在原地。

"也……也是,我也觉得是恶作剧,所以才叫你们来了解下情况。既然是这样,那事情也清楚了。你们俩回去上课吧。"教务主任看到事情也无法挽回,所以赶紧给自己找了个台阶下。

"小事一桩,不必在意,那我们先出去了。"千瑾冲教务主任礼貌地笑了笑,然后拉着僵在原地的艾西,走出了办公室。

"千瑾,你刚才真是太乱来了!"

一走出办公室,艾西就生气地对千瑾说。嘴上虽然这么说,不过艾西不得不承认千瑾的应变能力可真快。

她当时可是像白痴一样傻在那里了,要不是千瑾,后果还不知道会怎样呢。

"吓着你了,不好意思。不过事出突然,我也没有办法。"千瑾抱歉地笑了笑,突然又捏着拳头,咬牙切齿地说,"谁知道那个卑鄙的家伙还到教务主任那边告状!"

艾西愣了愣,随即也疑惑起来,到底是谁那么恨她和千瑾,非要把他们逼到绝路上呢?

千瑾伸出手,搭在艾西的肩膀上,望着她的眼睛安慰道:"放心吧,艾西,无论发生什么事,我都会保护你的!"他深邃的眸子里闪烁着坚定的光芒,让艾西浑身一震。

是啊,只要千瑾在身边,她就会很安心。这或许是对他们爱情的试炼。

艾西微笑着点了点头。

第八章 | 谣言，措手不及

黄昏。

校园内一片死寂，夕阳把天空涂成赤红色，似乎是要滴下血来。

千瑾在篮球馆内独自打着篮球，运球的声音砰砰砰地回响在空荡荡的球馆内。卓亚凡走进体育馆的时候，千瑾正好投进了一个标准的三分球，漂亮得让卓亚凡忍不住拍手。

千瑾听到拍手声转过头，看到卓亚凡时，眸子里的温度骤然冷了几分。

"千瑾，你约我过来是为了打篮球吗？可惜我不擅长。"卓亚凡望着千瑾，并没有察觉到他眸子里的冷意，像往常般笑吟吟地说道。

"不是。"千瑾不去管那个一路滚远的篮球，转过身一步步朝卓亚凡走近。

卓亚凡有丝诧异，察觉到了千瑾的异样，干笑着企图维持和谐的气氛："那你叫我过来干什么呢？谈心吗，找个咖啡馆更合适吧……"

"不，这里更合适，没人打搅。"千瑾的声音冷得没有一丝温度，精致的脸绷得紧紧的，如大理石般坚毅。

"呵呵，千瑾，你是要和我说什么悄悄话吗？我很乐意听啦，不过今天太晚了，我还有事，不如明天我们约个地方再说。"卓亚凡感觉到千瑾有点不对劲，想找个借口开溜，可是千瑾却一步上前，抓住了他的衣襟。

卓亚凡还没反应过来，就挨了千瑾一拳。那一拳绝对不是开玩笑，力道非常重，卓亚凡一下子懵了，眼前一片漆黑。

"千瑾！你干吗打我！我有做什么事惹你生气了吗？"卓亚凡捂着肿起的半边脸，幽怨地望着千瑾，表情非常委屈。

"你伪装得很好，唯一的疏漏就是去学校的复印室复印。"千瑾一字一句清清楚楚地说道。

卓亚凡的脸色瞬间煞白，他完全没有想到，千瑾会知道这件事。

不过既然他知道了，自己也没有必要隐瞒了，卓亚凡的脸色突然一变，脸上温和的笑脸被讽刺的冷笑替代："我也不怕你知道，我公布的全都是事实，你们确实做了违背天伦的事。"

"这是我和艾西的事,和你没有关系!你对我怎么样都没关系,但是我不允许你伤害艾西!"千瑾说话的同时,又狠狠地揍了卓亚凡一拳。

卓亚凡被打飞在地上,半天都起不来,可是他依旧固执地挂着讽刺的笑容,用犀利的语言奚落千瑾:"恼羞成怒了吗?你的样子好丑啊,这个世界上那么多女人,你为什么要爱上自己的姐姐呢?你们真是太变态了。"

"住口!"千瑾冲上前去,疯狂地对卓亚凡拳打脚踢。

卓亚凡并不求饶,倒在地上神经质般哈哈哈笑着,让千瑾快要抓狂了。

"闭嘴闭嘴闭嘴!"

千瑾像是在踢一个沙袋似的,毫不留情地踢着卓亚凡。虽然被施暴的是卓亚凡,但更加痛苦难受的却是他。

"艾西跟着你不会幸福的,你给不了艾西将来的,你们会后悔的!"

卓亚凡的嘴角被打破了,殷红的血顺着嘴角流下来,他的双眼赤红,张着破损的嘴角诅咒着。

千瑾打累了,最后踢了他一脚,然后不再看他,拖着疲惫的身子走出了篮球馆。

"哈哈哈——"

卓亚凡疯狂的笑声从背后传来,像一个可怕的诅咒般让他无处可逃。

千瑾紧紧地捏着拳头,压抑着回去继续揍他的冲动,一路走远。

第九章
毁灭，无法挽回

> 艾西的独白
> 我怎么都没有预料到毁灭性的灾难会降临到我头上。
> 我一直相信，善良勇敢的女孩一定会有好报。
> 可是，事实并非如此。

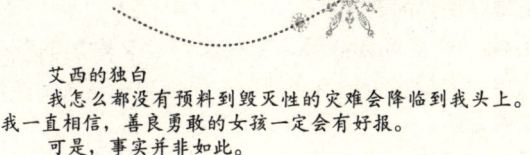

1

周六。

一早，方家所有人就出发去了度假村。

度假村坐落于山脚下，四周被湖水环绕，仿佛是个世外桃源。葱翠的山峰层层叠叠，山顶云雾缭绕，一条瀑布从山顶倾泻下来，飞流千尺，如一条银带从天空垂落下来，最后汇入山脚下的湖泊。

湖泊碧绿如洗，倒映着满山风光，羽毛鲜艳夺目的鸟儿从湖面上蜻蜓点水地飞过，激起阵阵涟漪。

艾西把行李放到一座纯木结构的度假别墅里，然后就迫不及待地拉着千瑾去山上看风景。艾可为留在别墅里，帮方淑华做午餐。

山谷里非常寂静，偶尔有几声悦耳婉转的鸟叫声，穿透寂静的山谷。

盘根错节的参天大树遮蔽了头顶的阳光，只有细碎的光线穿透枝叶间的缝隙，星星点点地洒落下来，在地上投下一地斑驳的光影。

"我带你去一个地方，保证你会喜欢！"

艾西拉着千瑾的手，往山谷的深处走去。细碎的石子路踩上去沙沙作响，一直延伸到山谷的深处。

"这里你们经常来吗？"看到艾西对这里轻车熟路的样子，

千瑾心里有点好奇。

"嗯,我和爸每年都会来这里住一段时间。"艾西微微点了点头,脸上漾开美好的笑容。

"真好呢,这里可真舒服,空气又好,又安静。"千瑾望着幽静的山谷,感觉每个细胞都被山谷里纯净的空气给净化了似的,浑身畅快淋漓。

艾西笑了笑,表情略带神秘地说:"不止呢,等下你看了,就知道到底有多好了,以后你每年也都可以来这里呀,别忘了,我们可是一家人!"

听到"一家人"三个字,千瑾的表情一下子阴沉下来,乌黑的眸子里弥漫着浓得化不开的忧伤:"我倒宁愿不是呢,不然我们也不会……"

"好了,不要再想那些了,这次我们是出来度假的!"艾西高举着拳头,神气十足的样子,脸上的笑容如彩虹般灿烂。

看到艾西心情这么好,千瑾终于放心了。他真怕艾西会困在那些阴影里走不出来,前几天艾西失魂落魄的样子,快把他吓死了。

千瑾被艾西带到一个峡谷中,望着眼前的景色,千瑾一下子呆住了。

这莫非是人间仙境!

漫山遍野的鲜花在峡谷里开放,姹紫嫣红,绚烂夺目,蝴蝶在花丛中翩翩起舞,就像是一个个林中仙子。整个峡谷芳香四溢,简直就像花的海洋,微风拂过,漫山遍野的鲜花随风摆动,就像海浪般起伏。

中间是一个月牙形的湖泊,由山顶流泻下来的瀑布汇聚而成,一道彩虹弯弯地横跨过湖泊,使得整个峡谷都梦幻起来。

"这里真美……"千瑾情不自禁地感叹道,仿佛被眼前的景色摄去了魂魄般一动不动的。

"就知道你会喜欢,这里不比巴塞罗那差吧?"艾西笑吟吟地望着他,乌黑的长发在风中轻轻飘扬,闪烁着真丝般的光泽。

千瑾转过头,望着百花丛中如仙子般一尘不染的艾西,目光也如同彩虹下的湖泊,轻柔起来:"巴塞罗那纵使再美,也没有这里有灵气。"

　　千瑾的形容让艾西忍不住笑了起来，打趣道："是啊，生活在这里说不定哪天真能成仙呢！"

　　"那我们就做对神仙眷侣！"千瑾伸出修长的胳膊，揽住艾西的腰，乐呵呵地说。

　　"你想得美！"艾西拍掉千瑾的手，娇嗔道，"碰到你这个妖孽算是我前世造的孽了，我可不想跟你永世都纠缠下去，一世就够我受了！"

　　"你以为你逃得出我的手掌心吗？我要生生世世都纠缠着你，变成鬼也要缠着你，直到海枯石烂天崩地裂！"千瑾说着，就伸出"魔掌"朝艾西扑去，艾西吓得尖叫一声跑开。

　　"不要！千瑾好可怕！"

　　"你逃不出我的手心的！乖乖投降吧！"

　　"傻瓜才投降呢！"

　　两人在花丛里追逐着，蝴蝶在他们身边翩翩起舞。

　　玩累了，两人在湖边坐下，然后脱了鞋子把脚伸进湖水里。冰凉的湖水一直从脚尖沁入心脾，千瑾拉着艾西的手躺下，野花在他们身边轻轻摇摆着。

　　天空蓝得无边无际，千瑾把双手枕在脑后，望着天边飞鸟形状的云朵，轻声喃喃："这样和你躺着真好，真希望时光能在这一刻停留。"

　　艾西侧过头，望着千瑾俊美的侧脸，笑容情不自禁地浮现在脸上："我也是。"她轻声回应，感觉自己这一刻好幸福，幸福得就算这一刻死掉也毫无遗憾。

　　千瑾伸出右手，握住艾西的左手，两人十指交握着，紧密得仿佛是要融合在一起，再也无法分开。

　　"如果我们能在这里隐居就好了，避开这个俗世，无忧无虑地生活，只有我们两个人。"千瑾的表情是那么认真，看起来没有一点开玩笑的样子，子夜般深邃的眸子闪烁着对俗世的无奈，还有无尽的怅然。

空鸠之歌

艾西看了，心像被针扎似的难受，疼痛一阵盖过一阵。她望着千瑾，眼里泛起了雾气："只要和你在一起，让我放弃整个世界我也愿意。"如果可以，她也好希望和千瑾在这里永远隐居。跟千瑾比起来，这个世界根本不值得一提。她的世界因为千瑾而美丽，如果没有千瑾，那这个世界也只是空旷而绝望的沙漠。

千瑾撑起了身子，他低着头望着艾西，心情如同滔滔江水，奔腾涌动着。他感觉全身的血液都在快速流动着，心跳快得令他浑身颤抖，惊悸不已。

周围的风景再美，也不及艾西在他心中的一丝一毫，彩虹映照着她的脸，如溪流般清澈的眸子波光潋滟，比月牙湖还要沉静柔美。

艾西愣愣地望着千瑾，微微开启的红唇如熟透的樱桃般饱满红润，诱人犯罪。

千瑾情不自禁地伏下身子，吻住了艾西的唇……

而这一幕，正好被在峡谷边寻找他们、欲叫他们回去吃饭的方淑华给看到。

方淑华的心脏如遭到钝击一般，整个人都懵掉了。

她转过身，躲在树后，她的脸色苍白，嘴唇微微颤抖着，心脏怦怦直跳。

过了好久，空白的大脑才一点点缓过来。

她居然看到千瑾吻艾西，难道……

想到过去千瑾和艾西两人如胶似漆，又突然冷漠得如同陌生人，这难道不就是热恋中男女的表现吗？她曾经也经历过如此的热恋，最清楚不过了。

她一直以为千瑾和艾西如亲姐弟般互敬互爱着，原来他们两个是相爱的，根本就是恋人之间的感情。

可是他们是姐弟，虽然没有血缘关系，但在名义上他们还是姐弟。

这件事传出去，该会多难堪，她和艾可为都是有头有脸的人物，怎么可以让家里发生这样的丑事？

方淑华的脑子里好乱，她完全不知道该怎么办才好。

第九章 | 毁灭，无法挽回

她没有勇气去叫河边的千瑾和艾西，低着头，黯然地走出了峡谷。

方淑华回到别墅，看到艾可为正在把菜肴端到别墅前的露天餐桌上。

"咦，千瑾和艾西呢？"艾可为看到方淑华一个人回来，疑惑地问道。

方淑华步上原木的台阶，让自己看上去尽可能地平常些，说："我没有找到他们。"

艾可为没有发现方淑华的异常，微笑着说："那个峡谷你找到了吗？他们很有可能在那里。"

"我对这里不熟，找了好久都没有找到那个峡谷。"方淑华接过艾可为手里的刀叉，帮他一起把刀叉整齐地摆放在餐桌上。

"呵呵，没有关系，坐下来先吃饭吧，等他们玩累了自然会回来的。"艾可为的笑容是那么地温柔，是她一直憧憬的男人。

望着心情愉快的艾可为，方淑华怎么都开不了口，把她看到的事情告诉他。

"你怎么了？脸色有点难看。"艾可为看到方淑华的脸色比平时苍白了许多，担忧地问道。

"没什么，可能有点累了。"方淑华淡淡地摇了摇头，看上去没有什么精神。

艾可为把她拉到椅子边坐下，微笑着说："那吃了午饭去睡一会儿吧，我给你按按脚。"

方淑华望着温文尔雅的艾可为，心里涌动着温暖。

遇到艾可为是她这辈子最幸运的事。她曾经有过一段失败的婚姻，让她对爱情自此绝望，但是艾可为让她找回了年少时的感觉，也让她重新体会了爱情的美好。

他是一个完美得无可挑剔的男人，这辈子她都不会放开他的。

艾可为盛了一盅奶油蘑菇浓汤放到方淑华面前，又夹了块烟熏鳕鱼放到她碟里，还细心地帮她剔掉了骨头。方淑华在艾可为的细心体贴中，吃完了午饭。

空鸠歌

然后两人便上了楼。

躺在柔软的大床上，艾可为侧着身帮方淑华按着双腿，每一下力道都那么恰当好处，让每一个细胞都懒洋洋地舒展开。阳光透过半透明的窗帘洒落在床上，方淑华昏昏欲睡。

"你最近太累了，你看你的背部肌肉这么僵硬，肯定是整天都精神紧张着。"艾可为按着方淑华的肩膀，语气中难以掩饰心疼。

"我的品牌刚在内地进驻，事情比较多，没有办法。"方淑华幽幽地叹了口气。

看到她的眉心皱了起来，艾可为伸出手，柔软的指尖轻压着她眉心的穴道："你已经不是年轻时候了，不能像以前那么拼了，而且我们现在的生活很好，就算你不工作也没关系。"

方淑华转过身，望着艾可为，表情变得严肃起来："可为，你知道我的理想的，我要让我的品牌在全世界都开满店。"

方可为抬起手，轻轻地摩挲着她的面颊。虽然她的面容依旧美丽，没有一丝岁月的痕迹，可是眼里的沧桑却比那些年纪大的人还要多。

"你现在已经很成功了，你是我的骄傲。"艾可为望着她，喃喃地说。

"你也是我的骄傲，我爱你。"方淑华心里涌起一阵感动，依偎进艾可为的怀里。

"妈！艾叔叔！"

楼下突然传来千瑾的叫声。

方淑华浑身一颤抖，峡谷看到的一幕再次浮现在她脑海里。

"好像是千瑾和艾西回来了，我下楼去看看，你好好睡吧。"艾可为轻轻地拍了拍方淑华的肩，然后下了床，穿上拖鞋走出了卧室。

下楼前，还悄无声息地带上了门。

方淑华怔怔地躺在床上，心乱如麻。

第九章 | 毁灭，无法挽回 |

2

"玩得开心吗？"艾可为走下楼梯，看到艾西和千瑾站在楼梯边上，正高兴地有说有笑。

艾西手里还捧着一大把从峡谷那边摘来的野花，五颜六色的，抱在艾西手里美丽极了，衬得艾西整个人仿佛是杂志封面上的模特。

千瑾看到艾可为下楼，转过头，朝艾可为笑着说："非常开心，艾西带我去了峡谷，那里真是太美了，简直就是人间仙境！"

看到他们俩这么开心，艾可为仿佛也被感染似的，心情更加明快愉悦起来，他神秘地笑了笑说："那看来艾西带你去对地方了，不只这些呢，这里还有很多让你惊喜的地方。"

"那我真是太期待了！"千瑾笑着望着艾西，眼里流露出无法掩饰的爱意。

艾西拉着千瑾的手，眼里闪烁着无尽的甜蜜："吃完午饭，我带你去其他地方看看，保证你喜欢！"

"好啊！我迫不及待了！"

艾西突然想到什么，转过头望着艾可为问："对了，阿姨呢？"

"她有点累，在楼上睡觉。"艾可为指了指楼上，又做了个噤声的动作。

艾西和千瑾立刻意会地点了点头。

"吃饭吧，做了你们喜欢吃的料理。"艾可为笑了笑，步下楼梯，带着他们往餐厅走去。

"太棒了！"艾西和千瑾立刻跟了上去，玩了大半天，他们早就饥肠辘辘了。

吃完午餐后，艾西又带着千瑾去了蝴蝶森林和彩虹石小溪。

蝴蝶森林里有许多蝴蝶，各色各样的，还有非常难得一见的蓝蝴蝶。而彩虹石小溪是一条远远望去像彩虹般五颜六色的小

141

溪,其实小溪底部沉淀着许多色彩缤纷的石头,阳光穿透溪流映照在这些色彩缤纷的石头上,经过反射,整条溪流仿佛就是彩色的,美不胜收。

暮色降临。

浓墨般的夜色笼罩着整个林子,山峰在暮色中巍峨耸立着,空气中充满着潮湿的因子,青草和枝叶上凝结起露珠。

四周非常寂静,偶尔传来风吹拂枝叶的声音,簌簌地回响在夜色中。

吃完晚饭,方家四口人就在客厅里玩大富翁。

"哈哈,这是我的地盘,快给钱,给钱!"看到千瑾的棋子走到了自己的"旅馆",艾可为赶紧伸出手讨要租金。

"啊?为什么老是走到叔叔的地盘上呢?"千瑾抽出几张"钞票",交到艾可为手中,表情十分地郁闷。

"老爸,你今天真是大发了呢!"艾西看到艾可为手边的一大叠钞票,笑着调侃道。

"那是,我的商业头脑可是能够运用到任何地方的!"艾可为扬起一个得意的笑容。

"玩个游戏,你能不能不要这么认真。"方淑华哭笑不得地看了艾可为一眼,忍不住数落,"老大不小了,还跟两个孩子那么较真,真是的!"

"认真点才好玩么!"艾可为笑了笑,继续兴致勃勃地玩起游戏来。

"呜呜呜……我快没钱了!"艾西看到自己已经输得一分钱不剩,露出了非常悲惨的表情。

"我还有挺多,我给你点吧。"千瑾把自己的钱分给了艾西一半。

艾西感动不已,泪眼汪汪地望着千瑾:"还是千瑾好,老爸太坏了,把我的钱全坑了!"

方淑华看到艾西和千瑾之前默契地传递着情意,从头到脚都冰冷起来,连指尖都没有一丝温度。

那是不被允许的禁忌之恋,她要怎么阻止两人呢,谁来告诉她……

"淑华,该你了。"

这时,方淑华听到艾可为在叫她,她猛然回过神,看到三人都以期待的目光望着她,她笑了笑,掩饰着尴尬,拿起桌子上的骰子,在手心里摇了摇,然后丢回桌子上。

"是6!"千瑾望着桌子上的骰子,笑着念出上面的数字。

方淑华走了六格,艾西立刻开心地嚷了起来:"哇哇!是我的租地,阿姨给租金!"

"风水轮流转呀!"艾可为微笑着感慨道。

方淑华装作悻悻地从手边拿起几张"钞票"交给艾西,艾西高兴地接过,雀跃地看着突然变多的"钞票",像是一夜暴富似的,笑得合不拢嘴。

望着玩得非常投入的三个人,方淑华心里很乱。

四人玩到深夜才结束,意犹未尽地去睡觉。

第二天,四人又在各个风景区游玩了一天,直到晚上才开车回家。

去郊游了两天后,艾西的心情已经完全调整好了。艾西回到了学校,对于她和千瑾的传言也渐渐淡去了,已经没有那么多人议论他们了。流言蜚语似乎就是这样,像龙卷风般迅速席卷,然后又顶不住时间的磨砺,很快地散去,又去席卷其它地方。

在班上,偶尔有几个女生对她冷嘲热讽几句,她也当作被苍蝇叮了,不痛不痒的,很快就抛之脑后。

这天放学后,由于千瑾系上有篮球赛,所以放学后就留下来了。千瑾邀请艾西去看他比赛,可是艾西怕自己的出现又引来一阵非议,便婉言拒绝,一个人离开了学校。

千瑾保证比赛一结束就回家,于是艾西决定去超市买些食材,做千瑾喜欢吃的菜,等他凯旋而归。

黄昏。

空鸠歌

夕阳把天空晕染成温暖的橘红色，远处的高楼在霞光中静静耸立着，微风轻轻吹拂着。

已经是深秋，枝桠上的树叶都被秋风吹黄了，风一吹，金黄色的叶子随风飘落，在地上铺上片片金黄。

街道上行人来来往往，几只流浪猫在小巷的垃圾桶旁转来转去。

艾西拎着从超市里扫荡的成果，心情愉快地往家里走去。今天做千瑾爱吃的海鲜咖喱，他一定会很开心的！

艾西笑眯眯地走在路上，想象着千瑾回来看到丰盛晚餐的表情。

倏地，小巷内传来刺耳的猫叫声。

那几只围着垃圾桶打转的流浪猫像是被什么恐怖的东西吓到似的，尖叫着四散逃开。

艾西吓了一跳，讶异地回过头，只见几个穿着怪异的少年从小巷内冲了出来，不分青红皂白就抓住了经过小巷的艾西。

"你们干什么！"艾西吓得尖叫起来。这几个男生打扮得流里流气的，嘴角噙着轻浮的笑容，一看就不是什么好人。

"我们老大请你过去！"其中一个染着红头发的少年冷冷地扯了扯嘴角，冰冷的眸子中散发的阴鸷目光让艾西更加害怕。

"你们老大是谁？我不认识他！"艾西用力挣扎着，奈何那两个少年力大无比，她的挣扎显得那么地徒劳。

那个红头发的少年讥讽似的笑了笑："你不认识也没关系，反正只要把你带回去就行了。"说完，他对抓着艾西的两个少年说了句带走，那两个少年就拖着艾西往小巷深处走去。

看着人烟稀少的小巷，艾西背脊发凉，无法抑制地大叫起来，同时也奋力挣扎着："不要！放开我！你们这是绑架！"

"救命啊……"艾西刚喊出声，就被捂住了嘴。她被几个少年粗鲁地拖进了小巷内，然后就被一个黑色的袋子套住了头。

她喊也喊不出来，看也什么都看不到，吓得都要哭出来了。

小巷内停着一辆面包车，那几个少年拉开了面包车的车门，然后就把不停挣扎的艾西塞进了面包车里。

艾西听到车门被砰地拉上的声音，然后感觉自己的双手被粗劣的绳子反绑在身后，整颗心一下子都跌到了谷底。

第九章 | 毁灭，无法挽回

被人当街绑架，肯定不是什么好事，接下来发生的事情简直难以想象。

车关上后，车子就发动起来，驶出了小巷。

僻静的小巷又恢复了一片死寂，刚才吓跑的那几只流浪猫又溜了回来，围着垃圾桶打转。一切，仿佛都没有发生过一样。

谁都没有注意到街上被掳走了一名少女。

3

听着车子的引擎声，艾西心里非常地慌张，她不知道自己会被带往哪里。嘴里塞着布，什么都喊不出来，手也被反绑着，无法动弹。

殴打，谋杀，强奸，碎尸……这些在报纸上出现的字眼浮现在艾西的脑海里。她从来没有想过居然有一天自己走在大街上也会被绑架，她以为那些事只会出现在电视剧里，跟她毫不相干。

原来犯罪真的存在于城市的各个角落，随时随地都会有不幸发生，而今天这个不幸居然会发生在自己身上！

艾西好害怕，瘦弱的身子抑制不住地瑟瑟颤抖，血液从她身体里褪去，浑身上下都冷得没有一丝温度。

心跳声怦怦怦如雷鸣般撞击着她的大脑，她的脑中一片混乱，完全想不出半点应对的方法。

千瑾，快来救救我！

艾西在心里呐喊着，真希望自己的心声能传递给千瑾。

车子开了很久，久到倒在车子里双手被反绑的艾西全身都麻木了。也不知道过了多久，对当时的艾西来说可能有一世纪那么久，车子终于停了下来。

车门被刷地拉开，艾西被粗鲁地拖出车子，然后一路被拉着跌跌撞撞地往前走。不知道接下去会发生什么事，对未来的无法预测，让艾西非常地紧张害怕，头皮发麻，浑身冰凉。

空鸠歌

也不知道到了哪里,艾西的头依旧被蒙着,除了黑暗她什么都看不到。四周非常地寂静,只有他们的脚步声和身边那几个少年偶尔的几句交谈声。

"老大,我们把人带来了!"艾西听到那个红头发的少年开口说道。

老大?就是红头发少年跟她说的要见她的那个老大?到底是什么人?为什么要绑架她?

正当艾西心里疑惑时,她头上的面罩终于被人揭了下来,艾西重获光明。她睁大了眼睛,茫然地望着四周。这里是个废旧的仓库,似乎是常年没用了,仓库里只凌乱地堆着一些废弃的纸盒和木板,地上脏兮兮的,墙上也很脏,黄黄的,石灰都剥落了。

艾西望着面前站着的一群人,心里忐忑不安。

为首的是个看起来约莫二十岁的青年,染着黄头发,身材高大。艾西从来没有见过如此阴鸷的一双眼睛,冰冷得没有一丝温度,就像一个山洞里的暗流。被这么一双眼睛盯着,仿佛是被一条响尾蛇注视着,令人不寒而栗。

艾西不自觉地缩了缩身子,紧张得呼吸都变得困难起来。

那个青年突然朝她走来,每一步都让艾西心惊肉跳,他身上散发的戾气是那么地明显,整个仓库都因此而变得更加冰冷阴暗起来。

艾西吓得浑身瑟瑟颤抖,死死地瞪着不断向她靠近的青年,浑身剧烈颤抖着。可是喉咙就像被什么哽住似的,一点声音都发不出来。

青年走到她跟前停住,然后伸出手捏住了她的下巴,扯出塞在她嘴里的布。青年捏着她下巴的手力大无比,艾西感觉下颚骨都要被捏碎了,疼得眼眶瞬间就湿了。

明明他长得并不可怕,甚至可以说是俊美的,可是被他注视着,艾西就非常地恐惧,就像是心脏被毒蛇咬住了似的,恐惧随着毒液一点点渗透进她的心脏,传遍四肢百骸。

"长得真不错啊,不知道这么漂亮的恋人受到伤害,纪千瑾会不会气得抓狂?"黄发青年打量着她的脸,嘴边流露着兴致盎然的笑容。

原来他们是冲着千瑾而来的！

艾西一瞬间恍然大悟。

青年望着艾西一瞬间苍白的脸色，身体里的虐待因子更加兴奋了，细长的手指摩挲着艾西的下巴，感受着她在自己手中微微战栗，嘴角扬起满意的笑容："在他面前一点一点折磨他最心爱的人，不知道他会是什么表情呢？会气得疯掉？会心碎？还是……会哭出来呢？"

艾西听着面前青年的话，脸色越来越苍白，连嘴唇上的血色都褪尽了。

他跟千瑾有什么深仇大恨吗？为什么要这么折磨千瑾……

看他的表情绝对不是开玩笑，怎么办？

担忧千瑾的心情让艾西鼓起了勇气，找回了失去了声音，她瞪着青年颤声问："你要对千瑾做什么？你到底和千瑾有什么冤仇？"

"不要急，你很快就会知道了，那小子现在已经在赶来的路上了吧！"青年放开她，仰起头哈哈笑了起来，张狂的笑声回荡在空寂的仓库内，如梦魇般摄住了艾西的魂魄。

什么？

艾西难以置信地睁大眼睛，浑身被冻住似的僵硬不动。

篮球比赛结束后，千瑾就一刻不停地赶回了家里，可是回到家，他却发现家里空无一人，早该回到家，在家等他的艾西也不知所踪。家里一片死寂，没有半点有人的痕迹，千瑾楼上楼下都找了个遍，依旧没有看到艾西。

他拿起手机给艾西打电话，可是艾西的手机一直处于无人接听地状态，连打了好几次，依旧无人接听。

艾西去哪儿了呢……

正在疑惑着，千瑾听到庭院外传来一阵嘈杂的摩托车声。

千瑾推开大门，站在门口往庭院外望去，只见一辆被涂鸦得非常炫目的摩托车在他家庭院的门口停下。

穿着赛车服的车手一扬手，一件不明物绕过大门被扔进了庭

院里。

还没等千瑾反应过来,那个车手就发动了引擎,驶出了他的视线,快得来去无踪。

千瑾心里升起一股不祥的预感,他迅速冲进庭院,捡起那个车手扔进来的东西。刚拿起,千瑾整个人都震住了——那居然是艾西的书包!

书包上被人用红色的记号笔写上了几个醒目的字——人在我们手里,想要回,一个人来码头边的仓库,否则后悔莫及!

那几个字血淋淋地映入千瑾眼帘,像鲜血般触目惊心。

千瑾看着那几个字,全身的血液都从脸上褪去。

艾西被绑架了!

这个念头让他控制不住突然从心里涌现的强烈恐惧。千瑾丢下了书包,什么都来不及想,就十万火急地冲出了庭院。

艾西现在到底怎么样了?是不是在哭?千瑾拼命地奔跑着,急得快要疯掉了。

周围的一切似乎都远去,只剩下长得似乎没有尽头的道路。千瑾根本不管绿灯是不是跳成了红灯,毫不迟疑地就冲过了车流如梭的马路。

此刻在他的脑海里除了艾西就是艾西,他多么希望自己有双翅膀,能立刻就飞到艾西面前,或者有瞬间转移术,眨眼间就出现在艾西面前。

艾西现在一定很害怕,他说过要保护艾西的,他怎么可以让艾西受到伤害?就算是一丁点,他也会一辈子无法原谅自己的。

暮色降临。

仓库里黑幽幽的,只有顶上一盏灯泡散发着微弱的光。黄发青年坐在一张钢管椅上,其他人站在他身边和身后,有一搭没一搭地聊着天。黄发青年始终沉默不语,把玩着一把弹簧刀,只是脸上若有似无的笑容越来越明显了。他就像是一只等待着猎物走进自己陷阱的狼,眼里闪烁着嗜血的光芒。

艾西被扔在冰冷的地面上,双脚和双手都被绑着。

第九章 | 毁灭，无法挽回 |

她已经知道派人抓她来的青年是为了报复千瑾，等会儿千瑾来，必定是非常凄惨的下场。虽然她不知道黄发青年和千瑾有什么冤仇，但是她能感觉到黄发青年非常地痛恨千瑾。他提起千瑾时咬牙切齿的表情，恨不得要把千瑾碾碎，揉成粉末。

艾西心里强烈地不安着，不断在内心祈祷着——

千瑾，千万不要来！千万千万不要来！

4

夜色浓黑如墨，天上稀疏地分布着几颗星星，被夜色吞噬着，散发着微弱的光芒，仿佛下一刻就要淹没。

江水静静地涌动着，似乎是有可怕的怪物在江底打滚，夜色中酝酿着未知的黑色气息。

千瑾穿破浓重的夜色，奔到仓库前。

江边空无一人，耸立在夜色中的仓库就像是怪物张大的嘴巴，让人毛骨悚然，不敢靠近半步。

可是千瑾的步伐没有迟疑，他气喘吁吁地推开了仓库的大门，走了进去。因为艾西在里面，只要是艾西所在的地方，不管是天堂，还是地狱，或者是刀山火海，他都不会退却！

听到沉重的铁门被推开的声音，所有人都安静了下来，往门口望去。

艾西抬起头，也随着众人往门口望去。

只见千瑾从天而降般穿破漆黑的夜色，出现在仓库门口。他乌黑的发与夜色融为一体，发梢闪烁着绚丽的光泽，因为奔跑，白皙无瑕的双颊微红。

艾西的一颗心猛然一滞，立刻朝千瑾放声大吼："千瑾快跑！"

千瑾一楞，怔怔地望着艾西，脸色瞬间苍白："艾西！"

看到艾西双手双脚被绑着扔在地上，千瑾的心脏仿佛被狠狠地捅了一刀，痛得一瞬间窒息了。

他立刻冲进仓库，仓库里的那几个小混混都迎了上去，拦住了千瑾的去路。

千瑾捏起了拳头，正想撂倒面前拦住他的那些碍眼的小喽啰，就听见黄发青年对他大声说："识相的最好不要轻举妄动，你最宝贝的人可在我们手里！"

千瑾一下子僵在原地，视线越过拦住他的小喽啰往声音传来的方向望去，只那么一眼，千瑾浑身的血液一滞。

王梓觉！

千瑾望着挟持着艾西的王梓觉，终于明白艾西为什么会被绑架了，肯定是因为上次在江边的那一架，王梓觉输给了他，所以耿耿于怀，乘机报复。报复他没关系，可是王梓觉不该绑架艾西！

"这和艾西一点关系都没有，放开她！"千瑾指着王梓觉怒声吼道。

王梓觉一手勒着艾西的脖子，一手握着弹簧刀，看到千瑾急得青筋暴跳的样子，心中大为畅快："天不怕地不怕的纪千瑾也会露出害怕的表情，这可真是天下奇闻了，哈哈哈！"

对于王梓觉的挑衅，千瑾一点都不以为然，他瞪着王梓觉冷冷地说："放了她！你和我的恩怨我们两个人清算，不要把不相干的人牵涉进来！"

"纪千瑾，你有什么资格跟我谈条件？你以为你现在是什么处境！"王梓觉一下子被惹毛了，手里的刀贴到了艾西的脸上，锋利的刀刃很快就在艾西白皙的脸颊上留下了一道伤痕。

"不要啊！"千瑾刚想出声制止，已经来不及，艾西的脸被划出了一道细长的伤口，鲜血从伤口渗透出来，衬着原本白皙的脸更加惨白。

艾西疼得皱起了眉，用力咬着下唇，才抑制住呻吟。

"你想怎么样？放了她，随便你怎么样都好。"千瑾举起手，束手就擒地望着王梓觉，刚才眼里的冷傲早就一点都不剩了，只剩下仓皇和恐惧。

王梓觉非常欣赏他这个样子，嘴角扬起得意的笑容："你这算是求我的态度吗？连一点诚意都没有。"

千瑾咬着牙瞪着他:"你要什么诚意?"

王梓觉掀动嘴唇,一字一句清清楚楚地说:"跪下来,求我。"

千瑾浑身的血液一滞,睁大了眼睛瞪着王梓觉。

"不要千瑾!"艾西用力挣扎着,却被王梓觉拉了回来,脖子上的胳膊勒得更紧了,艾西的呼吸一下子困难起来。

她看到千瑾突然垂下了眼帘,似乎是放弃了挣扎似的面无表情,艾西浑身的血液瞬间一滞,她看到千瑾双腿一曲,扑通跪倒在地上。

一向高高在上、眼里无视一切、睥睨所有人的千瑾,居然为了她跪下了。

艾西的泪一下子失控,眼泪迅速地涌向眼眶,模糊了她的视线。

"求求你,放了艾西,我求你了。"千瑾跪倒在王梓觉面前,用卑微的姿态哀求道。

"不要……不要,千瑾,快起来……"艾西望着跪倒在众人中间的千瑾,心如被撕裂般疼痛。她宁愿自己跪也不要千瑾跪,在她眼里千瑾是不同的,他和所有人都不同。他在她心里永远是完美的,高高在上的,不能被任何人亵渎。

怎么可以为了她给别人下跪?

"哈哈哈哈……"王梓觉仰起头,痛快地大笑,"纪千瑾,你不是很厉害吗?还不是跪倒在我跟前,像条狗一样求我!哈哈哈……"

那群小混混看到千瑾如此卑微的样子,全都像看到了非常新奇的事物似的,好奇地把他围了起来。

"纪千瑾,你也有这么一天呀!"

"西区老大也不过如此么,当天你的手下可是把我打得够惨的!"

那些人伸出手,拍着千瑾的脸,还有的伸出脚踹着千瑾的肋骨。他们早就看不惯千瑾盛气凌人的样子,正好趁机好好地羞辱他,打压他。千瑾跪在地上,低着头,一声都不吭。

艾西看得心都要碎了。

眼泪汹涌地涌出眼眶,视线越发模糊起来,可是千瑾的身影却越发地清晰。千瑾垂在身侧的隐隐压抑而攥紧的拳头,低垂着

的如大理石般冷峻的脸，被落下来的发丝盖住的眼睛……深深地刺痛了艾西的眼睛。

为什么受到这样的侮辱还要忍耐？为什么不还手？为了她根本就不值得呀！

看到千瑾不还手也不吭声，那些人更加猖狂了，开始对千瑾拳打脚踢起来。千瑾的脸上和身上迅速地布满伤痕，白皙的脸上被打得青一块紫一块，嘴角破了，血流了出来，衬得脸色如纸般苍白。

"住手！不要打他！求求你们快住手！不要啊……"艾西用力挣扎着，可是却挣脱不出王梓觉的手，只能流着眼泪苦苦哀求着。

她宁愿那些拳打脚踢都冲她来。望着千瑾被那么多人摧残侮辱，艾西的心就像被刀绞般，疼得快要停止呼吸。

"千瑾！你为什么不还手！快起来！算我求求你了……"艾西看不下去了，可是她又没有办法闭上眼睛，仿佛被施了定身咒般，只能睁大了眼睛一动不动地望着千瑾挨打。

渐渐的，千瑾支持不住了，呻吟从口中溢出来，倒在了地上。可能是肋骨被踢断了，刺破了内脏，千瑾张开嘴吐出了一大口血。可是那些小混混并没有因此而放过千瑾，殴打一刻都没有停过。

"啊！千瑾——"艾西惊恐地尖叫起来，害怕得快要崩溃了，"求求你，求求你叫他们不要再打了！我求你了……"艾西望着王梓觉苦苦地哀求道。

"住手！"王梓觉突然一扬手，冷冷地命令道。

那些人听到王梓觉的命令，全都停了下来。

千瑾又吐了两口血，瘫软地躺在地上，全身上下伤痕累累，惨不忍睹。

王梓觉把艾西交到了两个手下手中，然后缓缓走向千瑾。千瑾沉重地喘息着，抬眼望着王梓觉走到面前。

第十章
噩梦，黑色月亮

> 艾西的独白
> 小时候，我总是做一个梦——世界上的一切都消失了，只剩下漆黑一片，没有阳光，也没有声音。我一个人站在黑暗的世界里，无论怎么呐喊，无论怎么哭泣，都没有任何人回应。我非常地不安和恐惧。
> 而此时我也有这样的感觉，感觉自己被整个世界给遗弃了。

1

千瑾奄奄一息地躺在地上，可是王梓觉依旧没有解恨，那天在江边受的侮辱，他曾发誓要十倍奉还给纪千瑾。

王梓觉抬起脚，踩住千瑾的手掌，然后用力地碾着。

"唔……"千瑾用力咬着下牙，痛苦的呻吟从齿间溢了出来。

"不要！求求你不要再折磨他了！放了他吧……求求你了……"艾西已经哭得浑身都虚脱了，无力地跪倒在地上。杀了她吧，杀了她吧，不要再让她眼睁睁地看着千瑾受折磨了，这简直就像用刀不停地捅着她的心脏，她受不了了，已经受不了了，她快要崩溃了……

"艾西……"千瑾奄奄一息地转过头，望着哭得已经崩溃的艾西。身上的伤痛对他来说根本不算什么，他是在打架中长大的，从小到大受过的伤无数。可是艾西不同，她是在呵护中成长的，她不能受到半点伤害，他要保护她……

碾了一阵，王梓觉觉得还不够，他要听纪千瑾痛苦的呻吟，求饶的声音。可是这个家伙骨头太硬了，被打成这样都咬牙不叫半声。该死的，他一定会有办法让他痛哭呻吟的！

王梓觉在一堆废弃物中找到了一根钢管，他捡起钢管走到千瑾面前。

千瑾面无表情地望着他，冰冷的眸子一片澄澈，没有丝毫的

惊慌和害怕。王梓觉的虐待因子蠢蠢欲动着，仇恨的火焰在心里熊熊燃烧。

"不！你要做什么！"艾西惊慌地大喊，浑身的血液都冻结了，恐惧地瞪着握着钢管的王梓觉，浑身无法抑制地颤抖起来。

王梓觉没有理会艾西，他挥起钢管就往千瑾的腿砸去！

砰！

剧烈的响声传遍了整个幽暗的仓库，艾西张大了嘴，叫都叫不出来了，眼泪模糊了整张脸。

"呃……"千瑾死死地咬着牙，但还是忍不住呻吟出声，小腿骨传来清脆的响声，痛得眼前发黑。可能是骨头断了……

千瑾疼得在地上打滚，浑身冷汗和鲜血混合在一起，可是就算如此他都没有叫一声。

"啊——"艾西崩溃地大叫，像发了疯似的拼尽全力挣扎着，朝千瑾扑去。抓着她的两个小混混吓到了，拼命压制住她。

艾西爬在地上，望着在地上打滚惊悸的千瑾，心如被撕裂般剧烈疼痛着。上帝啊上帝啊，请救救千瑾吧，我愿意用我的性命交换，求求你救救千瑾吧！我已经醒悟了，我忏悔，我愿意用生命来偿还我的罪！但是你不要惩罚千瑾……

看到千瑾还有死撑的力气，就算疼到如此他依旧不肯求饶，王梓觉有点恼了，心里像有只野兽的爪子挠着，极度焦躁。

他又用铁棍胡乱地抽了千瑾一阵，看着千瑾不停地在地上打滚，忍不住低声呻吟，他的心里非常地畅快。可是不够，不够！完全不够！

他要听纪千瑾哭着求饶的声音！他要把纪千瑾的尊严狠狠地踩在脚下！

他扔掉了铁棍，然后转过身朝艾西走去。

王梓觉嘴边扬起嗜血的笑容，阴冷的眸子早被愤怒和仇恨染成了赤色，他浑身散发着血腥和戾气。

艾西看着王梓觉一步步向他靠近，不禁惊惧地向后缩去。

被打得七荤八素的千瑾好半天才清醒过来，看到施加在他身上的暴力已经撤去，而施暴者正朝艾西走去，不禁浑身一震：

第十章 | 恶梦，黑色月亮

"……你要干什么？"

王梓觉在艾西面前站定，然后蹲下了身子，伸出手揪住艾西的头发，把她从地上扯了起来。艾西疼得眼泪直流，感觉头发要被硬生生地从头皮上扯下来了。

"放开她，不准碰她！否则我杀了你！"千瑾怒声警告着，可是王梓觉根本不以为然，现在的纪千瑾连根手指都动不了，更别想拿他怎么样了。

王梓觉从腰间掏出了弹簧刀，在手里轻轻一甩，刀刃弹了出来，在幽暗的夜色中闪过一道冰冷的光芒。王梓觉割断了反绑着艾西双手的绳子，双手刚重获自由，艾西就扬起手朝王梓觉的脸挥去。王梓觉眼疾手快地握住了艾西的手腕，嘲讽似的轻笑："垂死挣扎。"

艾西狠狠地瞪着他，恨不得和他同归于尽。

王梓觉扯着艾西的头发迫使她站起来，然后拖着她走到前面他坐过的钢管椅上。他把艾西按在钢管椅上，然后对旁边的两个手下使了个眼色："抓住她。"

那两个手下立刻走到艾西两侧，伸出手按着艾西的肩膀，牢牢地把她固定在椅子上。

艾西骤然紧张起来，用力挣扎着，可是禁锢她的力气好大，她根本无法挣脱开。挣扎了一阵，她已经气喘吁吁，白皙光滑的额头上布满了冷汗。

"王梓觉，你想干什么？"千瑾挣扎着爬向艾西，却被人踩住，疼得眼前一黑，差点昏了过去。

"看着自己心爱的人一点点被折磨，不知道是什么感觉呢？我猜猜，是心痛？彷徨？或者……是无助呢？"王梓觉抓起艾西的一只手，看着千瑾的脸色骤然苍白。他捏起艾西的中指，然后用力逆方向往后掰。

"啊——"骨头断裂的声音很快被艾西的惨叫声覆盖。

"艾西！"心脏像是被猛烈地捶了一拳似的，疼得快要窒息。

怎么可以伤害艾西的手！她是画画的，手跟她的生命一样重要。要是不能再画画，艾西一定会比死还难过的。

千瑾挣扎着,顾不得浑身的伤痛。

王梓觉放开艾西的中指,那根中指耷拉着,不正常地扭曲着。艾西脸色惨白,额头上全是冷汗,奄奄一息地坐在钢管椅上。

"不要伤害她!我求求你……你要我怎么样?你到底要我怎么样?随你高兴……只是求求你不要伤害艾西……"千瑾望着奄奄一息的艾西,心像被鞭子抽打般,疼痛一阵胜过一阵。刚才就算怎么被毒打折磨,他都没有一句求饶,也没有叫一声,而现在他根本不顾一切,尊严和骄傲被远远地抛到一边。他泪流满面,根本不在意别人看到他哭泣。

王梓觉非常满意看到千瑾如此惊慌失措的样子,他总是那么的冷静,高高在上,仿佛可以掌握一切。

哈哈哈!也不过是个普通人,像狗一样趴在地上求他!

他又捏起艾西的食指,然后用力往后一扳,"啊——"已经浑身无力的艾西,就像是拼尽了最后力气挣扎的蝴蝶,凄厉地惨叫着。

"不!王梓觉,你这个畜生!畜生!"千瑾简直就要疯了,破口大骂着,却只是引来王梓觉一阵狂笑。

他抓着艾西的手腕,居高临下地望着趴在地上不停挣扎的千瑾,仿佛在宣告着他的胜利。

"……千瑾。"艾西有气无力地望着疯狂挣扎着的千瑾,双眼瞳孔茫然,仿佛所有希望都被剥夺一样,只剩下漆黑一片。

"艾西!艾西!"千瑾大声呼唤着艾西,他好害怕好害怕,仿佛下一刻就要失去她似的。

"听说你心爱的女人还是画画的,好像还在法国得过奖是吧?"王梓觉突然冷笑着瞥向千瑾,嘴角邪恶的笑容似乎是在酝酿一个可怕的阴谋。千瑾浑身一震,血液凝固住似的,从头冷到脚,"如果挑断她的手筋,让她这辈子都无法再画画会怎么样呢?"王梓觉恶毒地笑着,锋利的刀刃移向艾西的手腕。

"你敢!我会杀了你!绝对会杀了你——让你生不如死!"千瑾厉声警告,双眼通红,像一头发狂的狼,恨不得扑上去把王梓觉撕个粉碎。

第十章 | 恶梦，黑色月亮

　　王梓觉不以为然地笑了笑，非常欣赏千瑾的眼神："我有什么不敢？你知道，我什么事情都做得出来。"

2

　　青紫色的筋脉在白皙得接近透明的皮肤下清晰可见，王梓觉握着弹簧刀，锋利的刀刃在筋脉上来回游移着。
　　艾西早就痛得虚脱，没有一丝力气挣扎，就像是被绑在十字架上受刑的圣女。
　　千瑾拼尽全力，不要命地挣扎着，像一只被缠在蜘蛛网上垂死挣扎的蝴蝶，美丽的翅膀折断了，破碎了，还要不停挣扎。
　　刀刃在白皙的手腕上划下，细嫩的肌肤轻而易举地被划开了一道口子，深可见骨。筋脉断了，血流顿时如注，汩汩流出来，顺着白皙的手腕一路往下流，像一条红色的溪流。
　　"不！——"千瑾在同一刻也崩溃了，拼命地挣扎着，凄厉地尖叫着。他的世界崩塌了，沦陷了。
　　血，好多的血，红得像盛开在奈河桥边的彼岸花。
　　这辈子从来没见过这么多的血，从自己的身体里流出来，仿佛无止境似的。
　　身体好冷好冷，什么知觉都没有，连疼痛都感觉不到了。
　　艾西望着千瑾，意志一点点模糊起来，视线一点点黑暗。
　　王梓觉看到千瑾崩溃的样子，感觉终于报复彻底了，才心满意足地放开了艾西。他走过去踹了地上的千瑾两脚，脸上带着笑，带着手下离开了仓库。
　　仓库恢复了一片死寂，冰冷幽暗的夜色中，只剩下奄奄一息的艾西和浑身是伤的千瑾。
　　"艾西……"身上多处骨折，肋骨也断了好几根，只要动一下就疼得眼前发黑，冷汗直流，可是千瑾还是挣扎着朝艾西爬去，仿佛那里才是他的港湾和终点，就算是死也要死在艾西身边。

钢管椅和地上全是血，全是从艾西身体里流出来的血，艾西缓缓地闭上了眼睛。

好冷……好冷……

千瑾……

我好冷……

凌晨两点。

市中心医院。

急救室内正在紧张地抢救着艾西和千瑾，医生和护士忙碌地进进出出。

艾可为抱着痛苦的方淑芬，不停地安慰着她："没事的，他们俩都会没事的，你不要担心。"

"我怎么可能不担心，他们俩浑身是血，太可怕了，怎么会这样……谁这么残忍，这么对待他们两个……"方淑华趴在艾可为的胸口，哭得痛不欲生。

她年轻时候冲动地结了婚，生下了千瑾，可是丈夫婚后很快就有了外遇，她无法容忍丈夫的背叛，和他离了婚。离婚后她一个人带着千瑾去了巴塞罗那，生活百般艰辛，可以说千瑾是她的全部，是支撑着她的力量源泉。如果千瑾有什么事，她也活不下去了。

"没事的，一定会没事的，他们俩都是坚强的孩子，一定会挺过来的。"艾可为抚摸着她的背，不停地安慰着她，也不停地安慰着自己。他何尝不心痛不着急，可是这个时候如果失了方寸，那么他们能依靠谁？所以他尽量地让自己保持镇定。

经过四个多小时的抢救，艾西和千瑾终于脱离危险，被转到了观察室。

两人一动不动地躺在病床上，脸上罩着呼吸器，旁边的监视器显示着微弱的心跳图，两个人安静得像是没有生命的人偶。

望着躺在观察室里的艾西和千瑾，艾可为心如刀绞。方淑华已经哭得虚脱了，神情木讷地隔着玻璃望着陷入昏迷的艾西和千瑾。

"千瑾和艾西已经脱离危险了，你不要担心了，回家睡一觉吧,这里有我照看着。"艾可为温柔地对方淑华说。

方淑华迟缓地摇了摇头,眼睛始终一动不动地望着观察室内的艾西和千瑾:"……我不想睡……我想留在这里……看着艾西和千瑾。"

看到方淑华这个样子,艾可为也不知道该说什么,就让她去了。他脱下自己的西装外套,披在了方淑华瘦弱的肩上,然后拥着她在观察室外的椅子上坐下。

"都是我不好……如果我能够多抽些时间……照顾艾西和千瑾……也就不会发生这样的事……"方淑华泣不成声,心里深深地自责着,悔恨着。她明明知道千瑾是个问题孩子,可是还是忽视了他,以为带他回国,一切都会好起来。可没想到发生了更加可怕的事情,是她的错,是她把问题想得太简单了。

"不,不是你一个人的错,我也有错。我只顾着自己的工作,很少花时间精力在孩子身上。"艾可为紧紧拥着方淑华,方淑华的心情他完全能够理解,他何尝又不是呢?是他忽略了艾西和千瑾,是他忽略了这个家,该惩罚的是他,而不是艾西和千瑾。他答应过死去的妻子要照顾好艾西的,可是却让艾西发生了这样的事。将来他死了,去了天堂,也无法面对前妻。

"我们都有错,我们不是一对好父母。"方淑华泪眼朦胧地望着一下子沧桑了许多的艾可为。

冰冷而寂静的楼道内,艾可为和方淑华相依为命般拥抱在一起,仿佛这样才能支撑着彼此不崩溃。

上午八点。

医院又恢复了繁忙和喧闹,楼道上行人来来往往。

艾西和千瑾还没苏醒,艾可为被医生叫进了办公室。

主治医生坐在办公桌前,戴着银边眼睛,看到艾可为走进来,微笑着示意他坐下。

艾可为刚坐下,就迫不及待地问:"医生,我的两个孩子怎么样?"

医生推了推眼镜,表情平淡地说:"男孩右腿骨骨折,左侧

空鸠歌

肋骨断了两根,另外内脏有些损伤,伤势严重,不过只要好好休养,会康复的。"

"那就好,那……"艾可为欲言又止。他想问艾西的情况,可是又很紧张。

医生明白他的意思,接着说:"女孩右手的中指和食指骨折,右手筋脉被割断,我们已经帮她接上,中指和食指也已经固定,不过……"医生顿了下,脸上露出一丝遗憾,"以后她的生活方面可能会有些不便。"

"你是说艾西的手?"艾可为难以置信地睁大眼睛,这个消息就像一道晴天霹雳劈向他,他的大脑霎时一片空白。

医生看到艾可为的样子,也忍不住流露出难过的表情,他淡淡地点了点头说:"是的,虽然筋脉已经接上,骨折的中指和食指也能康复,可是创伤太大,她的右手以后会不太灵活。"

听着医生的话,艾可为的脸色越来越苍白,他用力摇着头说:"不行!艾西是画画的,她的右手对她来说就像生命一样重要!"艾可为站了起来,抓着医生的肩膀哀求,"医生,求求你想想办法,帮帮艾西!"

显然已经看惯了这样的事,医生并没有出现太大的惊讶,只是遗憾地叹了口气:"努力做复健的话可能会好些……不过希望也不大,希望你们能够做好思想准备。"

这个打击实在太大了,艾可为颓然地跌坐在椅子上:"怎么会这样……"

"对不起,我也很遗憾。"医生非常抱歉地望着艾可为。作为医生,有时候帮不了病人,他也很难过。

和医生谈完后,艾可为失魂落魄地走出办公室,灵魂像被抽离似的,木然地走在人来人往的楼道上。

"爸,我以后想成为像莫奈一样的画家!"

"画画是件让人愉快的事,能把看到的或者想象的事物画下来,作为永远的保存。"

"爸,您女儿得奖了,你骄傲吧!"

"爸,看什么看得那么出神呢?是不是看到妈妈种的月季花快要谢了,所以依依不舍呢?我帮你把它们画下来吧,以后每年我都帮你画一幅月季图,挂在你房间里,挂满你的房间,这样月季花就永远不会凋谢啦!"

"艾西……艾西……"

艾可为再也压抑不住内心的痛苦,无力地在楼道旁的长椅上坐下,压抑了很久的眼泪夺眶而出,汹涌得像是决堤的洪水。

显然这样的事在医院发生得太多了,过往的人没有多看艾可为一眼,脚步毫不迟疑地从他身边经过。

3

因为对方淑华的打击已经很大,所以艾可为并没有把实情告诉她。

危险期度过后,艾西和千瑾被转到了普通病房,方淑华和艾可为心中的大石终于落下。

下午千瑾首先醒了过来,一醒过来就吵着要去见艾西,医生和护士劝也劝不住。

"放开我!我要去见艾西!放开我!"

千瑾用力挣扎着,他的头上和身上缠满了纱布,右腿还打着厚厚的石膏。医生在一旁焦急地指挥着,护士们手忙脚乱地试图把千瑾压制在床上,可是都被千瑾推开。

"你断了两根肋骨,右腿骨折,暂时还不能下床,请你配合我们的治疗。"看到千瑾如此地不配合,医生推着眼镜严厉地说道。

听到喧闹声冲进来的方淑华看到眼前的情景,吓得差点晕了过去,她赶紧冲到千瑾身边,抱着他的头,难过地哭道:"千瑾,求求你不要折磨妈妈了,听医生的话,好好养病好吗?"

"妈!艾西呢?艾西怎么样了?快告诉我!"千瑾抓住方淑华的手,焦急地追问着。

空鸠之歌

"艾西没事,她还在昏迷中,还没醒过来。"方淑华摸着千瑾的头发安慰着。

"我要去见艾西!"千瑾挣扎着要下床,方淑华心里一惊,赶紧用力抱着他。

"艾西还没醒呢,而且你多处骨折还不能下床,过几天再去看艾西,好吗?"方淑华像在哄小孩子一样柔声哄着千瑾。

可是千瑾根本不听劝:"不!我现在就要去见艾西,我一刻也等不了!"

"千瑾千瑾,算妈妈求你了,你不要任性了,妈妈的心都要碎了……"方淑华捂着嘴,哭得都要心力交瘁了。

"看不到艾西我没办法安心,我要见艾西!"此时的千瑾像头发了疯的猛兽,什么话都听不进去,一心只想见艾西。护士们用力压制着他的手脚,不让他乱动,以免刚接上不久的骨头又错位,病房内一片混乱。

一名护士拿着一支针筒,迅速地把针扎进了千瑾的胳膊,一整支镇定剂很快地就注射进了千瑾的体内。

"艾西……"意识越来越模糊,千瑾不甘心地伸出手,但还是抵挡不了镇定剂的作用,很快就闭上了眼睛再度陷入昏迷。

方淑华用力咬着手背,不让自己哽咽出声,望着昏迷的千瑾,她的心撕裂般痛着。

艾可为走进病房,看到方淑华哭得不能自已的样子,轻轻地把她拥进了怀里。

方淑华偎进艾可为怀里,哭得泣不成声:"……我上辈子是做了什么孽啊……为什么要这么惩罚我……"

"不是你的错,这说不定是千瑾和艾西人生中必经的坎。"艾可为并不知道方淑华心里的事,只当是她担心千瑾的病情,柔声安慰着。

清晨,下了一场雨。

昏迷了三天三夜的艾西终于慢慢地苏醒过来。

阴雨绵绵的天气,见不到阳光,空气微湿。青草淋着雨水,枝叶泛着水光。

艾西缓缓地睁开眼睛,映入眼帘的是白色的墙壁和天花板,窗子微微敞开着,白色的窗帘随风轻轻飘动。

雨渐渐停了,几滴雨滴从窗沿上滴落下来。

病房内很安静,只有窗外雨滴滴滴答答的声音。

大脑还有点迟钝,疼痛慢慢地侵袭着她的大脑。

艾西突然感觉有点口渴,转过头看到床头柜上摆放着水杯和盛着纯净水的玻璃瓶。

她忍着头痛从床上坐起来,伸出手去拿床头柜上的水杯。艾西刚触到水杯,因为没握住,水杯从桌子上摔了下来。

怎么回事!……

艾西难以置信地睁大了眼睛,脸上的血色一下子褪尽。

她缓缓地收回自己的右手,放在眼前打量着。手腕上缠着厚厚的纱布,一层又一层,却依旧能够隐约看见血迹渗透纱布。

她试着动动手指,却发现手指完全不听她的话,如假肢般僵硬得一动不动。

一阵寒意侵袭着艾西的全身,从她的毛孔里肆无忌惮地钻进去,她全身的汗毛都竖立了起来。

这时出去买早餐的艾可为走进了病房,看到艾西苏醒过来,脸上扬起笑容,可是下一秒,他的表情却冻结住了。

艾西缓缓地转过头,脸色苍白地望着艾可为:"爸……为什么我的手动不了了?"

"艾西……"艾可为望着艾西,张着嘴不知道该怎么回答。这个事实太残酷了,他实在说不出口,他怕艾西接受不了。

"爸,我的手到底是怎么了,你快告诉我呀!"艾西想要冲下床,艾可为赶紧冲跑过去,阻止她下床。

"艾西,你先冷静一下。"

"爸,求求你告诉我,我的手到底怎么了?"艾西仰起头,望着艾可为哀求道。

艾可为低下头,沉默着。

"爸,你为什么不说话?"艾可为的样子,让艾西有种非常

不好的预感。恐惧像黑色的雾气,在她心里迅速蔓延。

沉默了很久,艾可为才缓缓抬起头,才三天时间,他看起来就沧桑了许多。"艾西……"他艰难地开口,仿佛说出这个消息对他来说是酷刑,"无论发生什么事,你都要坚强……爸爸永远都和你在一起。"

"爸,我的手是不是……"听到这里,就算艾可为不说,艾西也基本知道是怎么回事了,只是没有听到艾可为亲口说出来,她不敢相信。

仿佛有刀片哽在喉咙里,艾可为说每个字时心里都在滴血:"医生说,你的手以后会不太灵活,所以……"

"所以我以后不能画画了,是不是?"如同是丧钟在头顶敲响,艾西的世界一下子一片死寂,她木然地望着艾可为,全身如置冰海般冰冷彻骨。

艾可为沉重地点了点头。

艾西颓然地坐在病床上,双眼空洞而茫然。

砰——

门外传来重物落地的声音。

艾可为转过头,看到方淑芬扶着千瑾站在病房门口,千瑾手里的拐杖摔在了地上,震惊的表情凝固在脸上。

艾西不能再画画了……

这不可能……不可能……

千瑾多么希望这只是个噩梦,梦醒以后一切都恢复正常,他们还像以前一样无忧无虑地生活。

千瑾茫然地摇着头,虚弱的身子摇摇欲坠。

"千瑾。"方淑华扶住千瑾摇摇晃晃的身子,担忧地望着他。

他所受的打击绝对不比艾西小,原本就苍白的脸此时更加没有一丝血色,如干枯花瓣般的嘴唇微微颤抖着。

方淑华看了一阵揪心地疼,她搂着千瑾轻声说:"让艾西好好冷静冷静,我们先回病房吧。"

千瑾转过头,目光望向坐在病床上,像人偶般没有表情,一动不动的艾西。

第十章 | 恶梦,黑色月亮

方淑华拉着他离开了艾西的病房。

接下来的几天,天空一直阴雨绵绵。
清晨,浅灰色的天空下着淅淅沥沥的小雨。
米琪打着一把橘红色的伞走进医院,手中捧着一束鹅黄色的波斯菊。
收了伞,在前台询问了艾西的病房后,她便捧着花径直走去。
刚走到病房外,米琪看到艾可为提着热水瓶从病房里走出来。艾可为看到米琪,含蓄地笑了笑:"来看艾西吗?"
"嗯,叔叔。"米琪微笑着点了点头,"艾西在病房吗?"
米琪看到艾可为的脸上闪过一抹难以察觉的忧虑。
艾西得知消息后,一直都不言不语,艾可为几次都试图开导她,可是她始终封闭着自己,不跟他说一句话。
艾可为犹豫了一下,淡淡地笑了笑说:"在里面呢,你进去吧,我去打点热水。"
米琪愣了愣,似乎无法把艾可为和热水瓶这样普通的日用品联系在一起。因为艾可为实在太优秀了,却没想到还是个家居型男。
愣了一下,米琪才点了点头说:"好的。"
艾可为提着热水瓶离开,米琪才推开门走进了病房。
艾西躺在床上,穿着蓝白条纹的病服,脸色白得快要胜过雪白的床单。
才几天没见,她人整整瘦了一圈,米琪一阵心酸,眼泪差点流了出来。
她深呼吸一口气,压抑住想哭的冲动,走上前。
"艾西,今天感觉怎么样,好些了吗?"她故作轻松地微笑着问道。
艾西听到米琪的声音缓缓地转过头。她的脸色很平静,双眼空洞,看不到一丝情绪波动。
哀莫大于心死,米琪突然想到这句话,再一阵心酸。
她前几天已经来过医院一次,不过那时艾西还在昏迷中,她只是站在病房外远远地看了艾西一眼。不过从艾可为口中她已经

知道了艾西的事，也知道了她不能再画画的事。

4

米琪深呼吸了一口气，尽量让自己的声音听上去轻松自然："最近一直在下雨呢，你在病房内会不会感觉闷？我给你买了波斯菊，摆在病房内希望能够增添些生气。"

她拿起床头柜上的花瓶，走进卫生间装了点水，然后把波斯菊插在花瓶里，摆在床头柜上。

艾西看了眼床头柜上的波斯菊，低下头，眼泪顺着她苍白清瘦的面颊流了下来。

"艾西……"米琪看到艾西这个样子，一下子傻了，站在原地不知道该怎么办。

"米琪……我的手废了……以后再也不能画画了……"艾西低着头，哽咽的声音断断续续传来。

米琪一下子冲到艾西床前，伸出手把她搂在怀里："不要紧，不要紧！不管你变成什么样，你都是我的艾西！独一无二的艾西。"忍了好久的眼泪再也控制不住，来势汹汹地夺眶而出。

"米琪……我再也不能和你一起画画了……"艾西嘤嘤泣泣地哭泣着。

米琪感觉到她的身子在自己怀里瑟瑟颤抖着，像一只被逼到绝境的小鹿，害怕着，彷徨着。米琪用力抱着她，多希望能够替她分担一点痛苦。不能画画对一个画者来说是多么残忍的一件事，何况是艾西。她是那么才华横溢，对画画更是倾注了全部的热情。

米琪找不到安慰艾西的话，这个时候说什么都显得敷衍和多余，所以米琪只是抱着艾西，静静地听她哭泣。

她知道艾西这些天一定是憋了很久了，哭出来也好，起码可以宣泄心中的不快。

第十章 | 恶梦，黑色月亮

艾可为拎着热水瓶靠在病房外的墙壁上，艾西的哭声清晰地传入他的耳朵。

他一阵窒息地难受，眼泪无声无息地流了下来。

不过他的心里也稍稍安慰了些，这些天艾西不言也不语，甚至都没有哭过一次。他真怕她再这么憋下去会崩溃，幸好她在自己最好的朋友面前还能敞开心扉。

哭累后，艾西沉沉地睡着了，睡颜比以往都安详了许多。

米琪在她床边坐了一会儿，看她睡得安稳了，便起身向艾可为告辞离开了医院。临走前，艾可为感激地对她说了声谢谢，她只是淡淡地摇了摇头，说了句应该的，艾西是她最好的朋友，并告诉他明天自己还会来的。

艾可为非常欣慰地望着沉睡中的艾西，希望在这么多人的关心和祝福下，她能够挺过来。

吃过午饭后，艾西坐在窗边，望着绵绵小雨中的一株白色的小野花。

她身上穿着松垮的病服，原本瘦弱的身子更加消瘦了，肌肤也苍白得病态，没有一点光泽。

她愣愣地望着窗外，感觉不到周围的任何声音和动静。

如被寒风席卷过般，她的世界一下子荒芜一片。

她的梦想，她的憧憬，一下子全部都被剥夺了。

被判了永远的死刑。

画画是她的全部，不能画画的她还剩下什么？

艾西的人生一下子一片空白，找不到任何方向。

她感觉自己就像一只在天空飞翔的鸠，面对茫茫的天空，迷失了方向，却又找不到落脚的地方。

千瑾拄着拐杖站在她的病房外，望着她消瘦的背影，心如刀割。

望着近在咫尺的艾西，千瑾无论如何就是鼓不起勇气跨过病房的门槛。

他有什么资格待在艾西身边呢？要不是他艾西也不会遇上这样的事。

他居然让那么纯洁善良的艾西面对那样的事,从小被呵护长大的艾西居然被那样子折磨……

他宁愿那些折磨都加注在他身上,他也不要让艾西受到一点点的亵渎。

艾西和他是不同的,艾西纯洁而善良,心灵如水晶般透明,她应该被呵护,被关怀。

这些都不是她应该经历的,而他却拖她入了这个泥沼中,不仅让她的身体受到了重创,还让她纯洁透明的心灵受到了污染。

他就算是死一百次也无法赎罪。

方淑华回到病房没看到千瑾,找了很久终于在艾西的病房门口看到了他的身影。

只见他呆呆地站在那里,一副失神的样子,也不知道站了多久。

"千瑾,你怎么站在这里发呆?"方淑华走上前,把手里的外套披在了他身上。

千瑾依旧呆呆地站着,没有回应,似乎根本没有听到她的话。

"不要打扰艾西休息了,我们回病房吧。"方淑华挽着千瑾离开了艾西的病房。

回到病房,千瑾看到阿凉带着兄弟们站在他的病房门口。

一看到千瑾,阿凉他们的眼眶迅速就红了:"大哥……"所有人泪眼汪汪地望着千瑾,一时竟然说不出话来。

千瑾淡淡地扫了他们一眼,没说什么,就从他们身边走过,走进了病房。方淑芬一向讨厌千瑾和小混混们在一起,看到他们自然也没什么好脸色,就当他们不存在般扶着千瑾走进病房。

阿凉他们不在意千瑾的冷漠,因为他们心里都清楚,千瑾现在心里一定不好受。其实在千瑾出事的第二天,他们得知消息后就来过医院,可是那时候千瑾和艾西还陷入昏迷中,医生不让探视。后来他们又连续来了几次,可是也都被拒之门外。

直到今天他们才终于有机会见到千瑾,百般情绪无法言喻。

特别是阿凉,要不是他求千瑾替天狼帮出头,千瑾也就不会得罪王梓觉,也就不会被王梓觉仇恨,遭到报复。特别当他知道连艾西都被连累时,更加是悔恨得无以复加。因为他知道就算是

第十章 | 恶梦，黑色月亮

千瑾一个人面对西城那么多人，也不会吃那么大的亏，被打得那么惨。要不是王梓觉抓了艾西，要挟千瑾……王梓觉那个小人真是太卑鄙无耻了！

在病房外踌躇了一会儿，阿凉带着兄弟们走进了病房。他把水果花篮和一些补品放在桌子上，然后便局促地望着千瑾。

千瑾低着头坐在病床上，面无表情，浑身散发着拒人于千里之外的寒气。

"千瑾，喝点鸡汤吧，妈妈熬的。"方淑芬端了一碗鸡汤坐到他身边，舀起一勺放在他唇边，千瑾却一动不动，似乎感觉不到任何人，听不到任何声音。

方淑华黯然地叹了口气，放下了手中的汤勺。

"老大……"一直站在病床前的阿凉犹豫了很久，还是硬着头皮开口了，就算是死他也要把话说出来，该背的责任他绝对不会逃避，"老大，对不起，都是我们的错，如果我们早点知道，也就不会……"

"老大，我们不配当你的手下。"橄榄惭愧地低下头，一向吵吵闹闹的他此时也沉默起来。

"老大，我们已经替你和艾西报仇了，我们掀了王梓觉的老巢，那家伙被我们打断了四根肋骨，一条腿一条胳膊，现在还躺在医院里没有起来。"泰敲着自己的胸膛热血沸腾地说，提到王梓觉，他现在都咬牙切齿的，恨不得再冲回去把他从病床上揪起来，毒打一顿。

"这有什么用……"一直沉默不语的千瑾突然抬起了头，双眼冰冷彻骨地望着他们，"这能挽回一切吗？艾西的手已经废了，就算你们把王梓觉打死也无法挽回了，艾西这辈子都不能再画画了……"

所有人愣在原地，个个脸上都是震惊的表情。

他们只知道千瑾和艾西受了很重的伤，没想到艾西的手居然废了。

所有人脸上一阵红一阵白，不知道该说什么。

秀才绞尽脑汁想了半天，才犹犹豫豫地开口："艾西那么冰

雪聪明，就算不能画画，一定还有其他出路的……"

"是啊是啊，一定会有其他出路的。"阿凉赶紧附和道。

"你们懂什么！"千瑾的一句怒吼让所有人都安静了下来，"画画对艾西来说就跟她的生命一样重要，不能画画对艾西来说比死还痛苦，这等于是在扼杀她！"千瑾弓着身子，痛苦地抓着自己的头发。

阿凉他们倍感惭愧，望着千瑾，心里难受得说不出半句话来。

"是我害了艾西……都是我的错！"千瑾突然把桌子上的所有东西都扫在地上，宣泄着心中的痛苦，"都是我的错！都是我害了艾西！"千瑾抓起手边的东西就往地上砸，破碎的声音震耳欲聋，病房内顿时一片狼藉。

千瑾像一头发了疯的猛兽，只要能砸的东西他都往地上扔，似乎是要毁灭一切。

阿凉他们顿时吓得脸色苍白，手足无措。

"你们先回去吧，让千瑾好好冷静冷静。"方淑芬显然已经习惯了千瑾这个样子，镇定地把阿凉他们赶出了病房。

阿凉他们在病房门口犹豫了一会儿，觉得再待下去也没有必要，只好黯然地离开了医院。

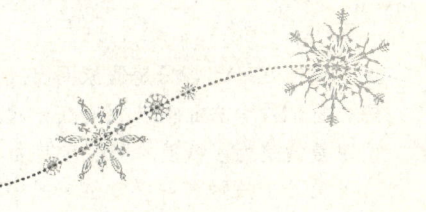

第十一章
艾西，迷失的鸠

> **艾西的独白**
> 我们每个人其实都是一只鸠，从出生开始就在天空不停地飞翔，寻找着自己的归宿。很多时候，当我们飞得太久了，就会迷失了自己。
> 天空很美丽，很蔚蓝，可是也很可怕，无边无际，没有尽头。其实无论我们怎么飞，如果不停下来，是永远找不到归宿的。
> 可是，我们又该在哪里停下来呢？

1

小雨断断续续地下了一个多星期，终于仿佛是把云朵里的水分都挤干了似的停了下来，些微的光从厚厚地云层里透出来，带着破壳而出般的气势。

这天用完午饭后，艾可为认真地望着艾西说："艾西，你要不要做复健，虽然希望很小。"

艾西愣愣地抬起头，这阵子以来艾可为第一次从她眼中看到了光芒，仿佛是无边的黑暗中射出的一束光，缓缓地把黑暗扫开，耀眼得令人炫目，艾可为竟然看呆了。

艾西坚定地望着艾可为，重重地点了点头。

之后他们就在医生的指导下，开始了枯燥而艰涩的复健。

复健室内很安静，艾西坐在医生的对面，在医生的指导下开始着基本的复健，艾可为始终坐在旁边陪伴着她。自从艾西出事后，艾可为就把工作交给了自己的属下，一心一意地照顾着艾西。方淑华要来照顾艾西，也被他拒绝了，一方面是千瑾也需要人照顾，另一方面他是想补偿之前对艾西的忽略。

筋一旦断裂拉伤后，就会引起关节弯曲伸直活动受限，所以就会出现弯曲困难，不能达到正常的幅度，有僵硬拉紧感。手术也只是把断裂的肌腱两端用针线缝合，实际上它们并没有真正生长连接在一起,只是假象而已。筋再生能力弱,就算缝合得再好,它们没有真正生长相连在一起的,关节弯曲同样还是受限。所以复健是为了恢复关节的伸展度,使手指再度灵活。

桌子上摆放着许多复健用的小材料,正方形的小木块,塑料的小树模型,一元的硬币,还有几个回形针。医生让艾西不断地对着这些东西做捏放的动作。

每一下都是那么锥心刺骨,可艾西还是忍受着疼痛,坚持不懈地进行着康复训练。

冷汗从她白皙光滑的额头渗出来,她疼得脸色苍白也仍然坚持,连医生心里都非常佩服。艾可为心里极度地不忍,可是就算他劝艾西,艾西也不会放弃的,这对她来说是唯一的希望。

复健没有想象中容易,锻炼了两个多小时,艾西疼得满头大汗,可是依旧毫无起色,她连最小的那块木块都抓不住。

医生站了起来,推了推眼镜微笑着说:"今天就到这里吧,你已经很努力了。"

艾西抬起头,期待地望着医生:"我还想再练习一会儿,可以吗?"

医生看了一下子也心软起来,微笑着点了点头:"嗯,行,不过复健是个漫长的过程,急也没有用。"说完便走出了复健室。

艾西点了点头,低下头继续专心致志地做着训练。

"艾西,渴吗?要不要喝奶茶?"艾可为拿起手帕帮艾西擦了擦额头上的汗,温柔地问道。

"嗯,好。"艾西头也不抬地回答,全神贯注地做着康复训练。

艾可为心疼地看了她一眼,起身走出了复健室。

在自动贩卖机前买了纸杯装的冲泡奶茶,艾可为往复健室走去,到走廊时,他看到一个挂着拐杖的小男孩正在家人的陪同下做着复健。

摇摇欲坠地走了几步,男孩摔倒在地上,哇地一声哭了起来:"好疼……好疼啊……我不要再做复健了!"

"遥遥,不做复健的话你以后再也走不了路了。"母亲痛心

第十一章 | 艾西，迷失的鸠 |

疾首地把他从地上扶起来，语重心长地说道，父亲的表情也非常地焦灼。

"走不了路也没关系……我好疼好疼啊……我受不了了……爸爸妈妈好坏！"男孩才十三四岁，根本无法体会父母的用心，只是一味地宣泄着心中的痛苦。

艾可为端着奶茶背过身，眼泪忍不住流了下来。

艾西现在经历着多大的痛苦，可是她不哭也不叫，坚强得让人心碎。

"叔叔？"这时，背后传来米琪的声音。

艾可为慌忙地抹了一把眼泪，转过身，掩饰着笑了笑："哦，是米琪啊。"

米琪敏感地察觉到他的眼眶红红的，睫毛上还沾着未干的眼泪，知道他刚才一定是在默默地流泪。

但是米琪体贴地装作什么都没有察觉，灿烂地笑着说："艾西今天还好吗？"

"挺好的，她在复健室做康复训练呢。"艾可为带着米琪来到复健室。

站在复健室门口，米琪看到艾西正努力地做着复健，明明疼得冷汗直流，却依旧不放弃，眉头紧紧地蹙着，让人看了心疼得要死。

刚才经过楼道时她看到楼道上有个小男孩吵着不想做复健了，拼命地抗拒着复健带来的折磨，可想这是多么艰难痛苦的一件事。

可是艾西不但不叫一声苦，还一个人不停地练习着，她比谁都能了解艾西心中的迫切。复健虽然痛苦，可是比起不能画画来说，这点痛苦对艾西来说并不算什么，因为不能画画对她来说就像对她宣判死刑一样。

米琪望着复健室内那个默默努力的身影，忍不住流下了辛酸的眼泪。

黄昏。

173

天空被夕阳染成温暖的橘红色,天边的晚霞深浅不一地变幻着颜色。远处的高楼在霞光中变得柔和起来,层层叠叠地像个美丽的剪影。

米琪见艾西在病房里待太久了,便带着她到花园里散步。

草坪上也有很多像他们一样出来散步的病人和家属,有的坐着轮椅,有的拄着拐杖,大多数脸上都洋溢着希望的笑容。

花园里因此看上去生机勃勃的。

两人在花园散了一会儿步,艾西便感觉累了,下午的复健让她消耗了许多体力。

米琪看到她额头渗出了汗,便连忙扶着她,在树下的长椅上坐下。

这时,千瑾拄着拐杖远远地走了过来。

虽然如此狼狈,可是他看起来依旧那么俊美,还有一种落魄的颓废美,让周围的许多人忍不住回头注视。

还没走近,米琪就看到了他,连忙望着他叫道:"千瑾,你也出来散步呀?"

千瑾点了点头,走到她们面前,他只是一个人出来散步,没想到碰到她们,原本不想走近的,可是看到艾西消瘦落寞的身影,他的脚步就情不自禁地靠近了。

察觉到千瑾停留在艾西身上的灼热目光,米琪站了起来,干笑着说:"我突然有点渴,我去买点喝的,你们要什么饮料?"

"随便。"千瑾和艾西几乎是异口同声地回答道。

米琪笑了笑,转身跑远了。

米琪走后,气氛一下子安静下来。

千瑾望着清瘦的艾西,心疼得纠了起来:"你瘦了。"他的声音听上去清清冷冷的,带着些许的落寞。

"你也瘦了。"艾西挪开一点,让千瑾在她身边坐下。

千瑾放开拐杖在艾西身边坐下,心中有万般思绪,可是话到嘴边却什么都说不出来。

这段时间他非常地懊恼和自责,要不是那天他让艾西先回家,艾西就不会被绑架;如果当初自己不是太嚣张得罪了王梓觉，艾西也就不会遭到王梓觉的报复。这一切的一切都因他而起，好几次走到艾西的病房外，他都没有勇气走进去，因为他没有什么脸面面对她。

他欠艾西的，这辈子都还不了了。

2

"你的脚好些了吗？什么时候拆石膏？"还是艾西先开了口。

这阵子，她一直都非常担心千瑾，很想见他，可是阿姨说千瑾只想一个人安静地呆着，不想见任何人。

她也曾在千瑾的病房外听到砸东西的声音，所以她想，或许千瑾真的想好好冷静冷静，便一直没有去打扰他。

如今已经半个多月没见，艾西望着清瘦不少也变得沉默的千瑾，有种如隔三秋的惆怅心情，一下子心酸起来。

"好多了，下个月就能拆石膏了。"千瑾轻描淡写地回答，然后静静地望着艾西，表情里压抑着无限的忧伤。

艾西被他的表情惊了一惊。

"艾西，如果痛苦的话就放弃吧。"千瑾突然开口说道，艾西不明所以地望着他。

"不要做复健了，如果痛苦的话就不要勉强了。"千瑾突然抓着艾西的胳膊，迫切地说道。这阵子他虽然没有去见艾西，可是他一直都默默地关注着她，看到她忍着常人难以忍受的疼痛和折磨，努力地做着复健，他的心如被刀子一道道划过，疼得滴血。

"……其实复健也不是件很难的事……千瑾你再等我一段时间，很快我的手就会恢复，我还能像以前一样画画的。"艾西努力挤出一个笑容，故作轻松地说道。

看到她故作轻松的样子，千瑾的心更疼了，他一把把艾西拥进怀里，心疼得快要碎掉了。

感觉到耳边深重的呼吸声，艾西惊讶地僵在千瑾怀里，不知

所措地睁大眼睛。

"不能画画也没关系,我会照顾你,我会照顾你一辈子来赎罪。求求你给我一个机会好不好?不要让我游离在你的世界之外,悔恨一辈子。"

千瑾的声音听上去那么悲伤,就像一匹孤独的狼站在山顶对着夜色悲鸣。

可是他的语气又是那么地温柔,让艾西的心一下子软了。

千瑾的双臂用力地箍着艾西的身子,好似要把她揉进自己的身体,融为一体。带着微微颤抖的声音传入了艾西的耳朵:"不要再做复健了,不要再做了,看到你忍着剧痛默默地做着复健,我的心疼得快要碎了……我不要你再受折磨了,以后你的痛苦和不安都让我来承担,我不要你再受痛苦,哪怕是一丁点我也会疯掉。"

千瑾的语气是那么地温柔,艾西的心扉轻易地被敲开了:"可是……不能画画的我还能做什么呢……"那么长时间,一直压抑在心底的话居然就那么轻松地说了出来,"如果我永远都不能再握画笔,那我将来的时光要怎么度过……被画笔抛弃的我能够做什么呢……我的世界还剩下什么……每天吃了睡睡了吃,我的人生还有什么意义……太可怕了……我不敢想象……"

感觉到艾西冰冷的身体在自己怀里瑟瑟颤抖,千瑾心疼得快要碎掉了:"还有我还有我!我会陪你度过每一个难熬的时分,你的世界由我为你建筑,你不用害怕不用彷徨,每一条路我都会牵着你往前走。我的梦想就是你的梦想,我的一切都是你的,你想做的事我都会为你做到。"

"那我呢?我要做什么?我不想成为你人生的附属品。"艾西一向是个要强的人,有着自己的骄傲和自尊,让她依附着别人活是不可能的,千瑾心里非常清楚。

他紧紧地拥着艾西,语气坚定地说:"你不是我的附属品,你是我最重要的人,比我的生命还重要的人,你就是我人生的全部。以后我们的人生沿着一条线往前走。"

千瑾的话就像是一道希望的光芒,射进了艾西漆黑一片的世界。

坚守了好久的泪腺,一下子被击溃。

第十一章 | 艾西，迷失的鸠

"千瑾！"艾西趴在千瑾肩头嘤嘤哭泣起来。

米琪抱着三瓶饮料，望着不远处相拥而泣的两个人，也忍不住流下了眼泪。

方淑华打完水回来便看到千瑾从病房消失了，她在病房部找了一圈都没有看到他，正思索着他会去哪儿，就看到千瑾拄着拐杖回来了。

"千瑾，你去哪儿了？"方淑华上前搀着他，一同往病房里走去。

"散步去了。"千瑾简短地回答。

方淑华内心有些不悦，但还是耐心地说："怎么不等妈妈陪你一起去，要是摔倒了怎么办？"

"没关系，我又不是残废了。"千瑾瞥了她一眼，把拐杖搁在床边，坐在床上。来回一圈，走得有点吃力，他白皙的额头上渗出了丝丝汗。

"不要说这么不吉利的话。"方淑华责备地看了他一眼，拿起拐杖搁在椅子边，然后坐在床沿，从塑料袋中拿出一个橙子剥了起来。

千瑾拿起枕边的杂志翻阅起来，不再说话。

不一会儿，方淑华就剥完了橙子，顺手递给千瑾。

"给艾西也送个去。"千瑾接过橙子，也不吃，只是愣愣地拿在手里看着。他记得艾西最喜欢吃橙子了……

方淑华知道他又在想艾西了，叹了口气说："已经送过去了。"刚才她在找千瑾时就顺便把橙子拿到艾西的病房了，只是没看到她，说是和朋友去花园散步了。看到艾西拼命地做复健，她心里也非常地不忍，偏偏两个孩子都那么地倔。想想自己又何尝不是呢？或许有理想的人，就会比别人活得累。

千瑾侧着脸，望着窗外的天空，愣愣出神。方淑华看了他半晌，犹豫了很久，又开口说："千瑾，我安排你出国留学吧？"

闻言，千瑾愣了愣，回过神用困惑的目光望着方淑华："为什么突然要我去留学？"

"最近发生了这么多事，或许换个新环境会好些，你想去哪

个国家,妈妈都可以帮你安排。"方淑华试图说服千瑾,却看到他的脸色一下子变得很难看。

"我不去!我哪里都不去!"千瑾坚决地别开脸,没有半分商量的余地。

"为什么不去?"方淑华的脸色也一下子凌厉起来,她没想到千瑾会这么抗拒。

"我不想离开这里。"千瑾淡淡地说道。

"你是不想离开艾西吧!"

方淑华的话让千瑾浑身一震,他缓缓地回过头,难以置信地望着方淑华:"你说这话什么意思……"

"我都知道,你喜欢艾西。"方淑华表情严肃地望着千瑾。

千瑾低头沉默着,没有说话。

"艾西是个好女孩,我也很喜欢她,可是她是你的姐姐,你们是不能相爱的,这是违背道德的。"方淑华语重心长地劝说着千瑾。

"她不是我的亲姐姐,我们没有血缘关系!"千瑾的表情非常地执拗。

看到千瑾一点都不听劝,方淑华的语气一下子凌厉起来:"名义上你们还是姐弟,这种事要是传出去,你让我和你艾叔叔怎么面对亲朋好友!"

"你们就想着你们自己的面子,你们想过我们的感受吗?这对我们来说公平吗?我们成全了你们,又有谁来成全我们呢?我们相爱有错吗?"千瑾一口气把自己压抑了很久的情绪都发泄了出来。

方淑华的脸色煞白,眼中写满了无法置信,她没想到自己的儿子居然会对她说这种话。

"你出去吧,我想休息了,我是不会出国的。"千瑾扭开脸,不想再继续争执下去了。

方淑华捂着嘴,忍着夺眶而出的眼泪冲出了病房。

这之后方淑华再也没有提让千瑾出国留学的事,千瑾的身体迅速地康复着，很快就可以拆石膏了。艾西在不断地努力下，右手也稍微有了点起色。

复健室里，医生拿着各种材质的卡片让艾西触摸。

艾西颤巍巍地伸出手，像是触摸一头凶猛的野兽似的，小心翼翼地轻触着卡片。她在医生的指导下，一张张地摸过去。

"怎么样，有感觉吗？"医生柔声问道。

艾西默默地摇了摇头，脸上失望的表情任谁都看得出她此时有多么的失落。

艾可为握住艾西冰冷的手，像是要给她力量似的，紧紧地握在手心。

"没事，慢慢来，你做复健才不久。"医生温柔地笑了笑。

艾西淡淡地点了点头，并不打算因此放弃，反而有了更加努力的念头。

回到病房，艾可为帮艾西按摩着手掌。他用指腹轻压着艾西的手心，按一下便温柔地问："疼吗？"

虽然很疼，疼得锥心刺骨，可是艾西还是强忍着痛楚，摇了摇头说："不疼，继续吧。"

知道艾西在强忍，可看她并不打算放弃，艾可为也只好忍着心痛继续帮她按摩。艾西咬着牙，冷汗一点一点从额头渗出来。

不管怎么样，她都要坚持下去，哪怕只有一丁点的希望。

3

这天是千瑾拆石膏的日子。

拆完石膏，千瑾顿觉一身轻松，他不需要再拄拐杖，已经能够像以前一样灵活自然地行走了。

身上的伤痕也渐渐地消退，很快就会看不出任何痕迹。

他突然想起艾西的伤。

他身上的伤痕会消退，但是艾西右手的伤会一辈子留下后遗症。

心情更加沉重起来，有种被压住胸口呼吸困难的感觉。

"千瑾，你先回病房去吧，妈妈回家去拿王嫂煲的烫。"方淑华叮嘱了一句后，就披上外套离开了医院。王嫂是家里新请的保姆，自从艾西和千瑾住院后，家里一团乱，根本没人打理，所以方淑华就通过家政公司找了个保姆。

千瑾一个人回到病房，却见许久未见的韩莎莎站在那里。

韩莎莎看到许久未见的千瑾，心里涌起一阵欣喜，明眸大眼里闪烁着喜悦的波光。

"你怎么来了？"千瑾冷冷地扫了她一眼，语气像是在询问一个萍水相逢的普通朋友似的。

韩莎莎的欣喜之情一下子消失殆尽，千瑾拒人于千里之外的表情让她心寒。

"听说你出事了，我很担心你。"在千瑾冰冷的目光中，韩莎莎有种手足无措的感觉。

"不必了。"千瑾冷冷地说，语气淡漠。

韩莎莎就像被人当面扇了一个耳光似的尴尬无比，脸一下子涨得通红："怎么说我们以前也相爱过，你怎么可以这么对我？"

"我没爱过你。"千瑾毫不犹豫地说。

韩莎莎心灰意冷地说："好的，我明白了。"

千瑾面无表情地坐在病床上，视线始终没有在韩莎莎身上停留超过两秒钟。

她深呼吸了一口气，望着面无表情的千瑾说："我今天来只是想告诉你一件事，我怀孕了。"

千瑾的表情一僵，讶异地转过头，但只是一瞬，他很快又恢复了一脸冷漠的表情，冷冷地说："打掉！"

"纪千瑾，你还有没有人性！"韩莎莎再也忍不住，涨红了脸恼怒地瞪着千瑾。她深爱的男人居然这样对她，在听到这样的消息时居然会无动于衷，仿佛她是一个麻烦，一个毒瘤。

"那你想怎么样？"千瑾终于抬起头，正眼望着她，只是乌黑的眸子依旧如玻璃珠般冰冷无情。

"我肚子里的小孩是你的，难道你真的一点都无动于衷吗?"来之前韩莎莎也知道用肚子里的小孩挽回千瑾的感情几率很小,可是没想到千瑾会那么冷漠,听到这个消息时连眉头都没有动一下。她真的好心寒,在千瑾心里她真的什么都不是吗?

"打掉总比小孩一生下来就没爸爸好,而且你觉得你有能力抚养小孩吗?你的学业怎么办?你现在才十七岁。"千瑾的声音没有一丝波澜,就像是在谈论别人似的冷漠。

他说的每句话每个字,都像是一把利刃,在韩莎莎心上割下一道道血淋淋的伤痕。

"这些我都知道!不用你说我也会打掉他,可是我没想到你可以那么轻松地说出口,连考虑都没有考虑一下,纪千瑾你到底是不是人?"韩莎莎指着他,泪流满面地大吼。

面对韩莎莎的质问,千瑾黯然地垂下眼帘:"如果恨我,能让你好受点的话,那你就恨我吧,这是我欠你的。"他知道现在解释什么都没有,一切都是他的错,是他害了韩莎莎。她恨他也是应该的,起码让他心里好过些。

千瑾的话无疑把韩莎莎打入了十八层地狱,她踉跄地后退了一步,像一个垂死的人般虚弱:"……你真的一点都不在意我恨你吗?纪千瑾,为什么你对我那么无情?"

"对不起,我不祈求你原谅。"千瑾不想解释什么,抿着唇不再说话,脸上是一贯冷漠的表情。

"你跟我说对不起有什么用?"韩莎莎冲到他面前,伸出拳头用力捶打着他,"为什么我那么爱你,你却一点都不爱我?你怎么可能对我这么无情?我对你的付出一句对不起就能了结吗?你怎么可以这样对我?我那么爱你,你怎么可以这样伤害我?"

千瑾没有说话,也没有制止,任由韩莎莎捶打着他,如果这能让她好受些的话。

艾西走到千瑾的病房门口看到了这一幕大惊失色,她赶紧冲了进去,推开了正像疯子一样不停捶打着千瑾的韩莎莎。

"你干什么?千瑾的伤才刚刚好!"艾西挡在千瑾面前,戒备地瞪着韩莎莎。

韩莎莎正在气头上,艾西的出现无疑是火上浇油,韩莎莎双

眼通红地瞪着艾西，恨不得把她生吞活剥似的。

这就是千瑾最爱的女人，因为她，千瑾对自己冷漠无情，她抢走了千瑾，抢走了千瑾所有的爱。

要不是她，自己也不会如此狼狈，如此痛苦！

啪！

在艾西和千瑾都没有反应过来之时，韩莎莎举起手捆了艾西一巴掌，清脆的响声回荡在病房内，千瑾和艾西都愣住了。

艾西脸色苍白地望着韩莎莎，整个人震惊在原地，她完全不知道韩莎莎为什么突然打她。

"你这个不要脸的女人，你用了什么方法把千瑾迷得神魂颠倒的？"韩莎莎双眼通红地瞪着艾西，因为愤怒整张脸都扭曲着。

艾西惊慌又无助地望着韩莎莎，一下子找不到合适的语句来解释，因为她完全不知道韩莎莎的指控从何而来。

"你疯了吗？你是在干什么？"千瑾恼了，一下子从床上站了起来，把艾西拉到身后。

"要不是她，你也不会变心，明明是你的姐姐却跑来勾引你，这个女人太无耻太不要脸了！千瑾，你不要被她迷惑了！"韩莎莎的话还没有说完，就被千瑾捆了一巴掌。她捂着脸，无法置信地望着千瑾，脸色比病床上铺着的白色床单还要苍白。

"你可以侮辱我，但你不可以侮辱艾西。"千瑾一字一句，清清楚楚地警告道。

韩莎莎彻底心碎了。

"你对我这么无情……却这么袒护这个女人……"她的语气是那么地悲泣，就像一只折翼的鸟；她脸上的表情是那么地脆弱，就像一触即碎的水晶。

千瑾别开脸，没有看她。

韩莎莎的心就像被人扔在地上用脚碾碎了般，又疼又屈辱。

"我知道了……我明白了……原来一直以来我都在当傻瓜。"韩莎莎一步步退到门口，最后扭头冲出了病房。

艾西看到韩莎莎伤心欲绝地冲出病房，心里也很不好受，她望着表情冰冷的千瑾，小心翼翼地问："她……没事吗？"

第十一章 | 艾西，迷失的鸠 |

"没事，让她去。"千瑾的语气透着不耐烦。

"可是，那个女孩子好像很伤心，你要不追过去看看……"刚才韩莎莎的样子，让艾西有点担心。

"你不要去管她了，疼吗？"千瑾不想再提韩莎莎，捧起艾西的脸，眼中流露着心疼。

千瑾突然的举动，让艾西愣了愣，随后她才摇了摇头说："不疼。"

"脸都肿了，还说不疼。"明明自己就在旁边，却还让艾西挨了韩莎莎的打，千瑾心里非常地自责。他总是没能保护艾西，让她免受痛苦。

"一点点而已，不碍事的。"望着千瑾炽热的目光，艾西羞怯地低下了头。

4

"让我看看。"千瑾捧起了艾西的脸，原本白皙透明的脸蛋透着异样的绯红，仔细看还有点浮肿。

千瑾心疼地伸出手，轻触着艾西脸上的伤，艾西微微地蹙起了眉。

"对不起，我弄疼你了吗？"千瑾惊吓着缩回了手。

"没有。"艾西赶紧摇了摇头。

"我带你去医生那里上点药吧。"千瑾拉起艾西的手就要往外走，谁知艾西却迅速地抽回了手。

"不用了，一点点小伤而已。"艾西用力摇着头。她不想惊动父亲和阿姨，最近出的事已经够多了，她不想再给他们添麻烦了。

"可是你的脸肿了。"千瑾担忧地望着她。

"没事的，很快就会好的。"艾西摇了摇头，态度非常坚决。

千瑾神色甚忧地望着她，自责地说："对不起，韩莎莎是因为我才……"

千瑾的话还没说完，就被艾西伸出的手捂住了唇。

"什么都不用说了，我理解。"艾西望着自责的千瑾，她黑白分明的大眼里闪烁着清澈而温柔的波光，让千瑾的心头一动。

千瑾伸出胳膊把艾西搂在怀里，似乎只有这样才能表达他内心的感动。艾西靠在千瑾的胸口，聆听着他的心跳。

这一刻，病房里无比安静，而他们的内心也很平静。

月明星稀。

韩莎莎独自坐在酒吧里，酒吧里一如往常地喧闹着，而韩莎莎的周围似乎被一道无形的屏障给笼罩着，孤独和冰冷的气息包围着她。

"莎莎，你怎么一个人在这里喝酒？"阿凉接到韩莎莎的电话赶了来，却看到她一个人坐在角落里，喝着浓度很高的洋酒。

"坐下来，陪我一起喝吧。"韩莎莎没有回答阿凉的问题，自顾自地拿起酒瓶给阿凉倒了一杯。

"发生什么事了吗？"就算是神经大条的阿凉，也看得出韩莎莎有心事。

"没什么事，我依旧是个被人抛弃的可怜女人，只是今天又被同一个男人抛弃了一次而已。"韩莎莎自嘲地笑了笑，然后拿起酒杯啜了一口。

"你去看千瑾了？"看到韩莎莎这个样子，阿凉已经基本猜到发生什么事了。

"嗯，我是个傻子，送上门让人羞辱。"韩莎莎仰头喝完了杯子里的酒，然后靠在沙发里仰起头深呼吸，似乎只有这样眼泪才不会流下来。

"你这又是何苦呢？"阿凉也不知道该说什么了。他突然有点不明白，难道爱情就是互相折磨吗？他看到老大也是那么痛苦，韩莎莎也是那么痛苦，已经不知道爱情的意义了，难道爱上一个人就注定痛苦吗？那么大家为何还要那么奋不顾身地去爱呢？

韩莎莎低着头，没有回答阿凉的问题。沉默了一会儿，她从包里掏出了一个药瓶，倒出了两粒，然后就和着酒吞了下去。

第十一章 | 艾西，迷失的鸠

"莎莎，你身体不舒服吗，你吃的是什么药？"阿凉望着韩莎莎绝然的表情，心里有股不好的预感。

韩莎莎抬起头，望着阿凉，语气冰冷地说："打胎药。"

"打胎药？"阿凉惊讶之下声音都拔高了几度，"莎莎，你怀孕了？"

韩莎莎面无表情地低着头，默认。

阿凉难以置信地望着韩莎莎，他曾经喜欢过韩莎莎，她在他眼里一直是个高傲而美丽的女孩子，对很多男孩子有很大的吸引力。

如今听到自己曾经喜欢过的女孩居然怀孕了，他心中有种说不出的滋味，有点难受，也有点无法接受，感觉像做梦一样。

两人就这么沉默了好久，阿凉才开口又问："是老大的吗？"

韩莎莎面无表情地点了点头。

其实不用问阿凉也猜得到，不是千瑾的又可能是谁的呢？韩莎莎虽然性格外向，经常和他们这些没正经的人混在一起，可是韩莎莎还是很自爱的，不会随便接受其他男孩子的示好。但是千瑾对她来说是不一样的，他知道韩莎莎看到千瑾的第一眼就喜欢上了千瑾，那时候她看着千瑾和之前看其他男孩子的眼神不一样，那是种坠入情网的眼神。他也曾经有过，那就是他第一眼看到韩莎莎时的眼神。

"那老大知道吗，你告诉他了吗？"阿凉有点难受地问道。

"他知道，是他让我打掉的。"韩莎莎在说这句话时，脸上流露出受伤的表情。她看起来很难过，也非常地绝望，消瘦的肩膀微微颤抖着。

阿凉知道她在压抑着内心极大的痛苦，他突然很心疼韩莎莎。

"老大最近很痛苦。"他感觉说的话像是在为千瑾开脱，可是他也找不到其他话来安慰韩莎莎，但是如果什么都不说，他又觉得气氛太冷，于是他只能硬着头皮接着说，"艾西的右手废了，以后再也不能画画了，老大很自责，觉得一切都是他造成的，所以他最近心里很难受。"

"你是想让我为他着想一下吗？那谁又为我着想呢？"韩莎莎的语气里带着讽刺，她冷冷地笑了笑，给自己倒了一杯酒，然

后端起来啜了一口。

"不是,我不是这个意思!"阿凉赶紧解释,"我只是想说,可能老大这么对你也不是有意的,他最近心里很乱……"

"你不用帮他解释了。"韩莎莎打断了阿凉的话,自嘲似的笑了笑,"说白了,他根本就不喜欢我,也一点都不在意我。"

她的笑容里弥漫着苦涩和绝望,阿凉看了很难受,胸口闷闷的,有种窒息的感觉。

在酒吧里坐到凌晨,韩莎莎喝醉了,趴在玻璃桌上一动不动,脸上带着未干的泪痕。

阿凉深深地叹了口气,站起把韩莎莎从沙发上扶起来,然后背着她走出了只剩几个顾客的酒吧。

初冬的凌晨非常寂静,空气潮湿而寒冷。

阿凉背着酒醉不醒的韩莎莎,一步一步地往韩莎莎家走去。路灯把他们俩的身影拖得长长的,在路面上交织在一起。

第十二章
再见，飞蛾扑火的爱情

韩莎莎的独白

很多时候我都不知道人生的意义到底是什么，我们为什么而活，我们为什么而努力。上学时我就没有什么明确的目标，那些名牌大学对我来说一点吸引力都没有，考上名牌大学又怎么样呢？那根本不是我期望的人生。那我的人生到底应该是什么样子的呢？我问自己，可是我自己也不知道。

直到我遇上了千瑾，他让我知道自己存在的意义——原来我是为了他而出生，而我的存在就是为了爱他。我很爱他，我的世界里只有他，——他就是我的整个世界。

可是我没有想到，粉碎了我整个世界的也是他。

1

清晨的时候，韩莎莎腹部绞痛难忍，她母亲听到哀号声来到她房间，发现她已经痛得神志不清，惊慌之下赶紧报了120。

韩莎莎被救护车送进了医院，经过医生全力地抢救，终于保住了性命。

阿凉接到韩莎莎出事的消息赶到医院，韩莎莎刚抢救完毕躺在加护病房里，还陷入昏迷中。

阿凉趴在玻璃窗上，望着昏睡不醒的韩莎莎，她的脸上罩着呼吸器，憔悴得仿佛一碰就会碎般。

他的心好痛，就像是被一条浸透了辣椒水的鞭子一下一下地抽打着。

"病人已经没有生命危险了，不过孩子保不住了。"医生向他们宣布道。

韩莎莎的母亲听完后，眼前一黑差点晕过去，还好阿凉眼疾手快扶住了她。

"孩子，孩子是怎么回事？"韩母颤巍巍地伸出手拉着医生的衣袖，泪眼婆娑地问道。

"你们不知道吗？"医生的脸上挂着职业性的麻木表情，似乎早就已经习惯了这样的状况，虽然用的是问句，但语气和表情

里却没有一点惊讶，"病人送来之前怀有两个月的身孕，她私自服用打胎药，差点一尸两命。"

医生的话让韩母再次眼前一黑，一重接一重地打击让她几乎无法承受。

医生说完后便转身离开。

"到底是哪个畜生把莎莎害成这个样子……"韩母捂着脸，悲痛得不能自已，"莎莎不过是个不懂事的孩子，为什么她要经历这些事……那个畜生！我要给莎莎讨回公道，让那个畜生给莎莎死去的小孩偿命！"

清晨医院寂静的楼道里，回荡着韩母悲痛的哭声。

阿凉听了韩母的话，心里很难受，因为韩莎莎和千瑾对他来说都是很重要的人。

午后，蔚蓝的天空万里无云。

医院依旧繁忙，楼道上来来往往全是人，一如往常地繁忙。

今天是艾西和千瑾出院的日子，方淑华一早就吩咐了王嫂打扫艾西和千瑾的房间，又叫她买好菜煲好汤，等他们回家。

方淑华在病房内忙忙碌碌地收拾艾西和千瑾的衣服以及日用品，期间艾西一直想帮忙，方淑华却不让，因为她的右手依旧不便。

"你先收拾吧，我去办出院手续。"艾可为拿着艾西和千瑾的病历卡，走出了病房。

"艾西、千瑾，没有其他东西了吧？"收拾完所有东西后，方淑华为了确保不遗漏什么东西，询问了艾西和千瑾一下。

"没有了阿姨。"艾西回答道，千瑾也摇了摇头。

"那你们在这里等我一下，我到医生那边去一趟，你们爸爸比较粗心。"方淑华笑了笑，然后走出了病房。

千瑾一直一声不吭地站在窗边，眼神飘渺地望着窗外，艾西好奇地走了过去。

"在看什么呢？"艾西循着千瑾的目光望去，并没有发现任何特别的。万里无云的天空下，是医院的花园，许多人吃完午饭后在那里休息散步。

第十二章 | 再见，飞蛾扑火的爱情

"那边。"千瑾伸出手指向花坛边坐着的一对年轻男女，女的似乎是刚生产过，穿着松垮的病服，小腹微微隆起。坐在她旁边的男子怀里抱着一个婴儿，虽然看不到他们脸上的表情，可是他们身上散发着的幸福气息，连远在四楼病房的他们都能感觉得到。

"他们看上去好幸福啊。"艾西忍不住感慨道。

"我们也要像他们一样幸福。"千瑾转过头，望着艾西的眼睛说道，他的表情非常认真，黑曜石般乌黑的眸子在阳光下璀璨夺目。

艾西的脸微微一烫，白皙无暇的双颊浮现了两抹粉红。

"老大，艾西学姐。"这时，阿凉走进了病房。

"阿凉，你怎么来了？"艾西微蹙着眉望着他，他的脸色看上去有点难看，似乎是发生了什么事。

"艾西学姐，我能不能和老大单独说会儿话？"阿凉恳求地望着艾西，他的双眼红红的，布满了血丝。

艾西望向千瑾，只见千瑾面无表情地点了点头，她犹豫了一下，带着一丝顾虑走出了病房。

艾西走后，阿凉关上了门，千瑾疑惑地皱了皱眉，阿凉的样子看上去神神秘秘的，有股不祥的预感在他心里蔓延开。

"发生什么事了？"千瑾冷冷地问道。

阿凉转过身，望着千瑾，挣扎了一下说："莎莎出事了，她私自吃堕胎药被送进了医院。"

千瑾的表情一愣，震惊地问："那她现在怎么样？"

"已经脱离危险了，不过孩子没了。"阿凉低着头，望着冰冷的地面，垂在身侧的拳头握得紧紧的，手背上青紫色的筋脉隐隐浮起。

千瑾听完再次沉默起来，抿着唇不说话。

望着听完了韩莎莎的消息却无动于衷的千瑾，阿凉感觉非常不可思议："老大，你难道一点都不关心莎莎吗？"

千瑾的嘴唇微微动了动，却只是平淡地说："替我好好照顾她。"

韩莎莎奋不顾身的爱，却换来如此平淡的回应，阿凉替韩莎

莎感到不值。

有一股无名火在胸口燃烧着,阿凉无法抑制内心的怒火,冲着千瑾大吼:"她需要的不是我,是你!莎莎真的很爱你,你难道就一点也不感动吗?"

千瑾的表情动容了一下,但也只是一瞬即逝,很快他又恢复了一脸冷漠。

"艾西更加需要我。"他脸色冰冷地说。

阿凉紧紧地攥着拳头,控制着想殴打千瑾的冲动:"我知道你爱的是艾西,可是你不能对莎莎那么无情,你知道她最近有多伤心多难过吗?"

"我知道,所以还是早日了断的好,长痛不如短痛。"千瑾垂下眼帘,掩饰着内心翻涌的情绪。

如此简单的一句话,就否决了韩莎莎付出的所有感情。阿凉替韩莎莎不甘心,他抓着千瑾的衣领,冲着他大吼:"你怎么可以这么对莎莎?这对莎莎公平吗?她到底做错了什么?她不过是太爱你了,你怎么可以这么伤害一个如此深爱你的人?"

"对不起,我一辈子欠她的。"千瑾始终垂着眼帘,不忍心看阿凉痛苦不堪的表情。

因为透过阿凉,他似乎可以看到飞蛾扑火般爱着他的韩莎莎,恍惚间,他似乎把阿凉和韩莎莎重叠在了一起。

"纪千瑾,你真的太自私太无情了!"这是阿凉认他为老大后第一次叫他的名字,他知道阿凉现在一定很恨他。

千瑾垂着眼帘,闭口不语,俊美的脸如大理石般冷峻。

"算我看错你了。"望着表情冷漠的千瑾,阿凉心灰意冷地放开了他。

千瑾没有开口为自己争辩,他望着阿凉转身走到门前打开房门,只见他的手突然顿了一下:"今天是你和艾西出院的日子吧,祝你们幸福快乐。"他留下了一句讽刺意味十足的祝福,然后便头也不回地走出了病房。

站在楼道边的艾西看到阿凉走出来,刚想张口叫他,却看到他面无表情地从自己身边走过,艾西当场愣住,望着阿凉冷漠的背影走出自己的视线。

艾西回到病房，千瑾的表情没有太大的变化，也没有提刚才阿凉来找他的事，艾西也不知道该怎么问，便也不过问了。

"出院手续办好了，我们走吧！"

这时，艾可为和方淑华微笑着走进了病房。

"嗯。"艾西微笑着点了点头。

艾可为拿起了床上的行李，然后大家便一起走出了病房。

2

把行李放在后备箱后，艾可为开着车载着全家回到了家。

回到了久违的家，艾西有种重生般，欣喜又怅然的感觉。

"老爷、太太、少爷、小姐，你们总算回来了。"王嫂听到开门声迎了出来。王嫂是个胖胖的中年妇女，圆圆的脸红彤彤的，眼睛很明亮蕴满了笑意，眼角的皱纹像是经常笑而留下的，看上去是个非常开朗乐观的女人。

自从来到这个家后，她还是第一次见到艾西和千瑾，看到自己服侍的小主人那么俊俏，王嫂心里非常开心，有种优越的自豪感。

"王嫂，艾西和千瑾的房间打扫好了吗？"方淑华走进客厅问道。

"打扫好了，一早就打扫好了，汤也煲好了，菜也准备好了，就等着你们回来呢！"王嫂的声音非常嘹亮，回响在客厅里，让整栋别墅都充满了活力。

"艾西，累不累，要不要上楼休息一会儿？"方淑华望着艾西询问道。

"不累。"艾西微笑着摇了摇头，透过落地窗，望着院子里的月季。枝头上的月季已经全部凋零了，只剩下孤零零的几片绿叶。突然有种物是人非的感觉，艾西的心里莫名地忧伤起来。

"我去把汤端出来吧。"王嫂笑着说。

"好，端出来让艾西和千瑾先喝点。"方淑华看了王嫂一眼，王嫂笑呵呵地转身走进厨房。

不一会儿，她便端着两碗汤回到客厅。

"这汤里我放了人参，炖了好几个小时了。"王嫂把汤放在茶几上，笑呵呵地说。

"谢谢。"艾西害羞地点了点头。

"快趁热喝，我去做晚饭。"王嫂看了艾西一眼，笑吟吟地向厨房走去。

艾西望着面前的汤，犹豫了下，颤巍巍地伸出右手。

心脏怦怦跳着，如擂鼓般嘹亮。

她紧张又害怕地用拇指和食指捏住汤碗里汤勺的柄，然后缓缓地向上提起，可是勺子却一滑，从她的两指间滑出，掉在地上摔了个粉碎。

清脆的破碎声划破了客厅的宁静，千瑾赶紧抓起艾西的手，紧张地问："没事吧？"

"没事，只是汤勺被我摔碎了。"艾西愣愣地望着一脸紧张的千瑾。

"发生什么事了？"听到破碎声，王嫂也从厨房里冲了出来。

"对不起，我把汤勺摔碎了。"艾西不知所措地望着王嫂。

"没事没事，我再给你拿个过来。"王嫂笑吟吟地摆了摆手，然后转身走进厨房拿了个汤勺出来。

她把汤勺放在茶几上，然后把地上的碎片收拾干净了才又回到厨房。

"……我真是笨手笨脚呢。"艾西望着茶几上新摆上的汤勺，试图挤出一个笑容，却发现自己笑得好僵硬，两颊的肌肉似乎不再受她控制。

"我来喂你吧。"千瑾拿起茶几上的汤勺，然后端起汤。

"不用，我自己来。"艾西突然紧张地伸出手，夺过千瑾手里的汤勺，却不小心撞在汤碗上，滚烫的汤洒了出来，泼在了千瑾的手上，也溅在了自己手上。

"有没有事？"千瑾赶紧放下汤碗，紧张地抓着艾西的手。

白皙的手背被烫得绯红,千瑾赶紧拉着她走进卫生间。

他拧开水龙头,然后把艾西的手放在水流下。

"我没事,我只是溅到了一点点,你赶快冲下。"艾西把千瑾的手拉在水流下。

他的整个手背都烫红了,看上去非常可怕。

艾西的心里突然很难受,眼泪不受控制地流了下来。

"怎么了?烫疼了吗?"千瑾捧起艾西的脸,心疼地问。

艾西咬着下唇摇了摇头:"……我真是太笨了……连这么点事都做不好。"

"不,这一切都是我造成的,我只希望你不要责怪自己,要责怪的是我。"千瑾伸出手,心疼地把艾西搂进怀里。

"我不怪你……我只是怕我会成为你们的负担,我不想拖累你们……"艾西抽泣着说,她的胸部不停起伏着,几乎泣不成声。

"不要把我当别人,我想被你依靠,我希望我是对你有用的人,不然我会害怕,我有一辈子的罪要向你赎。"千瑾完全能明白骄傲而自立的艾西心里有多难受,让她依附着别人而活根本是不可能的。她是一只鸟,注定要在天空飞翔,折了她的双翼迫使她不能再飞翔,等于是摧毁了她的生命。

艾西趴在他胸口,伤心地抽泣着,就像个迷路的小孩子般无助而彷徨。千瑾伸出手,轻轻抚摸着她的后背,帮她顺着气。

他的心里比艾西还要难受,艾西的眼泪就像是高浓度的盐酸,每一滴都滴在他心上,灼烧般地疼痛,把他的心脏腐蚀得满目疮痍。

韩莎莎醒来时,发现自己躺在医院里,腹部的绞痛感已经消失,但是子宫里却有一种空空的感觉。

她颤巍巍地伸出手,隔着被单摸着自己的腹部。

不用询问,她也知道发生了什么事。

清晨,腹部的绞痛那么地强烈,几乎让她痛死过去,肚子里的小孩肯定是不保了。

这明明是她选择的结果,可是当这个结果实现时,她却有一

种被全世界遗弃般的悲伤感觉。

有温热的液体滚出了眼眶，然后顺着面颊缓缓流下。韩莎莎也不知道自己为什么哭，或许是为那个无辜死去的小生命，或许是为被抛弃的自己。

阿凉捧着一束香水百合走进病房时，看到韩莎莎正躺在病床上无声地流着眼泪。

他的心脏像被利箭瞬间刺穿般，又痛又震撼。

"你好些了吗？"阿凉把百合花放在柜子上，然后走到韩莎莎面前询问道。

韩莎莎只是一个人默默地流着眼泪，仿佛没有听到他的话，也没有看到他人似的，不做任何回应。

阿凉的胸口窒息得难受。他知道韩莎莎此时一定非常痛苦，可是他又找不到话来安慰她。

他焦躁地站在一旁望着韩莎莎，不停地在心里咒骂着自己的蠢笨。

初冬的天空是那么地空旷而虚渺，天上一只鸟儿都没有，感觉不到任何的生气。

阿凉默默地站在韩莎莎身边，听着她压抑的抽泣声，站得双腿麻了都不自觉，仿佛要化作一座雕像。

也不知道哭了多久，韩莎莎渐渐哭累了，沉睡了过去。

窗外的天空微微暗了下来，天际挂着深蓝色的帷幕。

几颗星子寂寥地挂在天幕上，散发着微弱的光。

阿凉帮韩莎莎盖好了被子，然后把带来的百合花插在花瓶里，放在她的床头。

他希望韩莎莎醒来时看到床头的百合花，心情能够稍微好些。

做完这一切后，他站在韩莎莎床边，看了她一会儿，才依依不舍地离开了病房。

第十二章 | 再见，飞蛾扑火的爱情 |

3

天气越来越寒冷，韩莎莎的身体渐渐康复了，可是心灵上的创伤是永远无法康复的。

阿凉发现韩莎莎变了，她已经不再是那个火辣热情、敢爱敢恨的韩莎莎。他从韩莎莎眼中看到了许多陌生的东西，冷漠、麻木，还有疲惫，就像是常年不见光的寒潭。

仿佛是把韩莎莎身体里原本的灵魂抽离，然后填入了另外一个陌生的灵魂。

这让阿凉觉得害怕。

这天，阿凉又买了香水百合去看望韩莎莎，来到她病房时，却发现病房里没有人。

病床上的被褥叠得整整齐齐的，一点用过的痕迹都没有。

阿凉拉住从楼道上走过的护士问："这病房的病人呢？"

"302的病人失踪了，从昨天就没有看到。她还不能出院呢，真是的，不知道跑哪儿去了。"护士瞥了眼空空荡荡的病房，也是一脸的疑惑。

阿凉放开了护士的胳膊，那位护士狐疑地瞥了他一眼，语气略带责备："你是她的朋友吗？你赶紧联系她，让她回医院，她的身体还没康复呢。"

"嗯，我会尽快找到她，把她带回医院的。"阿凉心事重重地点了点头。

那名护士瞥了他一眼，然后转身离开。

阿凉从医院里走出来，然后掏出手机拨韩莎莎的电话，可是那边一直处于关机状态。

阿凉挂上了电话，站在医院门口踌躇了很久，最后决定先去韩莎莎家看看。

来到韩莎莎家，阿凉站在门外，敲了两下门，不一会儿韩莎

莎的母亲就跑来开了门。

"阿姨，莎莎在家吗？"

"莎莎昨天从医院跑出去后就一直没有消息，我也找了她很久，打电话她却一直关机。"韩母的眼睛红红的，脸色也很疲惫，似乎是没有睡好。

"那你问过她的朋友了吗？"阿凉焦急地问道。

"她平时比较要好的几个朋友我都打电话问过了，可是莎莎都没有联系过他们。"韩母说着说着眼眶又湿了，这两天她已经不知道哭了多少次了。

"阿姨，你不要急，我去找找看，一有莎莎的消息，我就给你打电话。"阿凉拍着韩母的肩膀赶紧安慰道。

"好的，谢谢你了。"韩母含着泪点了点头。

阿凉告别韩母后，就在大街小巷四处找韩莎莎，他找遍了韩莎莎平时去的网吧、酒吧、咖啡馆、台球室，可是都没有看到韩莎莎的身影。他也询问了里面的服务员，可是服务员都声称已经好久没有看到韩莎莎了。

天空突然轰隆隆地打起雷，以前还晴朗的天空突然乌云密布。

阿凉刚从网吧出来，天空就下起雨来。

雨势很大，豆大的雨滴迎面扑来。因为出来时没料到会下雨，所以阿凉并没有带伞，才眨眼的功夫全身就被淋透了。

气温原本就低，加上又下大雨，阿凉冷得直哆嗦。

可是他并没有功夫躲雨，他非常担心身体还没完全康复的韩莎莎又出事，不顾雨越下越大，阿凉毫不迟疑地往下一家店奔去。

东城。

雨势越来越大，很快窗外就白茫茫的一片，玻璃窗上布满了水珠，街上行人越来越稀少。

韩莎莎坐在酒吧内一张靠窗的位置，心不在焉地喝着一杯葡萄酒，对于窗外的天气漠不关心。

从医院逃出来后，她就来到了东城，还关掉了手机。她不想看到熟悉的人，她想远离一切流言蜚语，静静地待着。对于明

第十二章 | 再见，飞蛾扑火的爱情

天，她没有任何的打算，像行尸走肉般走一步算一步。

"他妈的，这鬼天气，这么冷还下雨！"

这时，一阵骂骂咧咧的声音从门口传来，几个穿着另类的少年浑身湿漉漉地走进酒吧，从言行举止间就能断定，他们都是品行不良的小混混。

他们一走进店门，视线就在店内瞟来瞟去，眸子里闪烁着不安分的光芒，好像随时都能找出些乐子消遣无聊的时光。

不一会儿，他们就注意到了坐在窗口位置的韩莎莎。虽然她挑的位置不算很显眼，可是一个女孩子坐在酒吧内独自喝酒，还是很容易被人注意的，更何况还是位美女。

其中一个头发留到肩膀的少年，扬起了嘴角，然后往韩莎莎走去，他身边的同伴似是心有默契般，也跟着他一起走过去。

"这不是莎莎吗？好久不见啊！"少年站在韩莎莎面前，嬉皮笑脸地打着招呼。

韩莎莎抬起头瞥了他一眼，语气不善地说："有什么事吗？"

"没事，只是你好久没来东城了，想和你叙叙旧。"少年说着便自来熟地在韩莎莎的对面坐下了。

"我们之间没啥旧好叙的。"韩莎莎面无表情地喝着葡萄酒，明显是赶人的意思。

可是少年似乎是故意忽略韩莎莎的冷漠，笑嘻嘻地说："哎呀，怎么那么无情啊，怎么说我们以前也是热恋过的。"

他的语气特别暧昧，让韩莎莎特别反感。

"不要跟我提以前的事，我已经忘了。"韩莎莎别开脸，语气中明显带着不悦。

这名少年名叫姜少，以前追求过韩莎莎，那时候韩莎莎年轻不懂事，也跟他厮混过一段日子。不过韩莎莎很快就对跟他在一起厮混的日子厌烦了，就很少来东城了。

姜少拿起酒瓶给自己也倒了杯葡萄酒，然后不经意地说："听说你搭上了纪千瑾那小子，怎么？有了新欢就忘了旧爱了？"

"不要在我面前提起这个名字！"韩莎莎重重地把杯子放在桌子上，瞪着姜少警告道。

"啊，是被抛弃了？"姜少的脸上闪过一抹幸灾乐祸的笑容，然后装作同情地说，"怪不得前阵子我去西城时，看到他带着其她女人呢。我还奇怪呢，那小子表面看上去正正经经的，其实是个花心大萝卜呀。莎莎，你真是看走了眼，我比纪千瑾要强多了。不如你好好考虑下，要不要重回我的怀抱，我的怀抱可是永远为你敞开着！"

"滚吧，我对你一点兴趣都没有。"韩莎莎不屑地瞥了他一眼，然后端起酒杯继续自顾自地喝酒。

姜少脸上流露出一抹虚伪的忧伤："不要这么说么，再怎么说我们以前也是很快乐的，我不相信你真的全部都忘记了。"

姜少虽然为人不正派，可是他以前对韩莎莎真的很不错，可以说只是要韩莎莎的要求，他都会想方设法办到。

韩莎莎握着杯子的手顿住了，抬起眼帘睨着他："我要是回到你身边，你会愿意帮我做任何事吗？"

"当然，我还是像以前一样爱你。"姜少说着便伸出胳膊想去揽韩莎莎的肩膀，却被韩莎莎躲开了。

韩莎莎冷冷地望着他，表情倨傲："那我要你为我做一件事，要是你办成了，我就回到你身边。"

"真的？"姜少的眼中流露出一丝诧异。

"我有骗过你吗？"韩莎莎不耐烦地瞥了他一眼。

姜少顿时心花怒放，笑得像盛放的花儿般灿烂："那好，不要说是一件，就是十件我也帮你办。"

对于姜少的殷勤，韩莎莎无动于衷，她的眼底跳动着冰冷的毁灭一切的蓝色火焰。

纪千瑾，你让我生不如死，我也要让你生不如死！

你把我从天堂推向了地狱，那我也要拖着你一起陪我在地狱煎熬。

第十二章 | 再见，飞蛾扑火的爱情 |

4

连下了两天雨，这天，天气终于放晴了，可是也更加寒冷了。

艾西穿着方淑华之前为她准备的去法国留学的白色大衣来到学校。显然，她和千瑾出事的事已经在学校传开了，看到她来到学校，很多人都悄悄地对她指指点点。

这已经不是第一次了，所以艾西并不在意。她来到了教务科，找到了绘画系主任。

"你真的要休学吗？考虑好了吗？"艾西是绘画系最有才华、前景最好的一位学生，系主任对于她突然提出休学感到非常惋惜。

"嗯，我已经考虑好了。"艾西默默地点了点头。

"唉，真是太可惜了，我们都非常看好你呢。"系主任感叹着，在休学申请书上签上了字。

艾西拿着休学申请书走出了教务科。

刚走出教务大楼，就看到米琪远远地跑了过来。

"艾西，听说你要休学？"米琪气喘吁吁地望着艾西，她是听到消息后马上赶过来的。

"嗯，刚才我已经找系主任签字了。"艾西微笑着点了点头。

米琪看到她手里拿着一份档案袋，知道里面装的是休学申请书，顿时心里一阵失落。

"艾西，你真的考虑好了吗？"

这个问题之前系主任已经问过，而艾西的答案还是一样，她重重地点了点头。

"艾西，你真的要放弃画画吗？你要不要再重新考虑一下？"米琪焦急地拉着艾西的手。艾西是那么有才华，一直都是她非常敬仰的人，艾西选择休学，她比艾西还要着急。

"我也没有办法，我的手已经不能画画了，继续留在学校也

没什么意思了。"艾西幽幽地叹着气,脸上蔓延着无限的忧伤和无奈。

米琪看了心里一阵难受,可是她也知道再阻止艾西也没有用。艾西要比她坚强多了,比她更加快地接受了这个残酷的现实。

于是,她只能握着艾西的手,祝福她:"艾西,回去好好修养,等你的手好了再回学校,我们继续一起画画。"

艾西点了点头,笑容忧伤得让米琪心碎。

回到家,艾西把画架、画具,还有她从前画的很多画都收了起来。可是望着房间墙壁上挂着的那幅画时,艾西的手却停住了。

画中的千瑾静静地沉睡在沙发上,阳光勾勒着他的发丝和精致的脸,美得仿佛是落入凡间的精灵。

那是她趁着千瑾睡午觉偷偷画的,千瑾威胁她一定要挂在卧室里,否则就要撕了它,所以从那天起,这幅画就一直挂在她房间。

她盯着墙上的画看了很久,最终还是舍不得把画收起来。

除了墙上的画,其他画都被她同画架还有画具一起收进了地下室。

望着储物箱里的画,艾西心里很难受,她从来没有想过有一天会和绘画绝缘。

她一直以为自己会画到生命的最后一刻。

艾西依依不舍地盖上储物箱的盖子,然后走出了地下室。

从这一刻起,她的命运将发生改变。

晚上,全家人都坐在餐厅里吃晚饭。

自从艾西和千瑾出事后,艾可为和方淑华就很少加班了,每天下班后都准时回家,过着朝九晚五的正常生活。家里也多了许多温馨的气息。

"艾西,休学手续都办好了吗?"艾可为突然停下了筷子,抬起头望着艾西问道。

"嗯。"艾西停下筷子点了点头。

千瑾浑身一僵,难以置信地望着艾西:"你休学了?"

第十二章 | 再见，飞蛾扑火的爱情

"是啊，继续留在学校也没有什么意思了，我打算重新开始。"艾西释然地笑着。千瑾看了心里却很难受，像被潮湿的棉花给塞满了，堵堵的，闷闷的。

"以后你有什么打算吗？"艾可为又问道。

"暂时还没有。"艾西咬着筷子，表情有点迷茫。对于将来的生活，她一点头绪还没有，因为她从来没有打算过要放弃画画，所以对于画画之外的其他道路，她当然也从来都没有想过。

"艾西，你要不要到我的公司来帮忙？"方淑华突然提议，"你是学画画的，对色彩线条这些都比较敏感，试试来我们公司做采购或者橱窗设计，这些都比较简单。"

"我会好好考虑的。"艾西犹豫了一下说道。

"嗯，你考虑好了告诉我。"方淑华冲她亲切地笑了笑。

吃完晚饭，艾西回到自己的房间，便考虑起方淑华的提议。一直这么无所事事也不好，或许是该找点事做。到服装公司帮忙，跟她以前学的画画也有一点联系。

如果有事做，爸爸、阿姨，还有千瑾也不会那么担心她了。

她也不用整天想东想西。

或许，她真的可以去试试看。

夜里，阿凉一个人在家里，开着电脑，漫无目地上着网。

找了好几天，他都没有找到韩莎莎。

韩莎莎的手机一直关机，他知道她是在躲避所有人。

这时，QQ的好友上线提示响了起来，阿凉不经意地瞥了一眼，立刻双眼一亮。

韩莎莎的头像居然闪动着！

阿凉立刻发了条信息过去。

凉茶：莎莎，是你吗？

过了半晌，那边才有了回复。

莎莎公主：是我。

阿凉心中一阵狂喜，赶紧又发了一条信息过去。

凉茶：莎莎，你在哪里？你知不知道这几天我们找你都

找疯了，阿姨非常担心你。

那边安静了很久，才又回复了过来。

莎莎公主：没啥好担心的，我很好。

凉茶：莎莎，告诉我你在哪里，我来找你。

莎莎公主：你不用来找我，我明天就回来了。

凉茶：那你赶快开机吧，给阿姨打个电话，她都要急疯了。

莎莎公主：知道了。

虽然没有直接听到韩莎莎的声音，但是阿凉从字里行间能感觉到韩莎莎的态度很冷漠。

说完这些后，韩莎莎的头像很快暗了下去，阿凉又发过去了几条信息，那边却迟迟没有回复。

阿凉想，韩莎莎可能已经下线了，便不再往那边发信息了。

不过知道韩莎莎安然无恙，阿凉一直悬在半空的心总算是落了下来。

可是他也陷入了疑惑，刚才从韩莎莎的聊天中，他察觉了一丝异样。

莎莎说她明天就会回来，那说明她现在并不在西城。怪不得他找了好几天都没有找到她，原来她从医院逃出来后，就离开西城了。

可是这么多天，她又跑去哪儿了呢？

阿凉想了很久都一无所获，最后他才发现，原来他对韩莎莎还是不够了解。

而阿凉更加没有想到，韩莎莎重新回到西城，是为了来毁灭一切。

嫉妒和仇恨早就把她变成了恶魔。

第十三章
燃烧，嫉妒的火焰

韩莎莎的独白

小时候，隔壁住着一个跟我年纪相仿的小女孩，名叫珍妮。她家很有钱，房子是非常漂亮的洋房，车子亮闪闪的，周围的邻居都非常羡慕。

珍妮有个非常漂亮的洋娃娃，非常地昂贵，以前我只能隔着橱窗观望，而珍妮却轻易地得到了，她还抱着洋娃娃到我面前来炫耀。

某天，她把洋娃娃遗忘在我家，我望着那个梦寐以求的洋娃娃很想把它藏起来，但是我知道我不能这么做，因为珍妮很快就会想起来。于是，我把洋娃娃的头、胳膊和腿一一地拧下来，然后把支离破碎的洋娃娃扔在了珍妮家门口。

那天，我第一次听到珍妮哭，她伤心的哭声从隔壁的庭院里传来，而我心里却很愉快。

我得不到的东西，别人也别想得到，因为我是韩莎莎。

1

周末，艾西便跟着方淑华去她的公司实习了，方淑华非常高兴，还特地帮她置办了一套职业装。

两人一早便出了门。

方淑华的服装公司在一栋比较高档的商务楼里。

一走进公司，走在方淑华身边的艾西便引起了许多人的注目。

年轻漂亮，白色的衬衫，黑色的荷包短裙，衬托着她的清纯气质。又看到总经理对她态度亲切，大家都暗暗猜测着她的身份。

"大家先暂停一下手头的工作，我要向大家介绍一位刚进公司的新人！"方淑华走到所有人中间，拍了拍手说道。

闻言，所有人都停下了手头的工作，明目张胆地打量起站在方淑华身边的艾西。

"这是我女儿，今天开始在这里实习，大家要好好教她，不过也不用偏私。"方淑华微笑着说。

"方总，您女儿真漂亮啊！"

"方总的女儿一定很聪明，不用我们教肯定也很快有所成就的！"

职员们你一言我一语地夸赞着艾西。

所有的目光都聚集在艾西身上，她一下子紧张得不知所措："还请大家多多照顾。"艾西红着脸向大家鞠了个躬。虽然是通

过方淑华的关系进来的,不过她希望能够通过自己的努力在公司站稳脚跟,而不是靠着方淑华在公司混日子。

她一向是个做什么事都很认真、尽全力的人。

"Amy,艾西就先跟着你,你先带她了解一下整个公司的流程。"方淑华一位吩咐年轻女孩子,女孩坐在办公室中间位置,烫着时尚的梨花头。

"好的。"叫Amy的女孩子微笑着点了点头。

"那我去忙了,你就跟着Amy吧,有事来办公室找我。"方淑华拍了拍艾西的肩膀,亲切地说道。

"好。"艾西温顺地点了点头。

方淑华用饱含鼓励的目光看了她一眼,然后转身往自己的办公室走去。

"我先带你参观下公司吧。"方淑华离开后,Amy微笑着对艾西说道。

"好。"艾西僵着身子,点了点头。因为是第一次踏入社会,艾西对什么都很懵懂,心里紧张不安。

"呵呵,你不用紧张,公司里的人都很亲切的。"Amy看到艾西如此紧张,安慰性地笑了笑。

Amy有一张富有亲和力的脸,笑容非常有感染力。艾西望着Amy的笑脸,紧张的情绪放松了许多。

Amy带着艾西来到产品开发部。

走进产品开发部,艾西看到靠墙的一排架子上琳琅满目地挂满了衣服。

"这是我们的产品开发部,这位是我们千锦的首席设计师Kevin。"Amy把艾西带到一个留着小胡子的男子面前介绍道。

"你好,我叫艾西,是新来的实习生。"艾西僵直了身子,紧张地自我介绍。

"你好,欢迎加入我们的团队。"叫Kevin的男子站了起来,微笑着伸出手。

艾西愣了一下,赶紧握住朝自己伸出的手。

"呵呵,你不用紧张,我又不会吃了你!"Kevin笑着调侃道。

第十三章 | 燃烧，嫉妒的火焰

"不……不好意思。"艾西紧张得舌头打结。

"美女，你真的好害羞，有男朋友了吗？"Kevin看到艾西这么害羞，忍不住捉弄起她。

"呃？"艾西睁大了眼睛，瞪着Kevin，脸涨得通红。

"你可不要打艾西的主意，她可是总经理的宝贝女儿，小心总经理炒你鱿鱼！"Amy伸出手指顶了顶Kevin的额头，佯装恶声恶气地警告道。

"哎呀哎呀！我怎么敢呢，我还要养家糊口呢！"Kevin举起双手，表示着自己的清白。

"我们去下一个部门吧！"Amy没空理Kevin，拉起艾西的手就走出了产品开发部。

接着Amy又带艾西参观了拓展部、人力资源部、品管部，艾西一下子记不住所有人，但是全公司的人却很快地都记住了艾西。

公司的人都很有亲和力，对艾西都很好，虽然艾西知道大家都是因为方淑华的原因，不过能被这么热情友好地对待，艾西从心里还是很开心的。在度过了这么久的低迷而又迷茫的日子后，艾西终于找到了她的新方向，感觉像是重生了似的，浑身充满了精力。

参观公司后，她便心情愉快地在Amy的指导下，做起了一些简单的工作。

虽然很简单，没有什么挑战性，可是艾西却很高兴，这是她的手受伤后，第一次找到自己能做的事情。于是她比任何人都要积极努力，方淑华暗暗地观察着艾西，看到她勤奋又有朝气的样子，心里非常高兴。

千瑾起床后，发现家里没有一个人，连王嫂都不在。他在楼下转了一圈后，就拿着麦片和牛奶坐在客厅的沙发里。

给自己冲了一碗麦片后，千瑾边吃早餐边看一部纪录片。

刚吃完早餐，门铃就响了起来，千瑾以为是王嫂回来了，于是立刻起身去开门。

可是当他穿过院子，打开大门时，却看到铁门外站的是韩莎莎。

"你怎么来了？"千瑾的脸上闪过一丝惊讶。

"我出院了，就来看看你。"好久不见，韩莎莎看上去憔悴了许多，双眼也不像以前那么有神采了。

千瑾一下子有些于心不忍，毕竟是他辜负了韩莎莎，于是他的语气就柔和了许多："你好些了吗？"

"好多了。"韩莎莎微微笑了笑，笑容里却弥漫着淡淡的忧伤。

千瑾忍不住脱口而出："要不要进来坐一会儿？"

"不用了，能不能陪我出去走走？"韩莎莎一脸期待地望着他。

千瑾微微一愣，看到他有点犹豫，韩莎莎立刻微笑着解释："你放心吧，我不会再缠着你了，不过我希望我们还能做朋友。"

看到韩莎莎的性格变得温顺了许多，不再像以前那么任性，似乎是一夜之间长大了，千瑾不忍心再拒绝，就点了点头说："好，你等我一下。"

"嗯。"韩莎莎微笑着站在铁门外等着千瑾。

千瑾转身跑回了客厅里，拿了手机和钥匙，套了一件黑色的大衣，然后回到了韩莎莎面前。他把手机放在大衣口袋里，然后锁好铁门。

"走吧。"锁完铁门后，他对韩莎莎说道。

韩莎莎点了点头，跟着千瑾离开了别墅。

"你想去哪里？"出门后，千瑾问道。

"就陪我到附近的公园坐坐吧。"韩莎莎低着头，几绺发丝落了下来，衬托得她的脸更加苍白。

两人来到公园。

冬日的公园显得有点萧索，树枝上还挂着绿叶，但不像夏日那么生机勃勃。游园的人也不多，只有零零星星的几个人。

两人在鹅卵石铺就的小路上慢悠悠地散着步，韩莎莎突然缩着肩膀打了个哆嗦。

千瑾看到她身上穿的衣服有点单薄，又想到她刚出院不久，便脱下了自己的大衣披在韩莎莎消瘦的肩膀上。

"谢谢。"韩莎莎感动地点了点头。

千瑾不以为然地笑了笑，分手后，他们反倒能够自然相处了。

阳光穿透枝叶的缝隙，星星点点地落在鹅卵石小道上。

韩莎莎侧过脸，望着千瑾，不经意地开口问："最近怎么样？你和艾西的身体都好了吗？"

"我已经完全康复了，艾西的手还是没好，以后不能再画画了。"想到艾西的手，千瑾的神色免不了黯然。

"那可真可惜……"韩莎莎唏嘘着。

"是啊，不过她今天去我妈公司上班了，希望她能找到她的新道路。"

"嗯，她一定会重新振作起来的，你要多多支持她。"韩莎莎微笑着安慰道。

千瑾望着韩莎莎温柔的笑容愣了愣，以前的韩莎莎自私又自我，从来不会替别人着想。现在的韩莎莎像变了一个人似的，居然也会为别人考虑了。

"我会的。"千瑾微笑着点了点头。

2

走了一会儿，韩莎莎感觉有点累了，两人便在树下的长椅上坐下。天气有些阴冷，寒气穿透了衣服钻进毛孔，吞噬着体内的温度。

"要不要喝点什么？"千瑾望着有点瑟缩的韩莎莎问道。

"随便吧。"韩莎莎盈盈一笑，黑白分明的大眼如汪清泉。

看到韩莎莎冷得瑟缩，千瑾便建议："热咖啡好吗？"

"好。"韩莎莎微笑着点了点头。

"你等我一会儿。"千瑾站了起来，往公园外奔去。黑色的毛衣和黑色的休闲裤把他的背影修饰得修长而挺拔。

不一会儿他的身影就消失在韩莎莎的视线里。

看到他离开，韩莎莎的表情瞬间变得冰冷而残酷，她把手伸进了千瑾的大衣口袋里，然后掏出了千瑾放在里面的手机。

她按着手机按键，很快就找到了艾西的手机号码，盯着屏幕

上的手机号码,韩莎莎的嘴角轻轻扬起,精致的嘴边漾开一个阴鸷的笑容,衬得她的五官锋利刺目起来。

发完短信后,韩莎莎就把艾西的电话列入了黑名单,然后把刚才发送的那条信息从发件箱里删除。做完这一切后,韩莎莎又把手机放进了千瑾的大衣口袋里。

不一会儿,千瑾就拿着两杯咖啡走了回来。

"给。"他把其中一杯递给了韩莎莎。

"谢谢。"韩莎莎微笑着接过咖啡,她的脸上没有任何不自然的痕迹,好像刚才的事情根本没有发生过一样。

千瑾也没有发现异常,坐在长椅上喝起咖啡,温热的咖啡喝进肚子,身体一下子暖和了许多。

千锦服装公司内一派繁忙的景象,所有职员都有条不紊地做着自己的工作。

马上就要到午餐时间了,有些员工开始询问起身边的人,中午打算吃什么。

艾西站在靠墙的复印机前,正在影印着Amy交给她的一些资料。就在这时,她口袋里的手机突然响了起来,是有短信发送过来的提示音。资料还在影印中,等待中的艾西从口袋里掏出手机,然后打开了刚接收到的短信。

短信是千瑾发送过来的,艾西这才想起早上出门没有给千瑾打招呼,这家伙是想我了吗?艾西嘴角情不自禁地流露出一抹甜蜜的笑容。

可是当她看了短信的内容后,笑容立刻凝固在脸上。

有急事,马上到千鸟湖来,切记独自前往,也别告诉任何人。

短信非常简短,字里行间可以看出发信人的焦急。

千瑾发生什么事了吗?

为什么要我一个人去千鸟湖,还不能告诉别人?

艾西想到的第一件事就是给千瑾打电话。

可是她拨了千瑾的手机后,电话里却传来对方无法接通的提示。

艾西连拨了好几次,都打不通千瑾的电话,她的心里越来越

第十三章 | 燃烧，嫉妒的火焰

焦急了。

"艾西，午休时间到了，我们吃饭去吧？"

艾西听到方淑华带着笑意的声音，抬起头，看到方淑华不知什么时候已经站在她身边。

艾西正想张口告诉方淑华千瑾的事情，可是突然又想起短信中的提醒，到了嘴边的话只好吞进了肚子。

方淑华看到艾西欲言又止的样子，疑惑地蹙起眉，语气中透露出一丝担忧："发生什么事了吗，艾西？是不是工作不顺心？"

"不是，工作很顺利。"艾西赶紧摇了摇头，"对不起阿姨，我有点事情要出去一下，我不能陪你吃午餐了。"

"没事的，是有什么要紧的事吗？"方淑华关切地问。

"一点小事，我下午上班前会回来的。"艾西用微笑掩饰着心里的惊慌。

"好的，路上小心，记得要吃午饭。"方淑华微笑着叮嘱道。

"好，那我先走了。"

艾西向方淑华道别后，就在她关切的目光中，拿起了手包，然后匆匆忙忙地跑出了公司。

千鸟湖在比较远的郊外，坐车过去大约要一个小时。所以艾西一跑出大楼，就拦了一辆出租车，然后坐着出租车赶往千鸟湖。

在赶往千鸟湖的路途中，艾西又尝试着给千瑾打了几次电话，可是依旧没有拨通。她也尝试着给千瑾发了几条短信，可是那边迟迟都没有回信。

艾西心急如焚，却因为短信里的提醒不敢找其他人商量。

一小时的路程突然显得好漫长，艾西望着窗外不断向后倒退的景物，心里七上八下的。

情况有点不对劲，而且也非常不符合千瑾的作风。千瑾一向是个直来直往，不搞神秘的人。

可是艾西就算发现了事情的不对头，也绝对不会想到这条短信是韩莎莎用千瑾的手机发来的。

出租车一到千鸟湖附近，艾西就扔了两张百元的纸币，来不

及等司机找钱,就飞奔向千鸟湖。

千鸟湖景色非常优美,湖边开满了白色和鹅黄色的野花,围绕着半月形的湖泊,就像众星捧月般美丽。这里被称为千鸟湖,是因为一到夏天,湖边就会聚集成千上万的鸟,颇为壮观。可是由于现在是冬季,所以湖边没有鸟,游人也很少来。

艾西在湖边绕了一圈,没有看到千瑾的身影,也没有看到半个游人。

怎么回事?

艾西疑惑自己是不是弄错了,拿出手机又看了一遍短信。

可是短信内容确实是让她来千鸟湖,她并没有弄错。

就在艾西疑惑时,几个少年不知道从哪里出现的,正一步步地朝她的方向走来。

艾西不解地望着那几个少年,那几个少年用锐利的目光盯着她,嘴边噙着不怀好意的笑容。

艾西打量了那几个少年一遍,并没有从他们脸上找到熟悉的影子,她确定自己并不认识他们。她转过头,朝自己的周围看了看,发现除了她之外旁边并没有任何人。

那几个人确实是冲她来的!

艾西这么想着,心里便控制不住惊慌起来。

当那几个少年离她百米不到的距离时,艾西突然惊醒了似的,转身跑了起来。那几个少年见状也跑了起来,快速地向她追来。

为什么要追我?

艾西心里非常地惊慌,不顾方向地拼命往前跑。

她在那些少年身上感觉到了危险的气息,第六感告诉她要是被他们抓住,自己就要遭大殃了!

可是平时就不擅长运动的她,根本跑不过那几个长手长脚身体矫健的少年,很快她便被追上了。那几个少年像狩猎野兔般,把艾西围在中间。

艾西像只受惊的兔子般,睁大了眼睛惊恐地望着把她包围的几个少年。他们一行五个人,发型和穿着另类,嘴边挂着痞痞的笑容,看上去流里流气的。

"你们是谁?你们要干什么?是不是你们把千瑾藏起来了?"因为千瑾把她约到这里,又感觉这几个少年认识她似的,所以她就把眼前的这群人和千瑾联系在了一起。

"你不用担心纪千瑾,他现在正在和韩莎莎亲热着呢!"其中一个头发留到肩膀的高瘦少年笑着说道,笑容里讽刺意味十足。

"不可能!"艾西难以置信地睁大眼睛。眼前的这个人肯定是骗她的,千瑾不可能做出这种事情来!

"你不用吃醋,我们会好好陪你的,你不会寂寞的!"那个长发的少年笑嘻嘻地望着她,然后那五个人就向她围拢过来。

眼看着包围圈越来越小,艾西惊恐不已:"你们要干什么!我不认识你们!让开,让我走!"

3

纸杯里的咖啡渐渐见底,韩莎莎抬起头对千瑾说:"我有点饿了,我们去吃午饭吧?"

千瑾想了想,艾西去公司了,王嫂也不在,回家也没饭吃,便答应了。

两人把空纸杯丢进了旁边的垃圾桶,然后一起走出了公园。

"附近有一家韩国烤肉很有名,生意很好,我们去吃吃看吧?"韩莎莎建议道。

"嗯。"千瑾微笑着点了点头。

于是,韩莎莎便带着千瑾来到了她所说的那家韩国烧烤店。

走进店里,千瑾看到店内座无虚席,烤盘上滋滋冒烟的烤肉散发着诱人的香味,让人垂涎三尺。

果然跟韩莎莎说的一样,生意很好呢。

服务员带着他们来到靠窗的位置,然后递上了菜单。两人点了一盘牛肉、一盘蔬菜、一盘鸡翅和一扎鲜橙汁。

很快,他们点的东西就被端了上来。

烤盘预热后，千瑾便拿起铁夹往烤盘上铺牛肉。

韩莎莎看到他笨拙的样子，笑着夺过了他手里的铁夹："不是这样烤的，你这样烤肉很容易焦掉，而且烤出来的肉会老，不好吃。"

韩莎莎把千瑾铺在烤盘上的肉一个个翻面，千瑾看着她熟练的动作，不好意思地笑了笑。

韩莎莎瞥了他一眼，笑着说："千瑾果然不擅长做这些呢，我们以前约会时也是我为你做这些。"

"真是惭愧呢。"千瑾微窘地挠了挠头发。

"吃吧。"韩莎莎把烤好的牛肉放进千瑾的盘子里。

刚烤完的牛肉冒着热气，千瑾低着头吃起来。

韩莎莎望着低头吃东西的千瑾，嘴角扬起一个不易察觉的冷笑。

纪千瑾，马上我就会让你跌入地狱里，跟我一起受煎熬！

那几名少年把艾西拉进了花丛中，四周荒无人烟，谁都没有察觉到这边发生的事。

"放开我！你们要做什么！"艾西奋力挣扎着，随身的包袋掉在了地上。

艾西的挣扎更加激起了那几个少年潜伏在体内的欲望，他们的瞳孔中闪烁着猩红的光芒，如同一只只饥饿的野兽。

艾西已经意识到接下来会发生什么事，尖叫着转身就跑，却被牢牢地抓住了手腕。惊慌中的艾西什么都顾不得，低下头就往抓着自己手腕的那只手咬了一口，她咬得很狠，一下子就尝到了血腥味。

被她咬的少年惨叫了一声，放开了艾西，随之甩手掴了艾西一巴掌。

那一巴掌加注了很大的力道，艾西一个重心不稳摔倒在地上，有一两秒时间眼前都是黑的。

"居然敢咬我，臭婊子！"被艾西咬了一口的少年望着手背上的一排渗血的牙印，咬牙切齿地啐了一口。

艾西如惊弓之鸟般节节往后退，摔倒时地上的石砾磕破了她的膝盖，殷红的血从破皮处渗了出来，衬得她的肌肤如纸般苍白。她的眼里写满了惶恐，这个偏僻的地方根本不会有人经过，

第十三章　燃烧，嫉妒的火焰

她仅存的一点希望都破灭了。

午休时间已经过去了很久，公司里的员工都回到了各自的岗位，可是艾西却迟迟没有回来。

方淑华询问了几个员工，可是他们都没有看到艾西。想起艾西离开时匆忙的样子，方淑华不禁担心起来。

她回到办公室拨了艾西的手机，电话通了，可是那边却迟迟没有接，直到电话里传来"您所拨打的电话暂时无人接听"的语音提示，方淑华才挂上电话。

艾西上哪儿去了呢？她不是那种任性的孩子，怎么突然翘班了呢？

方淑华一个人坐在寂静的办公室内，支着下巴沉思着。

艾西离开时匆忙的样子，还有欲言又止的表情，令她很在意。

吃完烤肉，已经是下午一点半了。

千瑾想到下午还有一篇论文要写，便对韩莎莎说："我下午还有事，先回去了。"

"好的，你先走吧。"韩莎莎把大衣还给千瑾。

"那我不送你了。"千瑾接过大衣，然后在韩莎莎的目送下走出了店门。

刚回到家，手机就响了起来，千瑾从大衣口袋里摸出手机，一看是方淑华打来的。他接起电话，那边便立刻传来方淑华焦急的声音：

"千瑾，艾西有回家吗？"

"没有啊，她不是跟你去公司了吗？怎么了？"

"中午艾西匆匆忙忙地就离开了公司，她说下午上班前就回来的，可是到现在都没有回来。"

"她有说去哪儿吗？"

"没有说。"

"或许是和朋友出去了吧。"

"可是我打她电话她也不接，艾西不是会让大人担心的孩子，要是下午回不来，她应该会给我打电话的。"

"妈，你先别着急，我打她电话试试。"

"好的，那我等你消息。"

挂断了电话后，千瑾便在通讯簿里翻着艾西的手机号码，可是他却没有在通讯簿中找到艾西的手机号码。

怎么回事？

千瑾有点疑惑，一股奇异的感觉在他心里漾开，他又往下翻，居然在黑名单中看到了艾西的手机号码！

为什么艾西的手机号码在黑名单中？

他没有把艾西拉黑呀。

他动手取消了对艾西的拉黑，然后拨打艾西的手机，电话通了，可是那边迟迟都无人接听，直到电话里传来无人接听的语音提示，千瑾才挂上电话。他又反复打了好几次，可是依旧无人接听。

千瑾心中不祥的预感越来越重，这一切的一切都太奇怪了，仿佛是一个阴谋。

到底是谁把艾西的手机号码从他手机里拉黑的呢？

难道是……韩莎莎！

千瑾突然想到上午他的大衣借给了韩莎莎穿，而他粗心之下也忘记把手机拿出来了。这中间他也曾离开过两次，一次是去买咖啡，一次是去卫生间，很有可能在这个间隙中韩莎莎动了他的手机，把艾西的手机号码拉黑了！

可是韩莎莎为什么要这么做呢？这么做对她有什么意义呢？

难道和艾西的突然失踪有关！

这个念头让千瑾整个人浑身一寒。

越想千瑾就越觉得有可能，韩莎莎的转变也太快了，之前她还恨得咬牙切齿，动手打了艾西，突然又像什么事都没有发生一样和他叙旧。

韩莎莎不是那种能忍气吞声的人，她怎么能忍受他把她抛弃，和艾西在一起。

我真是太傻了！

艾西现在一定出事了！

千瑾赶紧又跑出了别墅，往那家韩国烧烤店飞奔而去。

冲进店里，他却发现韩莎莎已经走了，他们俩曾经坐过的位置此时正坐着一对情侣。千瑾在店里环视了一圈,没有看到韩莎莎,便又冲出了店里。站在行人熙熙攘攘的街上,千瑾一下子竟然不知道去哪里找韩莎莎。

千瑾这时才想到打韩莎莎的电话,他赶紧摸出手机,拨了韩莎莎的电话,可是等了好久,电话却没有人接。

千瑾急疯了,赶紧又拨了好几次,可是依旧没有人接听。

"该死的!"

千瑾挂上电话,努力在脑海里搜寻着韩莎莎可能去的地方。

对了,她家里!

千瑾赶紧拦了辆出租车,往韩莎莎家赶去。

"司机,麻烦你快点!"出租车慢吞吞地在路上爬行着,千瑾焦急地不断催促着。

"路堵,我也没有办法。"司机没好气地嘀咕了一句。

千瑾急得如同热锅上的蚂蚁。如果艾西是中午失踪的,那到现在已经过去好几个小时了。

想起上次艾西被绑架,千瑾就十分地害怕。

他真的非常害怕会发生上次那样的事情,艾西受的创伤已经够深了,她不能再出任何事了。

4

出租车一在韩莎莎家门前停靠,千瑾就焦急地冲下了车。

"喂!你还没付钱呢!"司机焦急地在车里大喊着。

千瑾赶紧从钱包里掏了张百元整的纸币给他,说了句不用找了,然后就转身跑开了。

司机得意地把钞票塞进兜里,然后便一踩油门,扬长而去。

千瑾站在韩莎莎家门外,用力按着门铃。

叮咚叮咚的声音连续不断地响起,就像千瑾急促的心跳声。

过了好一会儿,门的另一边终于传来拖鞋踢踢踏踏的声音,

千瑾焦急地拍打着门板，里面的人似乎是被催烦了，终于打开了门。

"你找谁？"一个身材微微发福的中年妇女，疑惑地望着高大俊美的千瑾询问道。

"韩莎莎在吗？"千瑾焦急地问道。

"莎莎一早就出去了，还没回来。"韩母困惑地蹙起眉，总觉得眼前少年的脸有点熟悉。

"哦，那打扰了。"千瑾没时间停留，匆匆地说了句客套话，就转身离开了。

韩母望着千瑾颀长的背影，心里有种说不出的熟悉感觉，她明明没见过这个如此俊俏的少年，为何会觉得那么眼熟呢？

看着千瑾的背影在小道上消失，韩母困惑地关上了门。

她拿起靠在墙边的吸尘器然后往韩莎莎的房间走去。

韩母边打扫着韩莎莎的房间，边在想着前面发生的事。刚才那个跑来找莎莎的男孩子，一直让她耿耿于怀，她总觉得那个男孩子面熟，自己好像在哪里见过他，可是却又怎么都想不起来。

这奇异的感觉一直缠绕着她。

吸完地毯后，韩母开始擦家具，在擦韩莎莎的梳妆台时，韩母无意间看到莎莎摆放在上面的相框，她整个人都一惊。照片里和莎莎站在一起的人，不就是前来找她的那个男孩子吗！

怪不得她觉得眼熟，原来是她在照片上见过他！

这个害得莎莎流产的罪魁祸首，她居然亲手放走了他！

韩母扶着梳妆台，难以控制地流下了眼泪。

千瑾从韩莎莎家里出来后，又去了韩莎莎经常去的几个地方，可是都没有看到韩莎莎的人影。

就在他毫无头绪地站在人来人往的大街上急得焦头烂额时，突然想起了一个人可能会知道韩莎莎的下落。

他赶紧在手机电话簿中找到了阿凉的手机号码，然后打了过去。

电话一被接起，千瑾就立刻焦急地问："阿凉，你知道韩莎莎现在在哪吗？"

"怎么了，老大？发生什么事了吗，这么着急的样子。"

第十三章 | 燃烧，嫉妒的火焰 |

"艾西失踪了，我怀疑跟韩莎莎有关。"

"刚才我在滨江边碰到了她，不知道她现在有没有离开。"

"我知道了！"

千瑾挂上电话，就飞奔向滨江。

滨江边人山人海，由于是双休，所以很多人都来到滨江边游玩，还有很多游客举着相机站在江边拍照。

千瑾拨开人群，疯狂地寻找着韩莎莎，只见她一个人站在扶栏前，面朝着江面，用手机聊天，看上去非常寂寞的样子。千瑾穿过人群，冲到她面前，然后一把抓起了她的手。

韩莎莎完全没有预料到千瑾会这样冲过来，手里握着的手机差点掉进了江中。

"艾西在哪里？你到底在搞什么鬼！"千瑾紧紧地握着韩莎莎的手腕，焦急地质问道。

千瑾质问的语气一下子惹怒了韩莎莎："我怎么知道她在哪里！"

"你不用狡辩了，我知道肯定是你做的，你动了我的手机了吧？你到底做了什么！"

"纪千瑾，你以为你是谁，凭什么这么指控我！"

"你不说是不是？那我就拉着你一起跳江，要是艾西出什么事，我和你同归于尽！"千瑾说着，就拉着韩莎莎欲翻过围栏。

韩莎莎吓得尖叫起来："你要做什么！"

"告诉我艾西在哪里，不然我现在就和你同归于尽！"千瑾死死地攥着韩莎莎的手腕，身子已经爬出了围栏外。

"我不知道！我真的不知道！你杀了我也没用！"韩莎莎拼命挣扎着，可是根本就挣脱不了千瑾的钳制，他的力气大得不得了，根本不带一丝怜惜。

这边的动静很快就吸引了游人们的注意力，人们纷纷好奇地向这边聚拢过来。

"这是要干嘛呢，殉情吗？"

"年轻人，不要冲动啊！"

"哇，跳江呢！太刺激了！看到好东西了！"

看热闹的游人有兴奋的，有好奇的，还有劝阻的，有些还拿出手机、摄像机拍摄这难得看到的一幕。

韩莎莎觉得很丢脸,很想马上从这里逃开,可是此时的千瑾可怕极了,他双眼通红,面向着波涛汹涌的江面,似乎是摧毁一切都在所不惜。

"你不说,那我们就一起死吧!"千瑾用力把韩莎莎拉出围栏。

"不不!不要啊,我说我说!我告诉你就是了!"眼看着千瑾真的说到做到,拉着她就要跳进滚滚江水中,韩莎莎再也把持不住了。

"快说艾西在哪里!"

"千鸟湖,她在千鸟湖!"

千瑾得知了艾西的去向,立刻放开了韩莎莎的手腕,然后纵身跃过围栏。

在游人的一阵诧异声中,千瑾拨开了人群,冲了出去。

被千瑾丢在围栏外的韩莎莎,望着涌动的浑浊的黄色江水,吓得全身瑟瑟发抖。

"纪千瑾,你会遭报应的,你现在赶过去也已经晚了!"韩莎莎不断诅咒着,她嘴角勾起一个冷笑,眼底仿佛蛰伏着一只剧毒的蜘蛛,只要轻轻地蛰一下就足够致命。

得知艾西在千鸟湖,千瑾立刻打车赶了过去。

来到千鸟湖,他看到四周荒芜人烟,半人高的芦苇在湖边随风摇摆。

还有大片大片的白色和鹅黄色的野花,静静地盛开着。

周围静得只剩下花草随风摆动的簌簌声。

"艾西——艾西——艾西!"千瑾在湖边焦急地寻找着艾西,可是视线所及之处都没有看到艾西的身影。

天上一只鸟儿都没有,非常地寂静,仿佛能吸纳一切地寂静。

难道是韩莎莎骗了他?

就在千瑾茫然不知所措时,他在花丛中看到了一只浅蓝色的女式包,他一眼就认出了那是艾西的包。他捡起了地上的包,然后在四周张望着,突然在不远处的花丛中听到了一丝动静。

那片花丛轻轻颤动着,似乎有什么东西躲在里面。千瑾抬起脚,

第十三章 | 燃烧，嫉妒的火焰

往那边走去，隐隐约约的，他听到了细微的抽泣声从花丛里传来。

若有若无、断断续续的抽泣声，听起来是那么地悲伤，像一只受伤的小鹿在嘤嘤哭泣。

当千瑾走近时，整个人都因为过分震惊而呆在了原地。

"不要过来……"艾西蹲在花丛里瑟瑟发着抖，她的头发散乱，衣服也很凌乱，身上衣服上全是污痕。

"艾西！"千瑾的心脏像被拼命插了一刀似的，痛得不能呼吸，他正要冲上前去，艾西却像被惊吓到似的尖叫起来。

"不要过来！"她像风中的落叶般不停颤抖着，双臂紧紧地怀抱着自己娇弱的身躯，无助而彷徨地抽泣着，"我现在好脏，不要看……不要看我……"

千瑾突然意识到发生了什么事，像被晴天霹雳劈中般震惊地僵在原地，脸上的血色瞬间褪尽。

寒冷从四肢百骸迅速传来，一寸寸地冻结了他的血管，他感觉到一股难以抵抗的寒意。

艾西蜷缩着身体，把脸埋在双臂间，瘦弱得仿佛风一吹就会倒似的。

千瑾仿佛当头挨了一棒，立马惊醒过来，迅速地冲到艾西面前，脱下了自己的外套，然后披在艾西的身上。

艾西的身上有很多伤痕，白皙的皮肤上有淤青，也有很多蹭破的地方，看起来触目惊心。

"不要看我……求求你，不要看我……"艾西在冷风中瑟瑟颤抖着，眼泪从她的双臂间流下，一颗颗砸在鹅黄色的野花上。

千瑾的心脏骤然一缩，仿佛被一只无形的大手紧紧攥住似的，疼得不能呼吸。他伸出胳膊，用力环抱住艾西，心疼得恨不得把她揉进自己的身体，和自己融为一体。

"对不起，对不起，是我没有保护好你，我该死。"千瑾紧紧地抱着艾西，心脏仿佛被一刀刀凌迟般痛不欲生。

天地间一片寂静，只剩下千瑾内心滴滴答答滴着血的声音。

第十四章
记忆，不断流失的沙漏

> 艾西的独白
> 小时候，妈妈带我去看雪，白色的雪花像天使的羽毛，一片一片地从天上飘落下来，非常地美。可是雪掉在地上后，很快就脏了，失去了它原本的纯净。
> 原来只有在天上飘扬的雪是美丽的，而掉落在淤泥里的雪就再也不美丽了。

1

家庭医生从艾西的房间走出来时，就看到千瑾和方淑华一脸焦急地站在门外。

"令嫒身体没有大碍，只是精神上受了很大的刺激，需要好好静养。我给她打了一针镇定剂，现在她已经睡着了。"医生微笑着安慰道。

方淑华和千瑾才稍微地舒了一口气。

"我送您下楼吧。"方淑华带着医生走下楼。

"你们需要报警吗？"走下楼后，医生才谨慎地问道。

方淑华犹豫不定地咬着下唇，神色中闪烁着郁结："……我不打算报警，这种事传出去对艾西的名声不好，如果被街坊邻居知道，艾西以后还怎么嫁人呢？这件事希望您也能帮我保密。"

"我明白，您说的也是。"医生听方淑华这么说，便也不好再说什么，推了推眼镜说，"那我先告辞了，好好照顾令嫒，尽量不要让她受到刺激。"

"我知道了，谢谢您，我送你出去吧。"方淑华客套道。

"不必麻烦了。"医生欠了欠身，便独自离开了。

送走家庭医生后，方淑华便重新上了楼。她走到艾西的房间，伸出手刚想推门，却透过轻掩的门缝，看到了一幅画面。

第十四章 ｜ 记忆，不断流失的沙漏

千瑾跪在艾西的床边，胳膊环过她的腰抱着她，他脸上自责而痛苦的表情，绝对不是一个弟弟担心一个姐姐会流露出来的表情。只有深爱着一个人，才会流露出如此悲伤痛楚的表情。

"对不起，对不起，都是我的错！如果这一切的痛苦能够转嫁到我身上那该多好……"千瑾望着艾西不安的睡颜，痛苦地呻吟着。

方淑华再也看不下去了，背过身靠在墙上，眼泪控制不住地流了下来。

得知了消息匆匆赶回家的艾可为，刚踏入家门，就看到方淑华一个人失魂落魄地坐在沙发上，脸上带着未干的泪痕。

"怎么会发生这样的事？"艾可为连公文包都来不及放下，便焦急地询问道。

"对不起，是我没有看好艾西。中午如果我不让她一个人离开公司就好了……"方淑华捂着脸，控制不住地流下眼泪。

"不，这不能怪你，你也不会预料到会发生这样的事。"艾可为坐到她身边，伸出双臂把她瑟瑟颤抖的身躯搂进怀里。

"可是我也有一部分责任。"方淑华自责地摇着头。

"不要自责了，艾西现在怎么样？"艾可为心里非常地惦记着艾西，不见到她，他就无法安心。

方淑华抹了把眼泪，抬起头说："医生给她注射了镇定剂，她现在睡着了。"

"我上楼去看看她。"艾可为放下了公文包，连大衣也来不及脱，就转身大步往楼上走去。

"轻点，好不容易睡着了，别吵醒她。"方淑华站了起来，对焦急地走上楼的艾可为提醒道。

艾可为停下了脚步，转过头，望着方淑华点了点头，然后转身走上了二楼。

来到艾西房间，千瑾正好从里面走出来。

"叔叔。"千瑾愣了愣，虚弱地叫道。

"我去看看艾西。"艾可为望着虚掩的门，表情中能察觉出

他强忍着悲痛。

"她在房间里，睡着了。"千瑾也不知道该说什么，低下头，表情也很沉重。

"嗯。"艾可为点了点头，推开门，走了进去。

千瑾瞥了眼虚掩的门，不想打扰他们父女，便转身下楼了。

艾西正静静地躺在床上，胸脯上下不断起伏着，艾可为轻手轻脚地走到她床前。

艾西睡得极其不安稳，羽毛般浓密的睫毛不停抖动着，上面沾着未干的泪珠。她没有血色的双唇微微张开着，哀嚎和呻吟似乎呼之欲出。

她的脸色如纸般苍白，白皙光滑的额头布满了细密的冷汗，虽然熟睡着，但瘦弱的身子时不时地惊悸一下，似乎在做一个很可怕的梦。

艾可为在她床边坐下，心疼地伸出手，撩开她额前的几缕发丝。

"为什么最近会发生这么多事呢，为什么这个一向一帆风顺的孩子，最近会这么多灾多难呢？难道是老天给的考验吗……"

艾可为悲痛欲绝，他曾答应过世的妻子会好好照顾艾西，不让她受到一点委屈和伤害，可是他食言了，而且还三番两次地失言了。他愧对在天国的妻子，就算以后自己也去了天国，也没有脸面对她。

方淑华看到千瑾从楼上走下来，便叫住了他。

"这是医生给艾西开的药，你去药店买一下吧。"方淑华把处方交给千瑾。

千瑾怔怔地接过处方，面无表情地点了点头，便披上大衣出了门。

暮色渐渐降临，路灯一盏盏点亮，给寒冷的城市带来一丝微弱的温暖。

千瑾走进了街边的一家药店，然后把处方交给了里面的店员。

"一共九十七元，请到那边的收银台付账。"店员把药配齐后，递给千瑾一张发票。

千瑾接过发票走到左边的收银台，然后把一张百元整的纸币和发票递给收银员。

第十四章 | 记忆，不断流失的沙漏

这时手机响了起来，千瑾从口袋里摸出手机，看了看屏幕上跳动的来电显示，上面显示着阿凉的名字。

千瑾接起了电话，手机里立刻传来阿凉焦急的声音。

"老大，你找到大姐了吗？"

"找到了。"

"发生什么事了吗，老大？你的声音听起来有点不对劲呀。"

"没事。"

"那就好，下午打你的手机一直打不通，担心死我们了。我们现在在台球室，你要不要来呀？"

"不了，我今天有点累，你们玩吧。"

"那好吧，老大你好好休息。"

千瑾没有多说什么，便挂上了电话。

"这是您的找零。"收银员把找零和敲过章的发票递给千瑾。

千瑾接过找零和发票，随手放进了口袋，然后转身走出了药店。

黑暗吞噬着世界，路灯散发的微弱光芒似乎也正一点点被吞噬。

下午的记忆像电影胶片般在千瑾的脑海里回放着，艾西苍白的带着污痕和泪水的脸，在风中瑟瑟颤抖的瘦弱的双肩，如一把利刃一刀刀地划过他的心脏，直至血肉模糊。

连心爱的女人都不能保护的自己，还能做什么呢？

千瑾望着自己的手掌，上面似乎还残留着艾西微微颤抖的双肩的触感。

针刺般的感觉，一直从指尖传递到心脏。

时不时地折磨着他，似乎是在提醒着他，自己有多么地没用和懦弱。

对于不能保护艾西的自己，还能算什么呢？

他根本没有资格待在艾西身边，除了给她带来灾难，他什么都给不了艾西。

心痛的感觉越来越强烈，心脏几乎要无法负荷，氧气一点点被夺走，张大了嘴都无法呼吸到一点氧气。

千瑾伸出手，扶住路边的树干，才不至于让自己倒下。

黑暗就像一只猛兽，张大了血盆大口，似乎要将他一口吞下。

223

身上的温度一点点被夺走,寒冷透过张开的毛孔,一点点地钻进肌肤,迅速地攻池掠地,占领了他身体的每个角落。

很快身躯就像冰雕般,冰冷僵硬。从来没有这么绝望过,仿佛置身在空无一物的极北之地。

"先生,你还好吧?"

这时,一个年轻女性的声音从头顶传来。

千瑾回过神,缓缓地抬起头,只见一个穿着干净白大褂的少女,正微笑着站在他面前——是刚才药店的店员。

千瑾怔怔地望着她,摇了摇头说:"我没事。"

"先生,您刚才忘记拿药了。"少女把一个装着药的塑料袋递到千瑾面前。

千瑾这才意识到自己双手空空的,刚才离开药店时居然忘记拿药了。

"谢谢。"千瑾有点尴尬地接过塑料袋。

"没事,那我回药店了,看你脸色不好,要是不舒服,记得去医院检查哦。"少女笑吟吟地挥手离开,离开时还不忘叮嘱千瑾。

千瑾拎着塑料袋,怔怔地望着少女小跑着离开的娇小背影。她娇小的背影以及干净的笑容和艾西有几分相似。

记得在巴塞罗那第一次见到艾西时候,艾西的笑容是那样地干净透明,没有一丝的杂质,仿佛不属于这个世界似的美好。

可是,不知道什么时候开始,艾西脸上已经找不到那样的笑容了。

如果知道会发生这一切,他宁愿自己从来没有和艾西相识过。

这样的话,起码艾西会永远保留着当时美好纯净的笑容。

永远不会被这个世界给玷污了。

2

夜,深邃而低沉。

艾西被梦魇纠缠住,睡得极其不安稳,她浑身是汗,被褥都被浸湿了。

梦中，一张张贪婪的嘴脸，就像恶魔般对她张大了嘴，哈哈大笑。

如藤蔓般能够不断伸长的手，从漆黑中探出来，张开了扭曲的五指，向她抓来。

她拼命地往前跑，可是那一张张可怕的笑脸，还有恐怖的手，始终都紧随着她。

四周漆黑一片，就像一张天罗地网，让她无处可逃。

她的心脏怦怦直跳，呼吸又短又急促，无形的恐惧吞噬着她的意志力。

"哈哈哈——哈哈哈——哈哈哈——"

恐怖的笑声就像是回荡在山洞中似的，沉闷地回响着，震荡着她的耳膜。

她头皮发麻，寒意钻进毛孔，攻池掠地般侵占着她的全身，让她忍不住战栗起来。

没有天空，也没有亮光，这里就像个黑洞，除了黑暗什么都没有。

她不知道自己怎么会来到这里，也不知道怎么出去。

那些紧随着她的如同妖怪般可怕的东西，似乎有点熟悉，但又想不起来在哪里见过。她只知道自己一定要逃离它们，要是被抓到，结果一定很恐怖。

尽管她已经累得气喘吁吁，双腿发软，但她还是坚持往前跑。就算前面等待她的是万丈深渊，她也要逃，不能被抓到，千万不能被抓到。

"不！不要！不要！"

睡梦中的艾西浑身是汗地在床上抽搐着，嘴里不断地呢喃着。

"艾西！艾西醒醒！"

千瑾摇着艾西，试图把她唤醒。

她的样子太吓人了，就像是被梦魇给摄住了似的。

被不断摇晃的艾西突然醒来，她睁大了眼睛，直直地望着千瑾，雾气氤氲的双瞳因为没有焦距，显得像毫无生气的玻璃球般

空洞。

过了好久好久,她似乎才从刚才的噩梦中慢慢脱离。

"艾西,你是不是做噩梦了?"千瑾轻声询问着,半夜失眠的他有点不放心她,便来她房间看看,却看到这样的情景。

一定是白天的记忆勾起了她内心的恐惧,才会做噩梦被惊出了一身的汗。

"千瑾,我梦到他们在追我,好可怕好可怕!"艾西在千瑾的怀里瑟瑟发着抖,就像一只被惊吓过度的小兔子。

千瑾心疼得要死,恨不得把艾西的痛苦都转移到自己身上。

"艾西不要怕,我陪在你身边,我不会让任何人伤害你的。"千瑾轻轻地拍着艾西的后背,用哄骗小孩子般温柔的语气哄着她。

镇定剂的药效似乎还没有完全过,在千瑾的哄声中,艾西又缓缓地闭上了眼睛,沉沉地睡了过去。

千瑾把艾西放回床上,然后帮她掖好被子。

看着她苍白而疲惫的睡颜,千瑾的心如刀绞般在滴血。

这是他的罪孽,就算一死也无法恕罪。

那天之后,艾西每晚都做噩梦,话也越来越少了,变得非常自闭,经常把自己关在房间里,一关就是一整天。

家里人都非常地担心她,怕她发生意外,于是轮流守着她。

傍晚,艾西只吃了小半碗饭,几乎没吃什么菜。吃完晚饭后,她便钻进了卫生间,好久都没有出来。

千瑾倒好了水和药,等了好久,时间一点一点地流失,艾西已经在卫生间里待了一个多小时了,千瑾心里越来越着急。

不会出什么意外了吧!

这个念头在心里炸开后,便无可救药地侵占着他所有的思想。

千瑾放下了药和水杯,冲到了卫生间,隔着门板对里面的艾西大喊:"艾西,你没事吧!"

里面传来哗哗的水流声,除了水流声,他什么都听不到。

"艾西!你洗好了没有!"千瑾又高声喊了一句,可是里面

第十四章 | 记忆，不断流失的沙漏 |

依旧没有任何回应。

千瑾急了，伸出手用力拍响门板，砰砰砰！砰砰砰！门板被拍得震动起来，依旧没有一点点反应。

难道艾西……

一个不祥的念头在千瑾脑海里炸开，千瑾浑身一寒，恐惧从心底蔓延开，传向四肢百骸。

他更加用力而焦急地拍着门板，并焦急地隔着门板对里面大喊："艾西！你快回答我！我很担心你！艾西！你有没有听到啊！听到就回应我一声！"

就在千瑾急得打算撞门而入时，卫生间的门从里面被打开了。

艾西穿着白色的浴袍从里面走了出来，她的皮肤透着异样的绯红。千瑾看到从袖口和领口露出的肌肤上，有很多被用力揉搓过的痕迹，通红通红的，非常刺目。

千瑾心中一阵窒息般的难受："艾西……"

艾西的瞳孔非常空洞，仿佛整个灵魂都被从躯壳里抽离了，只剩下一具行尸走肉。

她从千瑾身边经过，然后直直地走回自己的房间，千瑾跟了上去，跟着她走进了房间。

艾西坐在床上，像个精致的木偶，空洞而美丽。

千瑾把床头柜上的水杯和药拿了起来，然后递给艾西。这些药是医生开的，都是镇定和舒缓神经的药。

艾西并没有抗拒，很机械地吞下了药，千瑾喂她喝了几口水，然后把水杯放回床头柜上。

他扶着艾西的肩膀，让她面对着自己，脸上流露出无尽的哀伤："艾西，有什么不愉快的，你就宣泄出来吧。不要憋在心里，你冲我宣泄吧，随便怎么样，打我骂我都行！只求你不要这样折磨自己，我看了好心痛……"

艾西木然地望着他，涣散的瞳孔直直地不知道望着什么地方。

千瑾实在不忍心再看她这样的表情，把她纤弱的身子拥入怀里，泪水在眼眶里打转："该受惩罚的是那些混蛋，而不是你。"

窗外的天空被夜浸染成深邃的湛蓝色，厚厚的乌云堆积在天

空中，没有一丝月光。

他们俩就像是被囚禁在乌云背后的月亮，迷失在无尽的黑暗里。

午夜，万籁俱寂。

整个城市都被黑暗笼罩着，点缀在林立的楼宇和蜿蜒道路上的灯火，形成一片璀璨的星海，比天上的银河还要璀璨。

一栋通体玻璃的摩天大楼楼顶，有少女的尖叫声响起，但是很快就淹没在这万丈高楼上的夜空中。

谁也不会注意到这里的动静。

风呼啦啦地吹着韩莎莎的衣裙，她正站在楼顶的边缘，眼前就是车辆如梭的马路，从这么高的地方望下去，车辆如同模型玩具，行人如同蚂蚁。

不用想象，就知道从这么高的地方摔下去，肯定是粉身碎骨，面目俱毁。

大楼的风非常地猛烈，脚尖已经露出楼顶的边缘，在这个时候，韩莎莎特别痛恨起脚下的高跟鞋，让原本就害怕得瑟瑟发抖的身子更加不稳起来。

但是，她无法从这一切中逃脱，因为身后钳制着自己的人已经疯魔了，赤红色的双眼似乎是要将她一口吞下的猛兽。

"千瑾，我求求你，放过我吧！我知道错了！求求你了……"韩莎莎几乎是哭着哀求的，她还年轻，她还不想死，她更不想从这么高的楼上摔下去摔死。从这么高的地方摔下去，肯定会五脏俱裂，面目全非，可能连全尸都没有。

3

"你毁了艾西，就等于毁了我，我们一起去死吧。"千瑾的表情非常地冷静，仿佛面对的不是死亡，而是一件非常稀松平常的事。风刮着他的衣服和头发，乌黑的发丝被风吹得凌乱，张狂地飞扬着，黑色的大衣在夜色中展开，就像恶魔的羽翼。

第十四章 | 记忆，不断流失的沙漏

他浑身散发着一股逼人的戾气，让楼顶的气流更加急促，似乎要跟着他一起摧毁一切。

"不要！我求求你了，不要杀我！我只是太爱你了，你原谅我吧，求求你了……"韩莎莎绝望地哀求着。千瑾已经疯了，这样子的他太可怕了，他绝对会说到做到。

千瑾冷冷地扬起嘴角，邪魅的冷笑让人不寒而栗："你放心，你下去后，我很快也会跳下来，就算死我也不会放过你。我们一起下地狱，我会来地狱找你，继续报复你！"

"不！千瑾，杀人是犯罪，你不能杀我的！"韩莎莎用力挣扎着，幅度却不敢太大，因为这里离地面有万丈的高度，摔下去必死无疑。

"我不在乎，我已经什么都不在乎了，是你毁了一切，是你咎由自取！"千瑾突然失控地大吼起来，愤怒让他变得疯狂而可怕，他拽着韩莎莎的胳膊，打算把她推下去。

韩莎莎双腿一软，扑通跪倒在千瑾面前，她抓着千瑾的裤腿，眼泪纵横地哀求："不要！不要啊！我知道错了，我真的知道错了！求求你给我一次改正的机会吧！我会改！我一定会改！我去给艾西磕头认错，直到她原谅我！"

听到千瑾好久没有说话，韩莎莎仰起头，小心翼翼地瞄着他："……好不好？"

"有什么用！磕头有什么用！能挽回一起吗！"千瑾一脚踢开韩莎莎。

韩莎莎趴在地上，毫无形象地扯着千瑾的裤腿不放："我知道磕头没用，但是求求你再给我一次机会好不好？你死了艾西怎么办，你难道要抛下她吗？"

千瑾浑身一震，如大梦初醒般清醒过来。

韩莎莎看到了一丝希望，立刻乘胜追击："求求你给我一个补救的机会，你让我做什么都行！"

千瑾低下头，冰冷而犀利的目光就像两支利箭射向韩莎莎，让韩莎莎瑟缩了一下。

"那些人是谁？"冷如寒冰的声音质问道。

"……什么人?"韩莎莎瑟缩了下,小心翼翼地望着他。

"玷污艾西的那些人!"握紧的拳头能看到青筋隐隐跳动,深邃的眸子深处跳动着来自地狱的红色火焰,似乎要将眼前的一切燃为灰烬。

"是……是东城的几个小混混。"韩莎莎害怕极了,颤抖着回答。

"把他们叫出来!"千瑾把从韩莎莎身上搜出来的手机丢还给她。

韩莎莎捧着手机,畏畏缩缩地望着千瑾:"你……要干什么?"

"把他们叫出来!"千瑾没空回答她的问题,焦躁地吼道。

韩莎莎吓得缩紧脖子:"好!好!你不要急,我马上把他们叫出来,你不要激动!"

韩莎莎抖着手按下姜少的手机号码,突然想起什么,抬起头望着千瑾小心翼翼地问:"约……在哪里呢?"

"码头的旧仓库前。"

"好,知道了。"韩莎莎拨通了姜少的手机。

电话没响几声就被接起。

"亲爱的,你想我了吗?"那边传来姜少笑吟吟的声音,似乎没有预料到韩莎莎会主动给他打电话。

"你们……现在,能不能出来?"韩莎莎的声音有点颤抖,可是心情大好的姜少并没有听出来。

"这么心急想见我了呀,现在可是三更半夜耶。"那边的声音蠢蠢欲动,却还在假装摆架子。

韩莎莎看了千瑾一眼,他的脸如冰雕般冰冷,韩莎莎心有余悸地咽了口口水,继续对着手机说:"我这边有几个姐妹,一起去酒吧玩,想找几个男生一起。"

"是不是美女呀?"听韩莎莎这么说,那边的人明显按捺不住了。

"这还用说。"

"好的,在哪里呀?我们马上来。"

"我们在码头前的旧仓库等你们。"

第十四章 | 记忆，不断流失的沙漏

"怎么约在那里呀？直接约在酒吧门口好了。"那边的声音有丝狐疑。

韩莎莎又看了千瑾一眼，千瑾面无表情地盯着他，目光犀利而冰冷。韩莎莎犹豫了一下，对手机那边的姜少说："你们有车，来接我们吧。"

"好的，咱公主的吩咐，哪敢不从。"听韩莎莎这么说，那边立刻乐开了花，什么疑问都没有了。

挂上电话，韩莎莎战战兢兢地望着千瑾，心里七上八下的："你让我约他们出来……是要做什么？"

"这个不用你管了。"千瑾从她手里夺回手机，然后放进自己的大衣口袋里。

"我可以走了吧……"韩莎莎颤巍巍地望着千瑾，就像一只惊吓过度的小鹿似的，泪光盈盈的。

"跟我去仓库。"千瑾把韩莎莎从地上拖起来。

"不要啊！"韩莎莎用力挣扎着，可是千瑾的力气非常大，被攥住的手腕疼得快要断了。韩莎莎疼得眼泪都流了出来，"求求你放了我吧，你让我打的电话我也打了！"

千瑾不顾她的哀求，拽着她离开了天台，此时的他就是从地狱回来复仇的恶魔，全身燃烧着仇恨的火焰，只要轻轻一碰触就会被燃为灰烬。

韩莎莎也不敢惹他，只好半哭半求地跟着他离开。

旧仓库外没有灯，黑漆漆的，只有远处的江边有几盏路灯，散发着惨淡的光芒。

千瑾拉着韩莎莎站在仓库前等待，韩莎莎一直发出断断续续的呜咽声。她非常地害怕，要是出卖姜少，下场不知道会怎么样。

虽然姜少很喜欢她，可是姜少最恨别人出卖她，就算是她也不例外。

没过多久，千瑾就看到一辆面包车开到码头边停下，车灯灭后，几个少年拉开车门走了出来。

那是一群非常面生的人，千瑾对他们没有印象。

想到艾西被这群人侮辱过,千瑾就恨不得扑上去,把他们撕成碎片。

韩莎莎感觉到千瑾攥着她胳膊的手越来越用力,僵硬的手指似乎是要嵌入她肉里似的,疼得她眼眶都湿了。

但是她不敢求饶,因为她感受到千瑾因为过分压抑愤怒,身体微微颤抖着,他此时就像一只濒临发狂的狮子,只要稍稍不慎,就会死得很惨。

所以她只能拼命忍着,不让自己呻吟出声。

看到那群人向这边走来,千瑾抓起了手边的铁棍。韩莎莎看到惊出了一身冷汗,正要叫出声时,千瑾却突然捂住了她的嘴巴。

姜少他们并不知道有埋伏,谈笑风生地走近,没有一丝防备。韩莎莎瞪大了眼睛,眼眶里盈满了泪水,却叫不出声来。

倏地,千瑾放开了韩莎莎,举起了铁棒朝姜少他们挥去,带头的姜少毫无防备地被打倒在地上,身后两个人也被姜少倒下的身躯压倒在地上。

在一群人还没反应过来时,千瑾就对着他们拳打脚踢,有几个人终于反应过来,立刻展开反击。

顿时黑漆漆的仓库外一片混乱,韩莎莎吓得抱着头蹲在地上,呜呜咽咽地哭起来。

4

千瑾不要命般的疯狂,把所有人都吓到了,他整个人散发着戾气,双眼赤红,散发着猩红的光芒,就像是来自地狱的修罗。

所有人都怕碰上不要命的对手,几个人都不敢和他硬碰硬,在气势被压倒之下,姜少他们被千瑾打得非常惨。

所有人横七竖八地倒在地上,哼哼唧唧地呻吟着,脸上身上全是伤,惨不忍睹。千瑾站在他们中间,泄愤地踹着他们,每一下都没有留情。

第十四章 | 记忆，不断流失的沙漏

"对不起，求求你饶了我们吧！"有些被打得熬不住了，惨兮兮地开口求饶。

姜少被打得最惨，脸上没有一块完好的，还吐了几口血。他瞪着缩在角落里的韩莎莎，双眼因为愤怒而通红："你……出卖我们！"

"我不想的！我是被逼的！"韩莎莎用力摇着头，脸上眼泪纵横。

"为什么……我对你那么好！"姜少几乎是咬牙切齿地吼道。

"对不起！我真的不想的！我是被逼的……"韩莎莎再也控制不住自己的情绪，崩溃地痛哭起来。

千瑾疯了，她也疯了，所有人都疯了！

为什么会这样？

为什么会变成这个样子！

对着地上的人拳打脚踢了一阵，千瑾渐渐地平息下来。

他丢下了手中的铁棍，气喘吁吁扫了地上的人一眼，然后拖着疲惫地身躯离开了码头。

他感觉双手和双脚都像灌了铅似的沉重，明明已经狠狠地教训了那群混蛋，可是心里还是很压抑，一点没有得到释放。

天上一颗星子都没有，漆黑的夜空静静地吞噬着一切，江水在夜色中暗暗涌动着，看上去就像柏油般浑浊。

千瑾拖着疲惫的身子回到了家。

艾西正在厨房倒水喝，听到开门的动静，捧着水杯走出厨房。

千瑾像个流浪汉似的，一身狼狈地走进家门，脸上和手上还带着未干的血迹。

砰！手里的杯子滑落，砸在地上摔了个粉碎。

艾西微张着嘴，震惊地望着千瑾，脸色比纸还要苍白。

"这么晚了，你还没睡吗？"千瑾发现了艾西，朝她走了过来。

这几天来，他第一次从她眼里看到了一丝波动。

"你……去哪儿了？"艾西泪眼盈盈地望着他，声音微微颤抖着。

"我去教训那些欺负你的混蛋了，我狠狠地揍了他们一顿，我帮你泄愤了。可是为什么……我一点都不高兴，我把他们打得满地找牙，跪地求饶，可是心里还是那么地沉闷和压抑？"千瑾

空鸠之歌
KONGJIU ZHIGE

望着粘满了血迹的双手,表情像个迷路的小孩般茫然无措。

心里筑建的那道防线一下子就崩溃了,眼泪如洪水般崩泻,艾西不顾一切地扑到千瑾的怀里抱住他。千瑾吓了一跳,不知所措地愣在原地。

"我不恨他们,我心里一点仇恨都没有,我只是怕你嫌我脏,不要我了,我只是非常非常害怕……"艾西在千瑾怀里泣不成声。

"我怎么会嫌弃你,都是我不好,我没用,我没能保护你……一切都是我的错。"千瑾的心都碎了,他完全不知道艾西居然会这么想,他完全不知道艾西这么彷徨无助。

"你真的没有嫌弃我?"艾西从他怀里抬起头,不确定地望着他,泪光盈盈的大眼里蓄满了不安和彷徨。

"没有,绝对没有。"千瑾坚定地望着她,黑曜石般乌黑的眸子像射破黎明前黑暗的第一缕晨曦般清澈。

"可是我觉得我好脏,我已经不是你喜欢的那个艾西了。"艾西摇着头,眼泪顺着苍白得接近透明的双颊流下。

"你在我心里永远是那个纯洁而美丽的艾西,不管你变成什么样。"千瑾的语气是那么地真挚而诚恳,艾西的心被注满了温柔,动容地望着沾满了污痕和血迹却依旧不染凡尘的千瑾。

晨曦透过高大的落地窗洒落进来,窗外的天空一点点明亮起来。

他们俩就像是两只盘旋在高空的鸠,飞翔了好久却依旧找不到归宿,只剩一身的疲惫和沧桑。

接连几天,天空都阴阴沉沉的,却没有一滴雨,就像千瑾压抑而无处宣泄的心情。

放学后,千瑾在衣柜里寻找着他的素描本,可是怎么都找不到,书包、储物柜和课桌里都找遍了,还是没找到。

最近他总是忘事,前一刻的事下一刻就忘记了,自己放的东西总是找不着。

阿凉经过楼道时,看到千瑾正在储物柜前翻箱倒柜,便走了上去:"大哥,你还没走啊?"

第十四章 | 记忆，不断流失的沙漏

"嗯，我在找点东西。"千瑾关上了衣柜转过身。整个衣柜都找遍了，还是没找到素描本，他打算放弃了。

"兄弟们说要去吃烤肉，要不要一起去啊？我们好久没有一起喝啤酒了！"

"不了，我要回家陪艾西。"千瑾匆匆地拉上包，一副急着回家的样子。

"学姐没事吧？"阿凉有点担忧，最近千瑾一直闷闷不乐的，似乎瞒着什么事。

"没事，只是身体有点不舒服，我先回去了，你们吃得尽兴些。"千瑾冲他淡淡地笑了笑。

"没你在，我们怎么能尽兴呢……"阿凉的语气中带着抱怨和不满。

千瑾没有说什么，只是带着歉意地拍了拍阿凉的肩膀，然后在阿凉失落的目光中转身离开。

暮色将近，天空一片浅灰色，云层很低，似乎就盖在头顶。

骑着脚踏车离开学校，在经过十字路口时，千瑾遇上了红灯。他停下了脚踏车，一脚支着地面。

抬眼，视线不经意地瞥过一家大型超市，记得以前和艾西来过这里买菜。

只记得这个，具体的细节却怎么都想不起来了，当时是他推着车，还是艾西推着车，两人买了什么，说了什么呢？

千瑾努力回忆着，脑袋却传来要裂开般的痛楚，似乎是在抗拒着他的探索。

浮光掠影般的画面奔泻般从脑海里争先恐后地闪过，所有的思路一下子失控了，千瑾只感觉脑袋快要裂开了，疼得眼前发黑。

红绿灯再次跳动起来，行人陆陆续续地走过马路。千瑾抱着头摔倒在地上，边上的行人吓得都退开了一步，接着好奇心又驱使着他们汇聚起来，形成一个放射性的包围圈，把昏倒在地的千瑾包围起来。

千瑾躺在冰冷的地面上失去了意识，自行车倒在他身边，像没人控制的木偶般，轮子独自转着。

第十五章
被偷走的记忆

千瑾的独白

眼睁睁地看着自己的记忆一点点被偷走,真的非常可怕,我不知道什么时候会连自己的名字都忘记。可是忘记自己的名字并不可怕,可怕的是我连自己最爱的艾西都忘记,那时候的我还是我吗?

不,那已经不是我了,只是个空空的容器。

1

千瑾醒来,发现自己正躺在医院。

"你醒了?"年轻的护士笑吟吟地望着他,正在小心翼翼地给他换点滴瓶。

"我怎么在这里?"千瑾发现自己的声音有点沙哑,脑袋像灌了铅似的又沉又重。

"你在大街上晕倒了,是好心人把你送来的,已经通知了你的家属了,马上就会赶到。"护士边笑吟吟地说,边把换下来的空瓶收回托盘里。

"哦。"千瑾怔怔地望着护士,脑袋有点昏昏沉沉的,护士跟他说的,他完全没有印象。

"你好好休息吧,我出去了。"护士微红着脸,看了他一眼,捧着换下来的空瓶走出了病房。

原来我昏倒了……

千瑾怔怔地望着雪白的天花板。

这时,房门突然被推开,一个红色的身影冲了进来。

"千瑾!"

等来人扑到他床边,他才看清楚对方是他的母亲。

"千瑾,你没事吧?你吓死妈妈了……"方淑华趴在他床

第十五章 | 被偷走的记忆

边,心急如焚地摸着他的脸,脸色看上去很憔悴,眼里布满了彷徨和惊慌。

千瑾的心一下子柔软起来:"我没事,我只是晕倒了而已。"他微笑着试图安抚方淑华紧张的神经。

"怎么会晕倒了呢,你哪里不舒服?告诉妈妈。"方淑华摸着他的身体和脸,似乎是在查看着他有没有受伤。

"我没事,我也不知道怎么会晕倒,可能没睡好吧。"千瑾握住了她的手安慰道。

"你可不能再出事了,不然妈妈真的要伤心死了……"方淑华抱住他,忍不住呜咽起来。

千瑾有些疲惫,却突然想起了艾西:"艾西呢?"

方淑华抹了把眼泪,抬起头望着他,眼眶红红的:"艾西在家里,我怕她担心,所以没有告诉她。"

这么晚了都没有回家,艾西会不会着急呢……

千瑾不担心自己,却非常担心独自在家的艾西。

这时医生走了进来,千瑾和方淑华停止了对话,转过头望向医生。

医生推了推眼镜望着方淑华,用非常职业化的冷漠语气问:"您是他的家属吧?"

"是的,我是他妈妈,请问我儿子怎么会突然晕倒了呢?"方淑华的语气非常焦急。

"他的脑部CT已经出来了,请您随我到办公室详谈吧。"医生的表情依旧非常平淡,说完便转身离开。

"好。"方淑华点了点头,正要跟上去,却感觉到手被拉住。

她转过头,发现千瑾正一动不动地望着她:"我跟你一起去吧。"他说道,表情非常毅然。

"你的身体不要紧吗?"方淑华有点犹豫。

"没事。"千瑾也非常知道自己到底怎么了,最近他经常忘事,而且时不时会头痛,情况似乎有点不妙。

"那好吧。"方淑华考虑了一下点了点头。

两人来到办公室,医生便让他们坐下。

他们坐下后，医生并没有急着跟他们说千瑾的病情，而是把几张CT胶片挂在白板上，上面拍摄的是千瑾的脑部横切面照，各种角度的，非常详细，一共六张。

外行的千瑾和方淑华从CT胶片上看不出什么来，于是便一脸疑惑地望着医生。

医生推了推眼镜，拿起一支笔指着其中一张CT胶片说："从CT上，我们看到一块阴影，你的后脑勺以前应该受过伤吧？"

"嗯，是的。"千瑾面无表情地点了点头。

"最近有没有出现头痛、记忆衰退的现象？"医生推了推眼镜，盯着他问道。

"有，经常会忘记一些事情，前一刻的事下一刻可能就忘记了，回想一些以前的事情时，经常会头痛。"千瑾望着医生，表情有点迷茫。

方淑华讶异地望着千瑾，她根本不知道千瑾居然有这些症状，她以为千瑾上次晕倒之后，千瑾已经好了。

"是不是自己放的东西经常找不到？"医生继续问道。

"是的，我到底怎么了？"千瑾茫然地望着医生，看医生的态度，他预感到自己的情况似乎有点不妙。

"这是上次的伤留下的后遗症，你得了间歇性失忆症。"医生放下笔，果断地说道。

"间歇性失忆症是什么？"千瑾流露出困惑的表情。

"失忆症是大脑失去记忆的一种症状，很可能是脑部记忆组织损坏所引起的。间歇性就是阶段性、突然性的。间歇性失忆症就是阶段性地失去记忆，并没有完全失去所有记忆，记忆不完整。"看到千瑾还是一知半解的表情，医生耐心地给他打了个比方，"比如你记得10岁的事，可11岁在你的印象中却一片空白，而12岁或以后的事你又都记得。"

虽然医生解释得很具体，可是千瑾还是没有一点真实感，他望着医生沉默了一会儿，问："那我会不会忘记越来越多的事情？"

"如果情况越来越严重，间歇性失忆症会恶化成失忆症，你会忘记以前所有的事情。"医生的话非常直接，方淑华听了，脸色顿时比纸还要苍白。

"那怎么办？能治疗吗？"她睁大了眼睛，震惊地望着医生，嘴唇微微颤抖着，感觉这一切就像梦境般不真实。她居然不知道千瑾的后遗症已经恶化到这个程度了，她这个当妈的真是太不称职了。

医生望着她，顿了一下说："目前没有很有效的治疗方法，大脑的构造非常复杂，我们对失忆症的治疗也都意见不一，我只能开一些药，控制一下令郎的病情。"

医生的话无疑是给千瑾判了一个死刑，千瑾颓然地坐在椅子上，大脑一片空白。

方淑华捂着脸，嘤嘤抽泣起来。

显然对这样的场面已经习以为常了，医生只是习惯性地推了推眼镜，然后表情平淡地说："定期来医院做检查。"

"医生，请你想想其他办法吧，什么都可以，求求你帮帮我儿子！"方淑华趴在桌子上，恳求着医生。

"我会尽力的，今天就请回去吧。"医生只是安慰性地说了一句。

千瑾知道留在这里也不会有什么结果了，便拖着情绪失控的方淑华走出了办公室。

他扶着方淑华在医院走廊的椅子上坐下，方淑华的双肩不停抽动着，一下子感觉苍老了许多。此刻她心里没有公司，也没有自己的梦想，只剩下对儿子的愧疚和无尽的悔恨。她颤巍巍地伸出手，像是在触碰一件易碎品似的，轻轻抚摸着千瑾的脸，眼里布满了疲惫和沧桑："千瑾……对不起，要是我对你再关心一点，就不会发生这样的事……"

这时千瑾才感觉到自己的母亲真的是老了，不是外表，而是内心，无论保养得多好，她的心已经疲惫了。他无力地笑了笑，摇着头，语气中透着自嘲："这不是你的错，一切都是我自作自受。"

"我没有资格当你的妈妈。"方淑华捂着脸，再次忍不住抽泣起来。

"妈，你不要这么说，一直以来都是我太任性了，我给你

239

添了很多麻烦。对不起。"千瑾淡淡地笑了笑，内心竟然无比平静，可能经历了许多事情，他已经看开了，不再强求和执著了。

"千瑾……"听到儿子的道歉，方淑华惊讶地睁大眼睛。眼前的儿子不知不觉长大了，比自己想象中要成熟许多。

"妈，有一件事我想拜托你。"千瑾突然郑重地说道。

"你说吧，无论什么要求我都会替你办到。"方淑华望着儿子，眼中透着一份坚决。

千瑾垂下眼帘，沉默了一下，才重新望着方淑华说："不要把这件事告诉艾西，我不想让她知道。"他的语气透着无奈，苍白的脸仿佛一触就碎般脆弱，让方淑华好心疼。

"嗯，我知道。"方淑华了然于心地点了点头。儿子对于艾西的感情她是知道的，就像当初她爱上千瑾的父亲一样奋不顾身。曾经她是反对的，但是现在一切都不重要了，只要他们都好就行了。

"还有，上次你说的出国留学的事还算数吗？"千瑾突然间说道。

"你想去留学？这个时候？"方淑华睁大了眼睛，惊讶地望着千瑾。她之前是非常希望他出国去留学，可是现在他这个情况，她怎么放心让他一个人出国呢？

"嗯，我想去留学，你能帮我吗？"千瑾坚定地望着她，眼里闪烁着不可动摇的意志。

方淑华沉默了一下，叹了口气说："美国可以吗？你舅舅在那边，可以照顾你。"她知道没有办法改变千瑾的决定，所以便干脆顺着他的意思，为他做最好的打算。何况美国那边科技要比国内发达许多，或许对千瑾的病情有益。

"可以，随便哪里都无所谓。"千瑾的语气中透着对生活的绝望。

方淑华的心都疼了，她强忍着夺眶而出的眼泪，点了点头说："那好吧，我去联系你舅舅，让他帮你安排。"

"谢谢你，妈。"千瑾弯起嘴角，笑容透明毫无杂质。

"说什么傻话呢。"方淑华的心一下子被触动了，心疼得快要碎掉，眼泪差点控制不住流下来。

2

坐在方淑华的车里，望着车窗外——掠过的路灯时，千瑾感觉自己的神智有点虚飘。

这一切都是那么不真实，失忆症对以前的他来说不过是小说和电视剧中发生的事，根本不可能和他沾上半点关系。

而他现在正在感受记忆如指尖的沙，一点点流失，他想用力握住，却只能让它流失得更快。

所有的记忆他都可以不要，可是他和艾西的记忆是他人生中最珍贵的东西，他怎么可以忘记呢？

忘记了怎么写字，忘记了怎么走路，甚至忘记了怎么说话都没有关系，他可以慢慢学习。可是如果忘记了艾西会怎么样？他不敢想象。

如果记忆里没有艾西，他将是多么孤独。

回到家，艾西正焦急地坐在客厅里。已经接近深夜，可是餐桌上摆放的菜一动都没动。

一股愧疚感在千瑾心里油然而生。

好像一直以来都是艾西等着自己，如果有一天他把艾西忘记了，那艾西该怎么办，她会一直等着我吗……

光想想他都觉得好愧疚，非常对不住艾西。他想保护艾西，想让她幸福，而不是变成她的负担。

艾西这样好的女孩子需要被呵护，而他似乎一直在连累艾西，这样的他连自己都好憎恶。

"阿姨，千瑾，你们终于回来啦，菜都凉了，我去热热吧。"

"不用了，你累了，坐着吧，我去热。"方淑华抢在艾西前端起了饭菜走进厨房。

艾西望了会儿方淑华的背影，这才回过头，她看到千瑾的脸

色有点憔悴,便开口问:"身体不舒服吗?脸色这么难看。"

"我没事。"千瑾摇了摇头,艾西关切的语气,让他心里更难受。

看到千瑾消沉的样子,艾西不知道该说什么,最近千瑾似乎有许多心事,但都不肯对她述说。他似乎一直都是这样,什么事都放在心里,永远都一个人背,让人看了好心痛。

吃完饭,艾西帮方淑华洗碗,千瑾放下碗筷就上了楼。

等艾西帮方淑华洗好碗上楼时,千瑾的门紧闭着,里面一点声音都没有,也没有任何光线透出来。

艾西想,他可能是累了,睡下了,便不打搅他,转身进了自己的房间。

这天天气非常晴朗,也比平日里暖和许多,千瑾带着艾西来到郊外踏青。

天空澄澈透明,就像一块擦拭得非常干净的水晶,几片柔软的云朵漂浮在蓝水晶般美丽的空中。

四周很安静,远处是青翠的山峰,山脚下长满了许多绿色的植物,郁郁葱葱。

千瑾拉着艾西的手,在山脚下慢悠悠地散步,他不知道这样的日子还能持续多久。这段日子,他感觉他的记忆在迅速流失着,许多事物都已经想不起来了,虽然他吃着医生给他开的药,但并没有什么效果,他感觉自己总有一天会完全失忆,而且这个日子已经不远了。

所以他最近特别珍惜和艾西在一起的日子,每天都带着她去不同的地方,尽量地陪着她度过快乐的每一天。

"那边有蒲公英。"艾西挣脱了千瑾的手,跑到草丛边,摘下了一束蒲公英。

千瑾走到她身边,看到她像个孩子般掂着蒲公英,脸上洋溢着天真烂漫的笑容。他多希望时间能在这一刻停留,他能够永远这么陪着艾西,看着她天真无邪的笑容,可是他知道这是件很奢侈的事情。

第十五章 | 被偷走的记忆

蒲公英毛茸茸的，就像个柔软的毛球，艾西对着它轻轻地吹了口气，蒲公英便散开，像一把把白色的小伞飘向天空。

"你说它们会飘向哪儿呢？"艾西把头靠在千瑾的肩膀上，望着蓝天下，四面八方飘去的蒲公英，幽幽地说。

"世界各地，它们想去的地方。"千瑾望着不断飘远的蒲公英，声音听上去有些遥远。

"然后呢？"艾西期待地望着他，就像个天真的孩子。

千瑾回过头，望着艾西透明的大眼，语气温柔地说："然后它们会在那里安家，茁壮成长，长成一株株茁壮的蒲公英，继续往世界各地播种。"

"我突然觉得蒲公英好厉害，能在各个地方生长，世界各个角落都是它们的家。"蓝天白云倒映在艾西的眼中，她的脸在阳光下白得透明。

"我们也可以的，只要有你在的地方，就是我的家。"千瑾执起艾西的手，语气坚定地说道。

"嗯，千瑾在的地方，也是我的家。"艾西重重地点了点头，依偎进千瑾的怀里。

千瑾望着怀里娇弱的艾西，眼里流露出深深的不舍，他望着艾西的发顶，幽幽地说："答应我，就算我不在，你也要坚强地活下去，像蒲公英般坚强。"

"你要离开我吗？"艾西抬起头，焦急地望着千瑾。

千瑾心里一下子不舍起来："没有，我说如果。"

"没有如果！"艾西语气坚决地说道，眼里闪烁着执拗的光芒。

千瑾心头一动，黯然地点了点头："嗯，我知道了。"

艾西这才放心下来，伸出双手环住千瑾的腰，像个孤独的小孩，靠在千瑾怀里："我不要和你分开，就算死也要死在一起，离开你一秒钟我就会受不了。"

"放心，我不会离开你的。"千瑾伸出手，心疼地拍着艾西的背，柔声哄道。

虽然他这么答应，可是他知道，他总有一天还是要离开艾西的，在记忆完全失去前。

243

签证比千瑾想象中办得还要快,美国那边的学校也很快就找好了,帮千瑾治疗的医院也找好了,方淑华以最快的速度帮他打点好了一切。

望着手中的护照,千瑾的心里仿佛压着一块沉重的大石。

"你不跟艾西说一下吗?"望着儿子独自承受着一切,方淑华的内心非常地难受。

千瑾缓缓地摇了摇头,眼里流露着深深的无奈:"不说了,如果跟她说了,她肯定不会让我离开的。"

"过去就住你舅舅家,你舅舅和舅妈很欢迎你过去,说会好好照顾你的。你过去后不要任性,要听舅舅舅妈的话,知道吗?"方淑华依依不舍地叮嘱着。

千瑾讷讷地点了点头:"我知道了,我已经不是之前那个任性的小孩子了。"

"妈妈会经常去看你的。"方淑华伸出手,把千瑾拥进怀里,眼泪控制不住地夺眶而出。她心里有诸多的不舍,但是她感觉把千瑾送去美国,或许对他和对大家都比较好,或许千瑾在那边会比在这边过得好。

千瑾离开那天,下着蒙蒙细雨。天微微亮,方淑华就开着车送他去了机场,也没有对任何人说。只有她一个人目睹着载着千瑾的飞机缓缓地飞上天空,冲入云霄,消失在她的视野里。

艾西醒来后,就发现千瑾不见了,虽然千瑾的房间如往常一样,但是她感觉到千瑾不是像平常一样出门了,是消失了。

她在家里疯狂地寻找着千瑾,也没有看到他的身影,打他手机已经停机了。

就在她急得团团转时,方淑华开门走了进来,外套上还沾着雨滴。

艾西的心里掠过一抹不祥的预感。

"千瑾呢?"她冲上去,抓着方淑华的肩膀焦急地问道。

"千瑾走了。"方淑华表情哀伤地说道。

"走了?去了哪里?"艾西睁大眼睛,茫然地望着方淑华,

第十五章 | 被偷走的记忆

不明白她话里的意思。

"他出国了。"方淑华避开艾西直视的视线,淡淡地说道。

艾西放开方淑华,踉跄着后退一步:"怎么可能?千瑾怎么会突然出国?他去了哪里?什么时候回来?"

"短期内不会回来了。"方淑华垂着眼帘,艾西看不到她的表情。

不好的预感越来越重,艾西颤巍巍地问:"短期内……是多长时间?"

方淑华回过头,表情已经恢复了平日里的冷静,她望着艾西清清楚楚地告诉她:"很长时间,可能永远都不会回来了。"

"怎么可能!"艾西只觉得眼前一黑,差点晕倒在地上,方淑华的话对她来说无疑是个晴天霹雳,她不能接受。艾西一步冲上前,抓着方淑华的手,焦急地说,"阿姨,你告诉我,千瑾到底去哪里了?我要去找他!"

方淑华的脸上流露出深深的苦涩:"艾西,千瑾出国都是为了你,是他不让我告诉你他去了哪里,你就让他走吧。"

"为什么?为什么?他怎么可以这样做!"艾西不断询问着。她不能理解,千瑾为什么会抛弃她突然离开,她的千瑾不会这么做的。

方淑华觉得已经隐瞒不住了,便一口气告诉艾西:"千瑾得了间歇性失忆症,他会完全失忆的,他是为了不连累你才离开的!"

"怎么会这样……我怎么完全不知道……"艾西茫然地睁大眼睛,豆大的泪珠从她眼眶里滚落。她完全不知道千瑾隐瞒了这么多事。

他怎么会这么傻……

艾西的悲痛方淑华完全能理解,在艾西失去恋人的同时,她也失去了儿子。她伸出手,轻轻地拍着艾西的背安慰道:"艾西,千瑾在那边有人照顾他,你就放心吧。把千瑾忘了吧,你一定能够找到比千瑾更好的男孩子。"

艾西靠在方淑华怀里哭得泣不成声,什么话都说不出来。

尾声

三年后。

"我们的老板可真讨厌,天天叫我们加班,我的眼角都长皱纹了。"

艾西和米琪坐在咖啡厅里,米琪一直抱怨着公司的事情。从学校毕业已经一年了,她现在是一家杂志社的美术编辑。

"你要不要换份工作,听说时尚杂志的编辑都是很忙的。"艾西喝了一口咖啡,一边翻阅着一本旅游杂志一边建议道。

"换工作没那么容易啊,而且现在竞争那么大,很难找到让人如意的工作。"米琪搅着咖啡,唉声叹气。

"那你就赶紧答应柯少伦的求婚,辞了工作待在家里做个富太太呀。"艾西用肩膀撞了撞米琪,眨着眼睛调侃道。

柯少伦是米琪在实习期间交的男朋友。那时候米琪和他在一个公司实习,那时候她不知道柯少伦是个有钱大少,直到实习期满,两人即将分开,柯少伦才向她坦白一切,并向她求婚,可是米琪却犹豫了,至今都没有答应。

"我还不想结婚,我还年轻,我觉得我承担不了婚姻的责任。"一想到婚姻大事,米琪的叹气声更加频繁了。

艾西望着她,笑而不语。

米琪突然想到什么,抬起头问:"还是没有千瑾的消息吗?"

尾声

"没有。"艾西黯然地摇了摇头。方淑华始终不肯告诉她千瑾去了哪里,她也打听不到,千瑾自从离开后,就杳无音信,像是从这个世界上蒸发了一样。

"这个老女人也真狠心,活生生地拆散你们俩!"米琪用力握着叉子,用力叉着盘子里的蛋糕,咬牙切齿的。

"这也不能怪阿姨,这都是千瑾的意思。"艾西垂下眼帘,望着冷掉的咖啡,一点抱怨都没有。

"艾西。"米琪伸出手,握住艾西放在桌子上的手,眼里流露着不舍和心疼,"或许你真该把千瑾忘了,找个人重新开始。"

艾西沉默着,没有说话。

米琪也就适时住口了,她知道艾西心里还是放不开千瑾,让她接受别人也是不可能的。

为了缓解沉闷的气氛,米琪发挥她的特长,笑着说:"下星期我们公司组织旅游,可以带一名家属,艾西你要不要伪装成我妹妹和我一起去?是去巴厘岛哦!"

"我伪装成你姐姐还差不多!你哪里像我姐姐啦?整天蹦蹦跳跳,跟个小孩子似的!"艾西笑着奚落道,却没察觉已经被米琪带离了刚才的话题。

"好好好!"米琪无奈地投降,"那你要不要跟我去啊?姐姐大人。"她特别强调了"姐姐大人"四个字。

艾西忍俊不禁地笑出声:"妹妹乖,姐姐很想陪你去,可是我们公司最近也很忙,我走不开啊。"

"切!"米琪一脸扫兴的表情。

艾西笑着,继续翻阅着手里的旅游杂志,突然她的表情凝固在脸上,双眼直直地盯着面前的杂志。

"怎么了?"看到艾西这个样子,米琪疑惑地问道。

"这栋建筑好眼熟。"艾西把杂志推到米琪面前,指着上面印的一栋房子,激动地说,"我以前看到千瑾在家里搭的模型和这个一模一样。"

"你是说这有可能是千瑾设计的房子?"米琪惊讶地睁大眼睛。杂志上印的是一栋白墙红瓦的两层小房子,开了很多天窗和

空鸠歌
KONGJIU ZHIGE

落地窗,周围栽种着许多枫树,红色的枫叶在半空中纷纷扬扬,地面铺满了红叶,看起来一片浪漫的红色。这栋小巧的建筑就掩映在红色的枫树间,幽静而浪漫,让人有一种想永远隐居在那里的冲动。

"嗯。"艾西望着米琪的眼睛,重重地点了点头,"我要去那边看看,说不定会碰上千瑾。"

"可是好远,在佛蒙特。你确定这是千瑾设计的建筑吗?说不定只是巧合而已。"米琪望着艾西闪闪发光的双眼,她好久没有看到艾西的眼睛焕发出这样的神采了。艾西对千瑾的爱还是如此地疯狂,一如年少的时候,一点都没有因为时光的流逝而磨灭过。这让她深深地震撼了。

"不管怎么样,我都要去看看,这是找到千瑾的唯一希望了。"艾西的眼神非常地坚定。第六感告诉她,如果不去那边,她会后悔一辈子。

米琪伸出手,握住艾西的手,语重心长地说:"那你去吧,我支持你,艾西,我希望你能把千瑾找回来。"

决定后,艾西很快就办了旅游签证,只身来到了佛蒙特。

她事先就打电话询问了出版那本杂志的出版社,向他们要了那栋房子的地址,来到佛蒙特后,她就直接去寻找那栋房子。

正是红叶飘零的秋季,四周的景色如杂志上一样,红叶漫天飞舞,如同一只只红色的蝴蝶,美得让人流连忘返。

艾西拿着地址,顺着碎石子铺就的小路,穿过一片片枫叶林,果然看到了有一栋白墙红瓦的两层楼小房子掩映在沸沸扬扬凋零的枫叶林中,静静地矗立着,跟杂志上刊登的照片一模一样。

艾西压抑着激动的心情,缓缓地走近那栋建筑。她的心情很复杂,既期待又害怕,她期待在那栋房子中能够遇到千瑾,却又害怕一切只是她的妄想,结果却一场空。

千瑾,你真的在这里吗?

这时,那栋房子的门被打开,一名青年从里面走了出来。他的头发如鸦羽般乌黑,闪烁着真丝般的光泽,白皙的皮肤如陶瓷般光滑无瑕。他穿着淡蓝色的开衫和一条米色的休闲裤,站在簌簌落下的红叶中,如同是从梦境中走出来般,美得让人移不开视线。

艾西一下子震慑在原地,睁大了眼睛,一动不动地望着他。

泪水一下子涌向她的眼眶,盈盈滚动着,似乎下一秒就要从眼眶里滚落。

青年发觉了站在小路上的艾西,从木质阶梯上走下来,缓缓走到她面前。艾西觉得眼前的一切太不可思议了,仿佛是一场梦。

这是千瑾!

是她朝思暮想的千瑾!

绝对不会错的!

千瑾长高了,比以前成熟了许多,可是黑曜石般乌黑的眸子里闪烁的纯洁和执著的光芒一点都没有变。

"你是谁?有什么事吗?"千瑾望着双眼盈满了泪水的艾西,疑惑地蹙起如画般精致的眉。他没见过眼前的年轻女子,可是感觉却好熟悉,这熟悉的感觉从何而来,他却想不出来。怎么回事呢……

艾西察觉到自己的失态,赶紧低下头抹了一把眼泪,才重新抬起头,望着千瑾,努力挤出一个灿烂的笑容:"我叫艾西,我看到这栋房子非常漂亮,便过来看看。"

听到艾西喜欢他的建筑,千瑾脸上洋溢起高兴的笑容:"这是我为我心爱的人建的,我希望能和她一起住在这里。"

"你心爱的人是谁?叫什么名字?"她知道千瑾失忆了,已经不记得她了,可是她还是期待地望着他,试图让他想起自己。

千瑾苦恼地皱起眉,盯着艾西摇了摇头:"我不知道,我不记得了,不过我记得她是个非常善良非常美丽的女孩。"

听到千瑾的话,艾西已经知足了。虽然他已经不记得自己了,可是依旧没有忘记对自己的那份爱。

或许这是老天给他们一个机会,让他们忘记过去的痛苦和不快,重新开始。

艾西深吸一口气,伸出手,微笑着对千瑾说:"我非常喜欢你的建筑,能和你交个朋友吗?"

空鸠之歌 KONGJIU ZHIGE

"对不起,我还没自我介绍,我叫纪千瑾。"千瑾局促地笑了笑,伸出手握住了艾西的手。

红叶在两人四周飞舞着,或许在这个浪漫的国度,他们会有个美好的开始。